기억을 잃어버린 도시

1968 노량진, 사라진 강변 마을 이야기

기억을 잃어버린 도시

1968 노량진, 사라진 강변 마을 이야기

김진송 소설+에세이

차례

기억의 재현 2부
혹은 걷기 후기

1부 강변의 기억

기억의 끝

그녀가 있었다.

그녀가 있기 전에 그녀의 시아버지가 있었다. 머리가 하얀 그녀의 시아버지는 눈썹도 하얬다. 하얀 콧수염과 함께 위로 길게 치켜 올라간 눈썹은 그의 마지막 자존심이었다. 나는 그것을 어느 순간 알게 되었고 그걸 아는 순간 그의 적이 되었으며 그를 적으로 만들면서 어른이 되었다.

처음 나는 다섯 살이었다. 우리 집에는 모두 다섯 식구가 살았다. 그전에 우리 동네를 말해야 한다. 우리 동네. 우리 동네라고 말해도 되는지 모르겠다. 그렇게 말하려면 누군가의 허락을 받아야 할 것이다. 그 누군가는 동네에서 제일 힘센 돼지삼촌이 아니다. 동네에서 제일 부자인 양색시도 아니다. 어림도 없다. 그 누군가는 여기 살지 않았다. 그를 본 적도 없었다. 하지만 우리 동네가 그의 것임에는 틀림없다. 아무도 그렇게 말하지 않았지만 난 그걸 알고 있었다.

우리 동네가 있기 전에 철도가 있었다.

철도가 없었다면 우리 동네는 생기지도 않았을 것이다. 내가 우리 동네에 온 것도 그 철도가 건널목을 만들어 주었기 때문이다. 건널목이 없었다면 우리 가족은 이 마을을 발견하지 못했을 것이다. 철도는 우리 동네를 지켜주는 든든한 보루였다. 어떠한 외부의 침입으로부터 동네는 안전했다. 그 대가로 1년이면 몇 사람의 목숨을 철도에 바쳐야 했다.

철도가 있기 전에 강이 있었다.

강에는 흐르는 물만 있었던 것은 아니었다. 거기에는 백사장이 있었으며 고운 모래흙이 덮인 둔치가 있었으며 둔치를 올라타고 강둑이 뻗어 있었다. 모래톱에는 갈대가 자랐고 둔치에는 채소와 땅콩이 심어졌다. 둑에는 들풀들이 무성했다. 강에는 다리가 있었지만 그건 걸어서 건널 수 없는 다리였다. 그 다리는 기차만이 오갈 수 있었다. 사람이 건널 수 있는 다리가 있긴 하지만 우리 동네 것이 아니었다.

강이 없었다면 결코 우리 동네는 존재할 수 없었을 것이다. 강이 없었다면 동네 사람들은 살아가지 못했을 것이다. 강이 없어 미역을 감지 못했다면 여름을 견디지 못했을 것이며, 샛강이 없었다면 동네 사람들이 싼 똥을 버릴 곳이 없었을 것이다. 강이 없었으면 강 건너 비행장에서 내다 말린 담요를 훔쳐 오지 못했을 것이며, 추운 겨울을 날 수 없었을 것이다. 강이 없었다면 홍수에 떠내려 오는 세간도 건져 오지도 못했을 것이다. 그리고 강이 없었다면 나는 그렇게 긴 하루를 견뎌 내지 못했을 것이다. 이미 시작된 것이지만 그 마을에 대한 이야기를 하려고 한다.

다른 사람에게는 그저 평범하고 별 볼일 없는 이야기가 누구에게는 아주 특별한, 때로는 그것을 빼 버리면 자신의 존재에 대한 회의를 불러일으킬지도 모른다는 위기감마저 들게 하는, 그런 이야기들이 있게 마련이다. 이를 테면 사랑 이야기 같은 거 말이다.

때로는 살면서 기억할 수 있다는 것 때문에 위로 받는 경우가 있다. 기억이 실재했을 그 때는 거의 관심도 없었던 일들을 새삼 기억으로 되살려 놓고 더 애틋해 하는 경우도 없지 않다. 듣고 보면 사람 사는 게 다 그렇듯이 거기서 거기며 그렇고 그런 일상에 불과한 것일지라도 당사자에게는 마음의 한 구석을 칼로 도려내는 것 같은 아픔이거나 생각만으로 가슴이 부풀어 오르는 추억이거나 도저히 떠올리고 싶지 않은 슬픔일 수도 있는 것이다. 그 마을 이야기를 하려는 것도 다르지 않을 것이다. 어쩌면 사랑일지도 모르는 그런 기억이 숨겨져 있을지도 모르겠다.

기억의 골짜기를 샅샅이 뒤져 본다.

숨이 턱에 차 산마루를 넘기도 하고 넓은 들판을 냅다 달려 보기도 하고 건너편을 향해 소리를 질러 되돌아오는 소리를 듣는다. 그러나 산들은 겹겹이 늘어서 온전한 모습을 보여 주지 않으며 계곡은 깊어 흐르는 물소리조차 들리지 않는다.

나는 기억의 끈을 가지고 있고 그 첫 줄을 잡아당기기 시작하면 줄줄이, 단 한 번의 끊김이나 엉킴도 없이 풀려나올 것이라고 믿었다. 처음 나는 기억의 끈을 따라 처음부터 이어지는 하나의 길을 보여 주고 싶었지만 그게 불가능하다는 걸 이내 깨달아야 했다. 기억은 늘 종잡을 수 없이 뒤죽박죽이 되어 나타났다. 기억의 실타래는 처음과 끝이 이어지기도 하고 중간에서 툭 끊어져 다른 쪽과 연결되기도 하고 앞뒤가 뒤바뀌어 원인과 결과를 뒤집기도 했다. 어떤 게 사실인지 확인할 방법은 없었고 실체를 증명할 길은 더더욱 없었다.

기억은 흐르는 강물을 거슬러 오르는 것과 같다. 그 강을 거슬러 오르다 보면 여러 갈래로 나뉘는 지류를 만나게 되고 어느 곳이 되었든 하나만을 선택할 수밖에 없다. 다른 쪽으로 가고 싶으면 다시 되돌아와 거슬러 올라야 한다. 그렇게 여러 갈래로 갈라진 시냇물의 줄기들을 따라 들락거리는 방법 말고 기억의 강을 답사하는 더 좋은 길을 나는 열지 못했다.

그리하여 아주 오래된 기억을 더듬어 말한다고 해서 내 기억이 전부 확실한 것이라고 말할 자신은 없다. 과거는 기억될 때마다 조금씩 모양을 바꾼다. 기억은 늘 윤색되고 덧발라져서 마치 없던 사실도 있는 사실로 둔갑하게 만든다. 기억이란 있던 사실도 영 딴판으로 머릿속에 저장해 놓고 있다가 부득부득 우겨대며 스스로를 속이는 놀라운 재주를 부린다.

기억은 꿈꾸는 과거에 지나지 않을지도 모른다. 그리고 지나버린 과거가 꿈결 같다고 말해 버리면 아무리 잘못된 기억이라도 용서가 되는 법이다. 꿈속에서 벌어진 일에 책임을 지울수 있는 사람은 없을 테니까. 그렇다고 꿈속의 기억처럼 생각나는 대로 엮어지는 이야기라고 말하고 싶지는 않다. 과거는 기억속에서 언제나 진실이기 때문이다.

그날을 기억한다.

그날이 정확히 서기 몇 년 몇 월 며칠이라고 말할 수 없는것은 아무도 나에게 그 날짜를 말해 준 사람이 없었기 때문일것이다. 아지랑이가 피어오르고 있었다. 몇 가닥인지 모를 철로가 좌우로 길게 누워 뜨거운 열을 뿜어내고 있었고 선로 사이에촘촘히 박아 넣은 침목들이 덜그럭거리며 소리를 질렀다. 건널목이었다. 땡땡땡 신호음이 들렸던 것 같기도 하고 나중에 들었던 소리를 그때 들었던 소리로 착각하고 있는 것 같기도 하다.

아카시아 꽃 냄새가 대기를 가득 메웠다. 숨이 막혔다. 손에는 축 늘어진 아카시아 꽃 몇 포기가 땀에 전 채 들려 있었다. 나는 걷고 있지 않았다. 아버지의 품에 안겨 막 철도 건널목을건너고 있는 중이었다. 어머니는 보통이를 머리에 이고 몇 걸음앞서 있었고 그 옆에서 작은누나는 폴짝거리며 침목 사이를 뛰어다녔다.

초여름의 한낮이었을 것이다. 우리 식구는 그날 이삿짐의전부인 어머니의 보통이를 앞세우고 그 동네를 들어서고 있었다.

아무도 그날이 처음 동네를 들어선 날인지를 나에게 말해 주지 않았지만 그건 틀림없는 사실이다. 그날을 기점으로 그 이후의 모든 사실을 기억할 수 있다는 것이 이를 증명한다.

철도 건널목을 건너고 아버지가 나를 내려놓자 갑자기 세상이 울컥하고 하늘로 치솟았다. 멀미가 났다. 땅에 가까이 닿자 내가 볼 수 있었던 것은 흙을 뒤집으며 끊임없이 솟아오르는 아지랑이뿐이었다. 아무리 둘러보아도 집 한 채 보이지 않았다. 흔들거리는 벌판 끝에 검푸른 숲이 있었고 숲 사이로 붉은 지붕이 솟아 있었지만 그곳은 사람이 살고 있는 집이 아니었다. 갑자기 겁이 나기 시작했고 나는 울음을 터뜨렸다. 걷고 싶지 않아서 운 것은 정말 아니었다. 몹시 더웠고 멀미가 났으며 머리가 어지러웠다.

아버지가 나를 다시 안아 올렸다. 땅에서 멀어지자 하늘을 보게 되었고, 그때 마주친, 구름 한 점, 없는, 푸른, 하늘이, 무서웠다. 나는 더욱 큰 소리로 울기 시작했는데 울다 보니 어느새 홀로 땅 바닥에 주저앉혀 있었고 식구들은 나만 남겨둔 채 아지랑이 속으로 멀어져 가고 있었다.

그날 이후로 내 모든 기억이 시작되었다. 어찌된 일인지 이사 오던 그날 이전의 기억은 단 하나도 남아 있지 않다. 마치 누군가, "너는 지금부터 너를 기억하며 살 순간이 온 거야."라고 선언한 것처럼, 그 뒤로부터 지금까지 나는 나를 기억하며 살아야 하는 날들을 갖게 되었다.

마을 사람들

동네에는 많은 사람이 살았다. 그들은 모두 다른 곳에서 온 사람들이었다. 그래서였는지 사람들이 하는 일은 모두 달랐다. 그들의 말투 역시 모두 달랐다. 한 가지 공통된 점이 있었다면, 아침에 모두 일어나 밥을 서둘러 먹고는 어디론가 떠나 버린다는 것이었다.

사람들이 동네를 나가는 길은 딱 두 곳이었다. 하나는 윗동네 끝에 있는 철도 건널목이었으며, 다른 하나는 아랫동네 끝에 있는 별장을 지나서 있는 건널목이었다. 그리고 저녁이 되면 사람들은 두 개의 건널목을 지나 각자의 집으로 돌아왔다.

한낮에 동네에 남아 있는 사람은 거의 없었다. 나를 비롯해 몇 명의 조무래기들이 동네를 지켰다. 집에 남아 있는 사람이 아주 없었던 것은 아니다. 그들은 세 부류로 나뉘었다. 하나는 직장을 가지고 있는 남편을 둔 여자들이다. 옆집 기남이네 아주머니는 육군 중사 계급장을 단 남편을 가졌다. 그래서 자주 집에 있었다. 그 집은 내가 방문해 본 집에서 유일하게 재봉틀을 가지고 있는 집이었다.

다른 부류는 일터가 없어서 갈 데가 없는 사람들이다. 그들은 대부분 하루 종일 집에만 틀어박혀 있기 때문에 실상 없다고 보아도 된다. 여기에는 고시 공부를 하며 뒷집 건넛집에 세 들어 사는 형도 포함된다. 그는 밥사발로 파리를 잡는 뛰어난 재주가 있었기 때문에 나는 가끔 그의 방을 방문하곤 했다.

마지막 부류는 정말 오갈 데 없는 우리들, 학교에 가기엔 아직 밥을 덜 먹었고, 행상을 나가는 어미의 등에 업혀 다니기에는 밥을 너무 많이 먹은 나 같은 아이들이다. 그렇다고 동네에 남아 있는 사람들이 우리들만은 아니었다. 이 부류에 속하지 않는 몇몇 사람이 있었다.

꽃집 할아버지는 일주일이면 반은 집에 있었다. 그가 꽃집 할아버지인 이유는 꽃을 팔기 때문이 아니다. 우리 동네에 꽃집이 있다는 것은 상상할 수 없는 일이다. 그 대신 그는 꽃을 만든다. 아니 나는 그가 꽃을 만드는 걸 본 적은 없다. 꽃집 할아버지는 철사에 종이를 감아 소나무를 만들고, 솜에 풀을 발라 학을 만든다. 그걸 쉼 없이 만드는 것을 보면 내다 파는 모양이었다. 그걸 뭐라고 하는지 알 수가 없다. 인형도 아니고 장난감도 아니며 꽃을 만드는 것도 아니고 그렇다고 분재처럼 보이긴 하지만 분재를 만드는 것도 아니다. 내가 알 수 없으니 어른들도 알리가 없다. 그래서 그를 그냥 꽃집 할아버지라고 불렀던 것 같다.

꽃집 할아버지에게는 며느리가 있다. 꽃집 할아버지의 며느리 역시 꽃집 아줌마로 불렸다.

바로 그녀다.

그녀에겐 남편이 없었다. 처음부터 없었는지 있다가 없어졌는지는 알지 못한다. 그녀가 꽃집 할아버지의 며느리인지 딸인지도 알 수가 없었다. 내가 알지 못하는 것이 아니라 동네 사람들이 다 알지 못했다. 이런 저런 말들만 있었다. 꽃집 아줌마는 그녀의 시아버지가 만든 두루미보다 더 예뻤다. 두루미는 어림도 없다. 할아버지의 두루미가 귀엽고 사랑스러웠던 것은 틀림없지만 그녀를 두루미에 비교할 수는 없는 일이었다.

꽃집 아줌마의 집에서 조금 더 가면 처녀 둘이 사는 집이 나온다. 그들은 이 동네에서 가장 이 동네 사람 같지 않았다. 동네 골목을 지나 서쪽으로 가려면 반드시 그 처녀들의 집을 통과해야 했다. 처녀들의 집은 여느 집과 다르지 않았다. 그들 역시 시멘트 블록 담과 루핑을 씌운 지붕을 가진 집에서 살았지만 흰색이 칠해진 멋진 나무담장을 만들어 그곳을 지나는 사람들을 주눅 들게 했다.

처녀들의 집 뒤에는 양색시가 살았다. 그녀에겐 나보다 두 살 많은 사내아이가 있었지만 나는 그를 형이라고 부른 적이 없다. 그뿐 아니라 그 애하고는 같이 놀지도 않았다. 그의 엄마가 양공주였기 때문은 아니다. 그와 같이 놀면 피곤했다. 늘 소리를 질러 댔기 때문이다. 그 아이는 늘 혼자 놀았다. 그는 우리를 싫어하지 않았지만 우리와 함께 노는 법을 알지 못했다. 하지만 그 애 엄마에게는 늘 사람들이 모여들었다. 동네 아줌마들은 뒤에서 양공주니 양색시니 하고 수군거렸지만 틈만 나면 그 집을 기웃거렸다.

처녀들의 집을 지나면 내 친구 집이 나온다. 나보다 한 뼘은 작았고 얼굴에 버짐이 나보다 세 배는 많이 피어 있었지만 내 동무임에는 틀림없었다. 그 아이의 아버지는 리어카 행상이었다. 야채를 시장에서 떼어다가 여러 동네를 돌며 팔았다. 저녁이 어둑해질 무렵, 철도 건널목을 건너는 그 아이 아버지의 모습이 보이면 우리는 하던 놀이를 멈추고 쏜살같이 달려갔다. 리어카를 뒤에서 밀면서 집으로 돌아오면 소득이 없지는 않았다. 팔다 남은 고구마 중에서 부러져 하얗게 진이 배어나온 것은 몇 개나 얻을 수 있었다. 그렇다고 내가 고구마 때문에 리어카를 밀었던 것은 아니었다.

그 뒷집 이야기는 나중에 하기로 하자. 생각만 해도 골치 아픈 쌍둥이 형제가 살고 있었기 때문이다. 우리 집으로 돌아와서 다시 옆집의 뒷집에는 내가 아찌라고 부르는 아저씨가 살았다. 아찌는 희멀건 얼굴에 늘 빙글거리며 웃는 모습을 하고 있었다. 그는 동네에서 유일하게 번듯한 직장을 다녔다. 스케이트를 만드는 공장이었다. 나는 스케이트를 한 번도 가까이서 본 적이 없었다. 아찌는 나에게 말끝마다 스케이트를 가져다주마고 약속했지만 그 동네를 떠날 때까지도 나는 스케이트를 구경도 해보지 못했다. 그는 늘 그런 식이었다. 나는 그가 싫지 않았지만 결코 신뢰할 수 없는 인물이라는 것쯤은 이미 알고 있었다.

아찌의 집 뒤로 그러니까 우리 집과도 붙어 있는 다른 한 집이 있었는데 왕눈이네 집이었다. 나보다 서너 살 더 많은 왕눈이는 학교에 다니지 않았다. 그 대신 커다란 눈을 굴리며 늘 무슨 일을 하는지 바쁘게 돌아다녔다. 왕눈이 아버지는 우리 동네에서 가장 중요한 일을 하고 있었음에도 아무도 그를 대우해 주는 경우는 없었다. 왕눈이 아버지는 똥을 펐다. 매일처럼 동네의 변소에서 똥을 퍼다 샛강으로 날랐다. 왕눈이가 집을 나서면 동네 아이들이 부르는 슬픈 노래를 들어야 했다. "왕눈깔 아버지는 똥 퍼요. 하루도 쉬지 않고 똥 퍼요." 그 곡조가 '꽃집에 아가씨는 예뻐요' 하는 노래와 같은 것임을 알았을 때 나는 더 이상 그 노래를 따라 부르지 않았다. 적어도 그 곡조는 꽃집 아줌마를 위해 남겨두어야 했기 때문이다.

우리 집 왼편에 붙어 있는 옆집에는 육군 중사가 살았다. 재봉틀이 있는 집말이다. 그 집은 식구가 우리 집과 똑같았다. 아들 하나와 딸 둘, 딸 하나가 막내였다는 점이 달랐다. 하지만 다른 건 그것뿐이 아니었다. 그 집 아줌마와 누나, 그리고 나보다 한 살 더 먹은 기남이 그리고 막내인 계집아이 모두는 우리 집 식구와 비교할 수 없을 만큼 귀티가 흘렀다. 기남이만 해도 그렇다. 희고 맑은 얼굴에 깔끔한 옷차림과 상고머리를 한 모습은 내가 보아도 나와는 달랐다. 게다가 걔는 어디를 가나 똑똑하다는 소리를 들었다.

그 옆집은 도무지 누가 사는지 모르겠다. 살긴 사는 것 같은

데 얼굴을 본 적이 없었다. 가끔 머리가 하얀 노인이 난닝구 바람으로 문을 열었다가 누가 보는 듯싶으면 문을 닫고 도로 들어가 버렸다.

거기서 몇 집을 건너가면 돼지라고 부르는 아이가 살았다. 돼지는 나의 별명이기도 했지만 그 아이에게 훨씬 더 어울린다는 사실을 알고는 아무도 더 이상 나를 돼지라고 부르는 일은 없었다. 돼지는 정말 가까이 할 수 없는 애였다. 늘 무얼 먹으면서 다녔는데 욕심도 사납기 그지없고 게다가 지저분하기까지 했다. 그는 도무지 겁내는 게 없었는데 그것은 다 그의 삼촌 때문이었다.

돼지삼촌은 돼지보다 더 돼지 같았다. 그는 뚱뚱한 배를 내밀고 다녔다. 불그레한 얼굴에 누런 금니빨은 한눈에 보아도 그가 동네의 왈패라는 것을 알 수 있었다. 그는 살이 통통하게 오른 손가락에 늘 두꺼운 금반지를 끼고 있었는데 돼지삼촌이 반지를 슬슬 돌리며 입에서 상스런 욕이 나오면 동네에서 싸움이 벌어지기 시작한다는 신호였다. 나는 그를 싫어했다. 단지 그가 깡패였기 때문은 아니었다. 그 이유는 나중에 말해 줄 것이다.

방문자들

동네 사람들 말고 이 동네를 거의 하루도 빠짐없이 지나다니는 장사꾼들이 있었다. 그들이 어디에서 오는지는 알 수 없었다. 그들은 매일같이 철길을 건너왔다. 아마 철길을 건너오면서 우연히 이 마을을 발견했고 처음엔 좋아했을 것이다. 그러나 이 동네에 들어서는 순간 그들은 자신들의 물건을 팔 수 있는 확률이 극히 희박하다는 걸 모르지 않았을 것이다. 하지만 그들은 매일 왔다.

나무통을 짊어지고 희끗한 머리칼을 부수수하게 날리며 선지를 파는 할아버지는 아이들을 몰고 다녔다. 선지 할아버지는 세 걸음을 떼면서 한 번 '선지'라고 외쳤으며 그때마다 두 번 눈을 꿈뻑거리고 한 번의 방귀를 꼈다. 그는 박자를 놓치는 적이 없었다. 그는 늘 피곤하고 지친 기색을 하고 간신히 들통을 메고 힘겨운 표정을 하고 지나갔지만 그의 외침과 눈 껌뻑임과 방귀의 절묘한 박자를 놓치는 법은 없었다. 아이들은 선지 장수의 뒤를 밟으며 선지, 꿈뻑꿈뻑, 뿡 하며 흉내를 내다 그가 움찔하면 지레 겁을 내고 달아났지만 그는 한 번도 아이들에게 화난 눈길을 주거나 싫은 내색을 한 적이 없었다. 선지 장수는 자신의 박자에 충실한 채로 매일 동네를 지나갔다.

새우젓과 황새기젓을 파는 부부는 동네에 올 때마다 싸움을 했다. 그들이 처음 나타나면 젓갈 냄새가 진동했다. 멀리서 그들의 모습만 보아도 냄새가 나는 듯했다. 모두 검은 옷을 입고 있었는데 가까이 가보면 결코 검은 옷은 아니었다. 부부는 시원스러운 목청으로 외치고 다녔는데 걸걸한 목소리만큼이나 시원시원하게 덤을 얹어 주었다. 하지만 동네 아주머니가 덤보다 더 많은 것을 요구할 때 그들의 입에서는 거친 욕지거리가 튀어나왔으며 그것은 곧바로 싸움으로 이어졌다. 아무도 젓갈 부부를 당해 낼 수 없었다. 그들이 한바탕 입에 담지 못할 욕을 해대고 동네를 떠날 때까지는 마을의 개들도 섣불리 나서지 못했다. 그리고는 며칠이 지나면 어김없이 다시 나타났고 똑같이 젓갈을 팔았다.

리어카에 엿판을 얹고 다니는 젊은 엿장수는 고장 난 시계와 고무신 그리고 빈병과 머리카락 같은 걸 받았다. 다른 장사들은 몰라도 그는 항상 이 동네에서 수지를 맞추는 것처럼 보였다. 그의 리어카에 잔뜩 고물들이 실려 있을 때 엿판의 엿은 몇 가락 남아 있지 않았으며 그는 늘 흡족한 얼굴로 돌아갔다.

사진사도 있었다. 그는 늘 오는 사람이 아니었다. 1년에 두세 번, 그가 아주 작은 네 개의 바퀴가 달린 스크린을 끌고 서쪽 건널목을 건너는 순간부터 마을의 골목길을 돌아 동쪽 건널목으로 나갈 때까지 동네 아이들 서너 명은 그림자처럼 따라붙었다. 사진사가 비밀의 휘장을 걷어 내는 순간 찬란한 한 폭의 그림이 눈앞에 나타난다. 푸른 하늘에 점점이 떠다니는 순백의 구름들, 푸르고 짙은 숲과 숲 사이로 힘차게 솟구친 팔각지붕 그리고 잔잔한 호수 위에 그림같이 떠 있는 백조가 한가롭게 노니는 풍경만큼 더 아름다운 그림을 나는 본 일이 없다. 그리고 정말 믿기지 않게 그 호수의 백조를 닮은 진짜 백조가 스크린 아래 튀어나와 있는데 그 위에 올라타고 사진을 박아 내는 거였다. 사진사가 나타날 때 동네 아이들은 몸살을 앓았지만 그 멋진 풍경을 뒤로 하고 백조의 등을 탈 수 있는 아이는 몇 명 되지 않았다.

이들 말고 장사치들은 많았다.

연탄을 찍으러 돌아다니는 사람도 있었고, 주걱에 납을 끓여 솥에 난 구멍을 메우는 놀라운 마술을 보여 주는 땜장이도 있었으며, 검은색 가방과 의자 하나를 들고 다니는 이발사도 있었고, 칼갈이나 우산 수리공도 있었다. 그들은 모두 우리 동네를 한번 발견하고 나면 절대로 잊어버리는 법 없이 때가 되면 나타났다 사라졌다. 그들은 한결같이 위대한 발견자들이었으며 우리들, 나를 포함한 동네의 꼬맹이들은 때로는 열렬하게 환영하기도 하고, 때로는 멸시와 야유를 보내기도 했고, 때로는 시큰둥하여 그냥 내버려 두기도 했지만, 어찌되었거나 그 모두는 우리를 잊지 않고 찾아준 사람들에 대한 경의의 표현이었다.

다른 장사꾼들은 거의 이 동네 사람이었다.

복숭아나 사과 혹은 포도와 같은 과일이나 채소 따위를 광주리에 이고 다니는 사람들은 대개 동네 아줌마들이었다. 그들은 아침에 동네 밖으로 나갔다가 돌아올 때 물건이 남아 있으면 일부러 자기 집에서 멀리 떨어진 곳부터 오면서 남은 물건을 이웃들에게 떨이로 팔았다. 우리 어머니도 그랬다.

　　동네를 오고간 사람들에 대해 모두 다 이야기해 줄 수는 없다. 내가 아는 것이 너무 많다고 이상하게 생각할 필요는 없다. 나뿐만 아니라 과거를 기억하는 누구나 그럴 테니까.

우리 동네 그리고 세상의 모든 집

우리 동네는 서울에 있었다. 지금은 없다.

서울시 지도를 펴고 아무리 살펴본들 우리 동네는 흔적도 남아 있지 않다. 가끔은 그런 동네가 있었는지 나 역시 의심이 들 때가 있다. 하지만 분명 우리 동네는 있었다. 우리 동네가 어떻게 생겼느냐고 물으면 안데스 산맥 서쪽에 길게 자리 잡고 있는 칠레라는 나라와 같이 생겼다고 말할 수 있다. 동네는 철도와 강 사이에 끼어 있었기 때문에 매우 길었다. 폭은 백 걸음이 되지 않았지만 길이는 백 걸음을 열 번 해도 다다르지 못할 것이다. 그러니 '다 같이 돌자 동네 한 바퀴' 하는 노래는 우리 동네에는 맞지 않았다. 우리 동네를 한 바퀴 돌려면 철도를 따라 달리다가 강둑으로 돌아야 했을 것이다. 그건 불가능한 일이다. 가능하다 해도 다 같이 돌 수는 없는 일이다.

동네의 집들은 앞뒤로 한두 채 혹은 많아야 두세 채가 겹쳐 있을 뿐이다. 그래도 골목은 있다. 대개의 골목은 집과 집 사이를 끼고 돌아야 하지만 동네 골목의 반은 남의 집 앞마당을 통해서 나 있다. 여름날 저녁 무렵에 지나가다 툇마루나 멍석 위에 차려 놓은 밥상에서 한 숟가락씩만 얻어먹어도 배가 터져 죽었을 것이다. 그러나 그런 경우는 없었다. 마을은 길었지만 밥을 얻어먹을 수 있는 이웃은 우리 집을 중심으로 좌우 대여섯 채일 것이다. 거길 넘어가면 "저녁 먹었니." 하는 말을 듣는 대신 누구지 하는 표정만을 보게 될 것이다. 특히 밥상을 앞에 놓고 있다면 말이다.

기억 속의 동네는 숨어 있었다.

내가 처음 이 마을을 들어섰을 때 보았던 넓은 벌판은 철도역의 화물 야적장이었다. 야적장이 끝나는 곳에 갑자기 땅이 움푹 꺼지면서 그 아래 검은색 루핑을 씌운 집들이 좌우로 끝도 없이 늘어섰다. 그곳은 이 세상의 땅 위에 서 있는 모든 집들과 달리 땅 아래에 존재하는 거대한 마을이었다.

벌판에서 아니 언덕 위에서 보자면 한없이 늘어선 지붕들만 발 아래로 보였다. 지붕은 검은색의 콜타르를 입힌 기름종이에 나무 졸대를 듬성듬성 대어 고정시켜 놓았고 중간 중간에 벽돌이나 블록 혹은 머리통만한 돌들을 올려놓았다. 대부분의 집들은 널판을 잇대 지은 것이었지만 간혹 시멘트 블록으로 담을 쌓은 집들이 섞여 있었다.

마을은 철도화물 야적장에 쌓아 놓은 석탄보다 더 검었다. 언덕으로 은폐되고 검은색으로 위장한 마을은 누구에게 들키기라도 하면 큰일 날 것처럼 언덕 아래 잔뜩 웅크린 채 길게 누워 있었다. 마치 풀숲 속에 늘어져 있는 거대한 뱀의 허물 같았다.

그러니 동네는 가까이 가서 내려다보기 전까지는 보이지 않았다. 어쩌면 기차를 타고 그 근처를 수없이 지나다니는 사람들조차도 우리 동네를 보지 못했을 것이다. 그들이 본 것은 석탄이나 통나무, 펄프와 같은 화물이 쌓여 있는 하역장의 을씨년스러운 풍경과 그 너머, 여름이라면 파랗게 풀이 우거졌을 뚝방이었을 것이다. 아무도 하역장과 뚝방 사이의 움푹 들어간 곳에 그 많은 집들이 숨어 있을 것이라고는 상상하지 못했을 것이다. 사람들이 역을 지나며 차창을 통해서 본 것은 좌측 끝으로 번듯하게 서 있는 고성과 같은 별장, 그리고 하역장을 건너뛰고 나서 우측 끝으로 맑은 물이 사시사철 고여 있는 수원지뿐이었을 것이다. 그러니 마을은 거기 살고 있는 사람을 제외하고는 아무에게도 존재하지 않는 마을이었다.

나보고 "너 어디 사니?"라고 물으면 그 마을 사람들이 그렇게 말하듯이 "역전 뒤에요."라고 말했지만 누구도 그곳이 어디인지 알지 못했다. 알지 못하면서도 그들은 머리를 끄덕였으며 더 이상 알려고 하지도 않았다. 지금 생각해 보면 그 이유를 알 것도 같다. 역전 앞이란 말이 잘못된 것이야 그저 말뿐일 테지만 역전 뒤는 황당하기 그지없는 말이었다. 역 앞의 뒤가 역이 아니라면 도대체 어디란 말인가?

마을의 집들이 모두 비슷했지만 똑같은 집은 하나도 없었다. 집에 대한 창의성을 발휘할 수 있는 모든 형태의 집들이 있었다고도 말할 수 있을 만큼 다양했다. 어쩌면 거기 사는 사람들의 집에 대한 애착은 남달랐다고도 할 수 있다. 찬찬히 살펴보면 지붕이 솟은 집이 아주 없었던 것은 아니다. 그런 집은 대개 루핑 대신 물결 모양의 기와를 올렸는데 동네에서 서너 채 정도는 되었다.

나는 지붕만 보고도 그 집의 모든 것, 그 집에 어떤 사람이 사는지 그 집의 가재도구가 무엇인지 저녁 밥상에 무엇이 올라오는지 쯤은 짐작할 수 있게 되었다. 물론 그 당시에 그런 놀라운 통찰력과 분별력을 가졌다고 말하는 것은 아니다. 훨씬 나중에 생각해 보니 그렇다는 말이다.

내가 아는 세상의 모든 집들의 지붕은 세 가지였다. 기울어진 일자, 시옷자, 그리고 반듯한 일자. 가장 좋은 집은 반듯한 일자 형태의 양옥이다. 물론 이런 집은 그 동네에 단 한 채도 없었다. 그러니 방금 전에 모든 것을 아는 것처럼 큰 소릴 쳤지만 아쉽게도 나는 그런 집의 가재도구나 밥상에 올라앉은 반찬을 상상할 수는 없었다. 다만 그런 집에 사는 사람들의 옷매무새와 말끔하게 세수를 한 얼굴을 보면 도저히 범접치 못할 귀티가 흐른다는 것만은 알고 있었다.

딱 한 번 지붕이 일자인 집에 가 본 적이 있다. 나중에 초등학교에 들어가 반 친구의 집에 놀러 갔을 때였다. 친구 집은 우리 동네가 아니라 학교와 가까운 동네였다. 나는 거기서 처음으로 올라갈 수 있는 지붕이 존재하며, 거기를 옥상이라 부른다는 것을 알았고, 지붕이 그렇게 반듯하고 평평할 수 있다는 사실에 감동을 받았으며, 더욱이 그것이 뛰어놀 수 있을 만큼 단단하다는 사실에 더욱 놀라움을 금치 못했다. 우리 동네에서는 도저히 상상할 수 없는 지붕이 세상에는 존재했던 것이다.

시옷자 형태의 지붕은 대개 붉은색이거나 재색의 기와가 올라가 있다. 이런 집들은 적어도 기울어진 일자의 집들과는 비교할 수 없을 정도로 살림을 갖추고 있는 집이었지만 우리 동네에 있는 시옷자 지붕은 꼭 그렇지만은 않았다. 지붕은 시옷자가 더 뾰족할수록 좋은 집이다. 적어도 그런 집은 비가 와 빗물이 흘러드는 걱정을 할 필요가 없을 뿐 아니라 눈이 와도 지붕이 내려앉을까 걱정하지 않을 만큼 여유로운 집이라는 것은 분명했다.

우리 동네에 지붕을 기와로 올린 집은 대여섯 채인데 그 마저 반쯤은 루핑 위에 간신히 올려 흉내만 낸 것이었다. 설사 기와를 전부 덮었다고 하더라도 물매가 그렇게 낮아서는 기와 올린 집이라고 말할 건덕지도 되지 못했다.

대개의 집들은 기울어진 일자형의 지붕을 가지고 있었다. 약간 기울어졌을 뿐이지만 반듯한 일자형의 지붕과는 완전히 달랐다. 달랐을 뿐 아니라 그런 지붕 위에 올라간다는 것은 상상도 할 수 없는 일이다. 이런 집들은 어느 한 방향으로, 보통은 들어가는 입구 쪽이 들려 있고 뒤쪽으로는 낮았다. 그러다 보니 방이 들어선 끝은 머리가 닿을 정도였다. 만일 그게 싫다면 지붕을 더 높이 올리거나 물매를 적게 할 수밖에 없었는데, 지붕

을 높이 올리자니 벽채에 드는 재료가 만만치 않고 물매를 적게
하자니 눈이 오면 그 무게를 견디지 못해 무너지기 십상이었을
것이다. 사실 지붕에 관한 한 어느 집이나 서로 엇비슷한 구조
일 수밖에 없었다.

　집들의 벽채는 블록이나 판재였다. 그나마 시멘트 블록으로
지은 집들은 그래도 나았지만 판재로 지은 집들은 방 안도 울퉁
불퉁했다. 방벽이 고르지 못한 것이야 보기에만 그런 것이기 때
문에 참고 넘어갈 수 있었다. 그러나 판재 사이로 뚫린 틈을 벽
지 하나로 버티며 겨울을 나야 하는 건 참기 어려운 일이었다.
이런 집들이 서로 다닥다닥 붙어 있는 까닭은 바늘구멍으로 들
어오는 황소바람을 막기 위해서였다. 말 그대로 질풍과 같이 달
려오는 바람을 막을 수 있다면 옆집 아저씨의 코고는 소리에 밤
잠을 설치는 것쯤은 참을 수 있는 일이었다.
　이런 동네에서 비밀은 아예 생각도 할 수 없는 일이었다. 베
게 하나에서 속닥거리는 말도 그 다음 날이면 토씨 하나까지 옆
집에게 전해졌고 그게 일파만파로 번져 그로 인한 싸움이 끊이
질 않았다. 어쩌면 그렇게 다툰 진정한 이유는 비밀 하나 마음
대로 가질 수 없다는 불안감 때문이었을 것이다.
　우리 집은(어디까지가 우리 집인지 정확히 금을 긋기는 매우 어려
운 일이다. 만일 우리 집이 이사를 가게 되어 통째로 가져가겠다고 고집
을 피운다면 옆집 두 집과 뒷집은 벽 한 쪽이 없어진 채로 멀뚱히 앉아

우리를 원망할 것이 틀림없다.) 기울어진 일자형 지붕을 가진 보통 수준의 집이었다.

판자로 된 문을 열면 바로 부엌이며 두 걸음 아니 그때 내 걸음으로 다섯 걸음을 가면 작은 툇마루가, 툇마루라기보다는 방으로 올라가기 위해 시멘트로 발라 놓은 댓돌이 있고 여닫이 방문을 열면 나오는 방 하나가 전부였다.

그 방에서 다섯 식구가 살게 되었다. 밤이면 늘 자리다툼을 할 정도로 좁았지만 크기에 대해 불만을 가진 식구는 없었다. 부엌은 판자로 가림만 해 놓아 구멍이 숭숭 뚫려 있었을 뿐 아니라 위쪽은 터져 있어 옆집에서 밥상 위에 막 놓려 놓은 숟가락이 누구 것인지도 알아맞힐 정도였다. 우리 집은 그래도 부엌 문이 판자로 되어 있었고 돌쩌귀가 달려 있어 열고 닫을 수 있었지만 그저 거적으로 막아 놓고 들추며 들어가야 하는 집들도 있었고 아예 문이 없는 집들도 있었다. 나는 세상의 모든 집들이 모두 그런 줄 알았다.

이 동네를 이야기하면서 빼놓지 말아야 할 곳은 별장이다.

별장은 동네의 서쪽 끝에 자리 잡고 있었다. 철길 옆으로 높이 쌓은 축대 위에 하얀색으로 칠해진 집이었으며 강 쪽에서 보면 절벽 위에 높다랗게 올라앉은 집이다. 별장의 지붕은 붉은 색의 기와였다. 동네의 어느 집도 그런 기와를 얹은 집은 없다. 뿐만 아니라 동네의 집을 모두 합해도 그 집 하나의 규모와 위용을 만들어 낼 수는 없었다. 나는 한 번도 만나 본 적도 없는 별장의 주인이 틀림없이 우리 동네의 주인일 거라고 생각했다.

별장은 둘레에 찔레꽃으로 덮여 있는 철망을 쳤고, 동네 쪽으로 나 있는 철문은 늘 열려 있었다. 그러나 별장의 건물 안으로 들어가려면 계단을 오르고 둥근 아치형의 대문을 지나야 했는데 그곳은 언제나 굳게 닫혀 있었다. 별장 안에는 동네에서 유일한 우물이 있었으며 동네 사람들의 반은 그 우물에서 물을 길어 먹었다.(나머지 반은 수원지 위쪽에서 흘러나오는 물을 받아먹었다.) 그것은 별장의 주인이 마을 사람들에게 베풀어 준 호의였을 것이다. 우물은 별장의 넓은 바깥 정원의 한가운데에서 오른쪽으로 돌아 들어가는 숲 속에 있었다. 우물물을 긷기 위해 매일처럼 별장을 드나들어야 했다.

별장과 그 아래 집들이 늘어선 마을은 서양 중세의 장원과 흡사했다. 높은 성곽과 굳게 닫친 성문 안쪽에는 성주가 살고 있고 성주의 영역인 정원이 있으며 성 밖으로 농노들의 거주지가 있는 장원의 풍경은 별장을 중심으로 철로와 강으로 고립되어 있는 우리 동네의 모습과 똑같았다. 물론 이런 사실은 한참 지난 뒤에 알게 되었다. 나는 중학교 때 이후 서양의 중세를 나의 유년 시대와 동일시했다. 농노들이 성주들의 성을 바라보며 그랬을지는 모르겠으나 별장은 어떤 두려움의 대상이기도 했고 안도감을 주는 존재이기도 했다. 시기와 부러움의 공간이기에 별장은 너무 크고 장대했으며, 아무 생각 없이 마을 안의 공간으로 받아들이기에는 뭔가 어색하고 이질적인 장소였다.

하나 더, 동네 앞에는 제관 공장이 길게 자리 잡고 있었다. 거기서 대부분이 마을 사람인 노무자들이 토관을 만들었다. 토관들이 공장 여기저기에 그득했다. 노무자들의 허름한 작업복과 쉴 새 없이 움직이는 모습은 마치 피라미드를 쌓기 위해 거대한 돌을 나르는 노예를 떠올리게 했다. 그들은 네모난 돌이 아니라 모래와 자갈과 시멘트를 날랐다. 제관 공장은 길게 연해 있는 마을의 집들과 뚝방 사이에 분지처럼 자리 잡고 있었다. 장마가 지면 공장은 거대한 호수로 변했다. 높이 쌓인 토관의 피라미드는 나의 놀이터이자 공부방이었으며 화장실이자 비밀 아지트였다.

나는 그런 마을에 살기 시작했다.

아직도 그 동네의 풍경이 눈앞에 그려지지 않는다면 그건 할 수 없는 일이다. 나에게 익숙한 그림을 다른 사람에게 익숙한 풍경으로 만든다는 건 사실 불가능한 일일 것이다. 어쨌든 등장인물과 배경이 대강은 그려졌으니 이야기를 시작하자.

꽃집 아줌마와 꽃집 할아버지

　동네에서 처음 겪었던 일들이 어렴풋하게 떠오를 때는 모든 게 불투명하고 불확실한 꿈속 같았다. 꽃집 아줌마를 처음 만난 건 내가 이사 간 지 얼마 되지 않은 어느 날이었다. 그 뒤의 모든 일들은 또렷하고 분명하게 떠오른다. 혼자 있게 된 그날, 꽃집 아줌마를 만나던 순간부터 나는 갑자기 세상의 모든 걸 다 알고 태어난 아이가 되어버렸다. 그게 가능한 일일까 싶지만 적어도 기억 속에서는 그랬다.

　자다 일어났는데 아무도 없었다. 방 안은 어두웠다. 방문을 열고 문지방을 넘어 차가운 댓돌에 내려섰다. 신발을 찾았지만 내 신발은 없었다. 내 신발뿐 아니라 신을 건 아무 것도 없었다. 맨발로 부엌문을 열고 밖으로 나갔지만 아무도 보이지 않았다. 밖은 오후였는지 햇살이 눈부셨고 하늘은 구름 한 점 없이 맑았다. 겁이 났고 훌쩍훌쩍 눈물이 나오기 시작했다. 세상에 나 홀로 남겨진 것 같았다.

　골목을 이리저리 돌아다니며 사람을 찾아 나섰지만 동네는 텅 비어 있었다. 집 앞의 공터 끝에서 멀리 제관 공장을 내려다보았다. 그날따라 일하는 사람조차 보이지 않았다. 언덕을 기어올라 기차역의 화물 야적장으로 갔지만 거기도 아무도 없었다. 검은 석탄 먼지가 발가락 사이로 폴폴 올라왔고 발바닥은 불에 덴 듯 아팠다. 아지랑이가 이글거리는 선로에는 화물차들만 버려진 판잣집처럼 여기저기 늘어서 있는 것만 보였고 기차들도 들어오지 않았다.

어디로 가야 할지 몰랐다. 세상은 움직임을 멈춰 버렸고 살아 있는 사람은 모두 어디론가 떠나 버렸다. 울어야 했지만 나혼자 남겨진 세상에 운다는 것도 소용없는 일이었다. 그때 바라본 하늘에 구름 한 점이라도 있었더라면 좀 나았을 것이다. 구름이 흘러가는 모습만 보여 줬더라도 그렇게 겁이 나지 않았을 것이다.

세상은 너무 맑고 투명했으며 너무 완벽하고 무구했다. 그런 곳에서 나는 혼자였다. 나는 고독이라는 말을 이해할 수 없는 나이였지만 그때부터 나에게 고독이란 단지 외롭고 쓸쓸한 느낌이 아니라 슬픔과 공포가 뒤섞인 공황 상태에 가까운 무엇이었다.

집 앞으로 돌아온 나는 부엌문 옆에 쪼그리고 앉았다. 흙에 닿는 부분에 곰팡이가 푸릇푸릇 올라오고 있는 판자벽에 기대앉아 나는 눈물을 뚝뚝 흘리며 흙바닥을 하염없이 보고 있었다. 그때 개미가 기어 왔다. 개미는 하얀색의 작은 먹이를 물고 어디론가 기어가고 있었다. 나는 개미를 따라가기 시작했고 그러다 다른 개미를 만났으며 그 개미를 쫓다가 또 다른 개미를 만났다. 세상은 나 혼자가 아니었다. 개미를 쫓아 슬금슬금 움직이던 나는 어느새 혼자 남겨진 공포를 덜어 내고 있었고 골목을 기어 다니는 벌레를 찾아 골목을 기어 다니기 시작했다.

꽃집 아줌마가 나타난 건 그때쯤이었다. 그녀의 집은 동네에서 드물게 작은 마당을 가지고 있는 집이었다. 대문은 없었지만 대신 담이 쳐져 있고(그리고 그 집은 시옷자 지붕의 기와를 올린 집이다.) 작은 화단에 풀 몇 포기가 자라고 있었다. 나도 알지 못하는 사이에 그 집 마당까지 기어간 것이었다.

여닫이문이 비싯 열리고 그녀의 얼굴이 나타났다. 그녀의 갑작스러운 등장에 나는 몹시 놀랐다. 세상에 남겨진 사람이 나뿐만이 아니라는 안도감이 든 것은 말할 것도 없었고, 반가움 때문에 눈물이 날 지경이었다. 하지만 내가 놀랬던 것은 그것뿐이 아니었다. 나는 쪼그려 앉은 채로 잠깐 동안 그녀를 빤히 올려다보았다.

그녀는 그때까지, 아니 그때까지의 경험이라야 기억할 수 있는 게 아무것도 없었지만, 내가 보았던 여자 중에서 가장 예쁘고 아름다운 여자였다. 갓 부화한 새들이 맨 처음 본 걸 제 어미로 생각해 쫓아다니는 것처럼, 그녀 역시 아무도 없는 세상에서 처음 보기 때문에 가장 아름답다고 생각한 것인지도 모르겠다. 하지만 자신 있게 말할 수 있는데, 그녀는 분명 객관적으로도 아름다웠고 누가 보아도 예뻤다. 미추의 판단에서 아이들만큼 정확하고 솔직한 경우는 없다. 한 살배기 아이들도 아름다운 여인에 더 끌릴 것이라고 나는 말할 수 있다. 하물며 나는 너덧 살이 넘은 아이였고 아름다운 여인을 선택하는 절대적인 기준이 이미 확고하게 자리 잡은 나이였다.

꽃집 아줌마는 나를 보고 빙긋이 웃었다. "네가 새로 이사 온 돼지로구나." 나는 그제야 정신을 차리고 얼른 일어나 뒤도 돌아보지 않고 집으로 달려왔다. 세상은 더 이상 무섭지 않았으며 쓸쓸하지도 외롭지도 고독하지도 않았고 구름 한 점 없는 하늘이 겁나지도 않았다.

나는 늘 집에 혼자 남겨졌다. 아침을 먹고 나면 아버지는 제관공장의 일터로 향했고 어머니는 행상을 나갔으며 누나들은 학교에 갔다. 나는 방치되었고 방기되었다. 나는 늘 혼자였고 주위에는 아무도 없었다.

처음에 혼자 남겨졌을 때 그랬던 것처럼 동네에 아무도 남아 있지 않을 때는 여전히 겁이 났다. 그럴 때는 꽃집 아주머니 집을 기웃거렸고 그녀가 있는 걸 확인하고 나서는 재빨리 집으로 달려왔다. 그리고 안심하고 혼자서 놀았다. 그리고 꽃집 아주머니가 집에 없을 때는 누나들이 학교에서 돌아올 때까지 안절부절 하지 못했으며 골목을 기어 다니며 누군가가 나타나 주기를 기다렸다.

꽃집 아줌마와 나는 그런 사이였다. 그저 그녀가 집에 있다는 걸로 충분했다. 그녀가 집에 있으면 나는 하루 종일이라도 혼자서 놀 수 있었으며 그녀가 보이지 않으면 불안해졌다. 물론 내가 그녀의 존재에만 집착했던 것은 아니었다. 내가 혼자 남아 있을 때 동네에는 옆집 기남이네 아주머니도 있었고, 뒷집 옆집의 고시 공부하는 총각도 있었으며, 몇 집 건너 나와 같은 나이의 영규라는 친구도 있었다. 내가 몰라서 그렇지 생각보다 많은 사람들이 집에 머물러 있었다는 사실을 알게 되었다.

그 다음부터 혼자 남아 있어도 그렇게 무서움을 타지 않았다. 그래도 혼자 있을 때는 여전히 꽃집 아줌마의 집을 기웃거리는 게 버릇이 되었고 거기서 꽃집 할아버지를 만나게 되었다.

꽃집 아줌마와 달리 꽃집 할아버지는 보기만 해도 무서웠다. 아줌마는 늘 웃는 모습이었지만 할아버지는 한 번도 웃지 않았다. 아줌마는 동그란 이마에 그린 듯한 눈썹을 가지고 있었고, 할아버지는 굵은 주름이 팬 이마에 내 새끼손가락 길이만큼 긴 흰 눈썹을 가지고 있었다. 할아버지는 굵고 하얀 머리를 뒤로 빗어 넘기고 눈썹처럼 위로 말린 하얀 콧수염을 길렀고, 아줌마는 보글보글한 까만 파마머리에 붉고 작은 입술을 가졌다. 할아버지의 화가 난 매처럼 부릅뜬 눈과 내 주먹보다 큰 코는 그를 더욱 무섭게 보이게 했고, 아줌마의 쌍꺼풀진 동그란 눈과 끝이 동그랗게 맺힌 작은 코는 그녀를 더욱 예뻐 보이게 했다.

나는 꽃집 아줌마가 있는지 없는지, 그 집을 몰래 들여다볼 때마다 꽃집 할아버지가 있으면 기겁을 하고 뛰어왔다. 물론 꽃집 아줌마가 있을 때도 나의 행동은 똑같았지만 기분은 전혀 다른 것이었다. 하지만 어느 날, 꽃집 할아버지가 만들고 있는 소나무와 학을 본 순간 할아버지에 대한 무서움도 나의 호기심을 누르지는 못했다.

　꽃집 할아버지가 분합문을 열어 놓고 무얼 만들고 있을 때는 담벼락에 기대어 얼굴만 길게 뺀 채 그걸 구경했다. 꽃집 할아버지가 솜 한 뭉치를 떼어 내 풀을 바르고 한 손으로 쥔 다음 다른 손으로 끝 부분부터 살살 말아 두루미를 빚어내는 작업은 아무리 보아도 싫증이 나지 않았다. 두루미가 말라서 단단한 솜뭉치가 되면 작은 붓으로 그림을 그렸다. 검은 칠을 하면 새는 날개를 달았고 붉은 칠을 하면 새의 머리에 꼭두서니 빛의 화관이 생겼다. 할아버지는 학을 여러 마리 만들어 종이로 만든 소나무 위에 얹었다. 낙락장송에 점점이 내려앉은 학의 모습은 우아하고 기품이 있다. 꽃집 할아버지가 만드는 걸 훔쳐보다가 할아버지와 눈이 마주치면 얼른 숨어 버렸지만 금방 다시 고개를 내밀곤 했다.

　그때 나는 이유 없이 자신을 꺼리거나 겁내 하는 아이들의 행동이 어른들에게도 치명적인 상처가 될 수 있다는 걸 알지 못했다. 할아버지는 자신을 무서워하는 꼬마에게 더욱 무서운 표정을 지어 보였음에 틀림없었다. 할아버지와 나는 점점 적대적인 관계로 변했고 관계는 회복될 기미를 보이지 않았다. 정확하게 말하자면 내가 꽃집 할아버지를 무서워 할 이유도 없었고 할아버지가 나를 싫어할 이유는 없었다. 하지만 그 동네를 떠날 때까지 꽃집 할아버지와 나 사이의 긴장은 사라지지 않았다. 내 쪽에서 보자면 나는 그렇게 예쁜 아줌마가 그렇게 무서운 할아버지와 함께, 그것도 둘이서만 한 집에 사는 걸 이해할 수 없었다. 할아버지는 아줌마를 향한 나의 발길을 막아서는 심술쟁이였고, 나는 할아버지와 아줌마 사이에 뛰어든 방해꾼이었다. 나는 할아버지의 하얀 콧수염과 위로 치켜 올라간 긴 눈썹이 세상의 모든 적으로부터 꽃집 아줌마를 보호하기 위한 것이 틀림없다고 믿었다. 겁나고 무서운 일이었지만, 나 역시 할아버지의 적이었을 게 틀림없었다. 나는 그걸 어느 순간 알게 되었다. 그리고 어른이 되기 위해서는 할아버지가 나의 적이 되지 않을 수는 없었다는 것도 알게 되었다.

할아버지가 아줌마의 시아버지였는지 친정 아버지였는지 확실치 않았던 것은 내 기억이 흐릿하기 때문은 아니다. 할아버지와 아줌마가 그렇게 둘이 살게 된 것을 보고 동네 사람들이 피치 못할 사연이 있기 때문이라고들 했으며, 그 사연 중에는 꽃집 아줌마가 시집을 오자마자 할아버지의 아들이자 아줌마의 남편이 전쟁에 나가서 죽었다는 이야기도 있었고, 결혼한 아줌마가 무슨 이유로 소박을 맞고 돌아와 친정아버지와 사는 것이

라는 말도 있었고, 심지어는 아줌마가 할아버지와는 시아버지
와 며느리 사이도 부녀 사이도 아니라는 말까지 돌았다. 어쨌거
나 내가 그 모든 것을 완벽히 알기에는 너무 어렸다. 설사 진실
을 알았다고 해도 달라질 것은 없었다. 나는 꽃집 아줌마가 좋
았고, 꽃집 할아버지가 무서웠다.

화투의 열두 그림

꽃집 아줌마가 좋았지만 그랬다는 것뿐이다. 뭘 어쩌겠는가. 세상은 좋아할 것이 너무 많았고 보고 싶은 게 너무 많았으며 가지고 싶은 게 너무 많았다. 화투가 그랬다.

여름 장마가 시작되거나 한겨울 세상이 얼어붙을 때 아버지는 저녁이면 마을을 돌아다니면서 화투를 했다. 우리 집에서 판이 벌어지는 일은 없었다. 그건 서너 명의 어른들이 둘러앉고 나면 우리 식구들이 앉을 자리가 없어서였을 것이다. 아버지의 화투판이 노름이었는지 놀이었는지는 모르겠다. 동전과 지폐가 오고 가고 가끔 버럭버럭 소리를 지르며 실랑이를 하는 것으로 보아 노름에 가까운 것이었을 테지만 그게 노름판이었다면 나와 어머니가 함께 갔을 리는 없었을 것이다. 때로 화투판은 밤새 벌어졌고 그 옆에서 구경을 하던 나는 언제 잠든지 모르게 잠이 들었으며 눈을 뜨면 신기하게도 우리 집이었다.

처음 화투를 만지게 된 곳은 아버지를 따라 나선 노름판에서가 아니었다. 거기서는 화투를 만져 볼 기회를 갖지 못했다. 나는 그 알록달록한 그림에 매혹되어 있었지만, 담배 연기가 자욱한 좁은 방 안에서 어른들이 손에 쥔 그림을 가슴츠레 바라보기도 하고, 그러다가 심각한 체하거나 화를 내거나 박장대소를 터뜨리는 모습을 보면서, 화투가 어른들만 가지고 놀 수 있는 특별한 그림놀이라는 것을 분명히 알게 되었다. 그렇더라도 아니 그렇게 때문에 화투를 갖고 싶다는 열망은 좀처럼 사라지지 않았다.

겨우 내내 동네에서는 화투판이 벌어졌고 거의 매일이다시피 화투판을 쫓아다녔지만 기회는 없었다. 하긴 나 같은 어린애에게 그건 있을 수 없는 일이었다. 기회는 다른 곳에서 왔다.

봄에 우리 집 앞에 새로 집을 짓고 홍 씨 아저씨가 이사를 왔다. 집을 새로 지었다고는 하나 며칠 만에 블록을 쌓아 올리고 슬레트를 씌우고 가구들을 놓고 벽지를 발라 지은 집은 새집이나 헌집이나 별반 다를 게 없어 보였다. 단지 새로 분홍 벽지를 바른 방 안은 산뜻하고 정갈한 느낌을 주었기 때문에 그 집에 마실을 가는 것은 기분 좋은 일이었다. 마실이랄 것도 없었다. 우리 집 문을 열면 동네의 골목이자 작은 공터가 약간 아래쪽에 자리 잡고 있었고 바로 그 끝에 홍 씨 아저씨네 집이 있었기 때문이다. 문을 열고 뛰어가면 단 5초도 걸리지 않을 거리였다. 그 집은 부엌과 방문이 따로 있었는데 그 집 방문을 열면 바로 우리 집에서도 방 안을 훤히 볼 수 있었다.

홍 씨는 아버지가 일하는 제관 공장의 노무자였다. 약간 대

머리가 진 게 마흔은 넘어 보였는데 기름진 얼굴에 늘 사람 좋은 웃음을 흘리고 다녔다. 홍 씨 아저씨에게는 자식이 없어 아내와 단 둘이 살았다. 얼핏 들은 바로는 지금의 아내가 재취라고들 했다. 재취가 무슨 말인지 알 수는 없었지만 새마누라 어쩌고 하는 것으로 보아 재혼한 모양이었다. 그 부인이 홍 씨네 아주머니였다. 아저씨의 부인을 그렇게 불렀던 것 같은데 그건 내가 알아서 그렇게 부른 게 아니라 엄마가 나에게 심부름을 시킬 때 "홍 씨네 아주머니께 드리고 오너라." 그렇게 말했기 때문이었다.

이렇게 말하는 게 맞는 말인지 모르겠지만 어쩌면 홍 씨네 아주머니는 내가 처음으로 육체적인(?) 친밀감을 느낀 여인이었을 것이다. 나이는 서른이 넘은 듯했고 약간 둥그렇고 살집이 있는 얼굴이었다. 언제나 말이 없었고 좀처럼 웃는 법이 없었다. 그녀는 새색시라고 하기에는 아줌마 같았고 아줌마라고 하기에는 새색시에 가까웠다.

홍 씨네 아주머니는 늘 수수한 한복을 곱게 차려 입은 채 방안에 앉아 있었고 웬만해서는 밖으로 돌아다니지 않았다. 아침이면 방문을 활짝 열고 아주머니가 방걸레질을 치는 모습을 볼 수 있었다. 그녀가 걸레질을 하는 모습을 바라보는 것은 나에게 이상한 부끄러움을 안겨 주었다.

가끔 홍 씨네 아주머니 집을 지나치다 보면 그녀 혼자 앉아 방바닥에 무언가를 늘어놓고 열심히 들여다보는 모습이 보였다.

흘금흘금 눈길을 보내던 나는 그녀가 화투를 늘어놓고 패를 떼고 있다는 것을 알게 되었다. 슬금슬금 몰래 다가가 홍 씨네 아주머니와 화투를 번갈아 들여다보기 시작했는데, 그러다 그만 나도 모르게 정신없이 거기에 빠져들고 말았다.

방에서 풍겨 나오는 분 냄새 같기도 하고 풀 냄새 같기도 한 묘한 향기, 방바닥에 비친 햇살이 어른거려 더욱 화사해진 분홍색 벽지, 연두색과 흰색이 점점이 박혀 있는 아줌마의 공단 치마저고리 그리고 끝없이 펼쳐지는 알록달록한 화투패가 어우러진 황홀하고 신비한 풍경 속에 넋을 잃었다.

어느새 나는 방문턱에 쪼그려 앉아 붉은색이 뒤집어지면서 솟아오르는 형형색색의 빛깔을 하염없이 바라보고 있었다. 홍 씨네 아주머니는 나를 보았는지 아닌지 눈길 한 번 주지 않은 채 화투의 패만 뒤집고 있었고 그럴 때마다 나의 입에서는 가벼운 탄식이 저절로 새어 나왔다.

한참을 지난 뒤, 모든 패가 다 뒤집어지자 하얗고 통통한 아줌마의 손이 화투를 뒤섞기 시작했다. 그제야 홍 씨 아줌마는 고개를 들어 나를 바라보았고 부끄러운 듯이 웃었다. 아줌마와 나의 눈이 딱 마주치는 순간 나는 갑자기 못된 짓을 하다 들킨 것처럼 아찔한 기분을 느꼈고 그래서 후닥닥 일어나 집으로 돌아오고 말았다. 그때 나는 처음으로 어른들의 세계에서 일어나는 비밀의 열쇠를 손에 쥔 것 같은 느낌이 들었다. 그것은 불안하기도 하고 초조하기도 하고 설레기도 하고 뭔가 알 수 없는 기분에 휩싸이게 하는 그런 느낌이었다.

　며칠 동안 나는 홍 씨네 아주머니와 마주치지 않기 위해 집을 나가기 전에는 반드시 부엌문을 열고 빠끔히 내다보았다. 아줌마네 방문이 닫혔는지를 확인하고는 부리나케 뛰어나가 줄달음쳤는데 왜 그래야 했는지 그것은 나로서도 알 수 없는 일이었다. 나는 부끄러움이 많은 아이였다.

　하지만 그 나이의 아이란 뭐든 쉽게 받아들이고 또 뭐든 쉽게 잊어먹는 법이다. 며칠이 지나자 나는 언제 그랬냐는 듯이 천연덕스럽게 다시 홍 씨네 아주머니의 방문턱에 쪼그리고 앉아 있었다. 아주머니는 여전히 똑같이 앉아 화투의 패를 뒤집고 있었고 나는 마음을 졸이며 그것을 바라보았다.

　그 뒤로 그녀가 나에게 어떤 말을 해 꼬드겼는지 아니면 내가 그녀를 어떻게 구워삶았는지 기억이 나지 않지만, 얼마 후 나는 아줌마의 방으로 기어 들어가는 기회를 얻었고, 며칠 뒤에는 아줌마와 마주앉아 함께 패를 뒤집는 놀이를 시작했으며, 또 얼마 후에는 아줌마와 둘이서 민화투를 쳤고, 다시 얼마 후에는 아줌마가 끓여 주는 밥을 얻어먹었으며, 다시 또 얼마 후에는 놀랍게도 아줌마의 무릎을 베고 누워 잠이 들었다. 뺨에 닿은 공단 치마의 하늘거리는 감촉에 자꾸 몽롱해지는 분 냄새를 맡으면서 나는 어른들의 세계에 들어선 기분이 그런 것이라고 생각했고 더불어 오묘하고 깊은 화투의 세계에 빠져 세상의 이치를 모두 깨달은 듯 느긋해 했다.

이참에 화투에 대해 내가 깨달았던 진리를 말해 보겠다. 진리? 그렇게 말할 수 있으면 말이다.

나는 지금도 화투의 홍단을 보면 홍 씨네 아주머니를 떠올린다. 홍 씨 아줌마의 이름이(물론 홍 씨가 그녀의 성은 아니지만) 홍단의 홍자와 같은 것이기도 했지만 아줌마가 유달리 홍단을 좋아했기 때문이었다. 아니 홍 씨 아줌마가 홍단을 좋아했는지 정확히 기억나지는 않지만 틀림없이 좋아할 것이라고는 생각했던 것 같다. 그것은 말하자면, 내가 좋아하는 것을 애써 감추고 상대방이 좋아하는 것을 배려할 정도로 어른스러워졌다는 것을 의미했다. 그걸 화투를 통해 알게 되었으니 그 세계는 필연 놀랍고 오묘했다.

나에게 홍단은 부끄러운 대상이며 섣불리 가져올 수 없는 패였다. 홍단을 이루고 있는 1월과 2월과 3월의 패, 그 중에서도 2월의 매화와 3월의 벚꽃은 만지기에도 부끄러울 만큼, 손에 들면 이상한 기분이 들고 마음이 두근거리는 그림이었다. 굳이 여인에 비유한다면 2월은 조금 촌스럽지만 부끄러움을 많이 타는 새색시 같았고 3월은 화사하게 차려입은 세련된 연인과 같았다. 홍단 중에서 1월은 그나마 내가 가져올 용기를 낼 수 있는 패였다.

홍단에서는 부끄러웠지만 청단에서는 당당했다. 너무 만개해 아무런 매력도 느끼지 못하는 6월의 작약이나 꽃인지 국수 가락인지 구별할 수 없는 9월의 국화, 그리고 산뜻하지만 어딘지 나약해 보이는 10월의 단풍은 그림 자체가 매력이 있었던 것은 아니었다. 그보다도 눈부시게 파란 하늘색의 띠가 더 마음에 들었다. 그 깨끗하고 단호한 파란색. 나는 홍단을 갖고 싶을수록 청단에 집착했다. 그녀가 홍단이라면 나는 청단이었고 그것은 공평했다. 그게 어른들의 룰이었다.

홍단이나 청단에 비하여 아무런 매력도 없는 초단은 누구의 것도 아니었다. 4월의 흑싸리는 너무 건조하고 5월의 난초는 차가우며 7월의 홍싸리는 무미하다. 그래서 버려도 아깝지 않으며 취해도 반갑지 않지만 그래서 언제든 얻을 수 있으며 언제든 버릴 수 있는 것이었다. 세상엔 그런 것들도 있다. 그것 역시 어른들의 법칙이었다.

사람이 재물을 탐하듯이 누구나 집착하는 패가 있으니 그것은 빛 광자가 선명한 패들이었다. 화려할수록 비싸고 좋은 것이다. 세상의 모든 물건이 그러하듯 화투 패 역시 그러하다. 하지만 스무 점짜리 광들 중에서도 내가 마음 놓고 취할 수 없는 패가 있었으니 그것은 삼광과 비광이었다.

일광의 검은 솔숲에 늠름하게 서 있는 학은 꽃집 할아버지의 소나무에 올려진 학보다는 못하였으나 도저히 그 고고한 자태를 양보할 수는 없었다. 홍단을 좋아하는 홍 씨 아줌마에게는 미안한 일이었지만 그녀의 독주를 막기 위해서라도 1월의 늠름한 학과 털북숭이에 붉은 막대를 꽂은 것처럼 보이는 홍단 띠의 환상적인 조합을 포기할 수는 없는 일이었다. 팔광은 멍청하지만 그렇기 때문에 언제든 불러올 수 있는 것이었고 똥광은 더럽지만 그래서 그녀에게 넘겨 줄 수는 없는 일이다. 그렇다면 삼광은?

화단 위에 흐드러지게 만개한 벚꽃에 어떻게 손을 댄단 말인가? 내가 가장 갖고 싶은 패가 3월이었다. 나는 3월의 벚꽃을 볼 때마다 그걸 어딘가에 숨겨 놓고 싶었다. 누구에게도 보이고 싶지 않았고 손에 닿게 하고 싶지도 않았다. 그 패는, 말하자면 꽃집 아줌마의 것이었다. 그걸 손에 쥐었을 때 느끼는 야릇한 흥분은 떨치기가 어려웠다. 우아하고 화사한 3월의 5점짜리 홍단이나 점수도 쳐주지 않는 단아한 피까지도 나는 놓칠 수 없었다. 그러니 홍 씨네 아줌마가 홍단을 좋아했으되 홍단으로 점수를 내기는 쉬운 일이 아니었다. 그게 어쩔 수 없는 화투의 법칙이었다.

비오는 날 손님이 우산을 들고 있는 12월의 비광은 쓸쓸한 그녀의 마음이기도 했고 그녀의 집을 찾아간 나의 마음이기도 했으니 어찌 슬프지 않을 수 있으랴. 사실 이런 발칙한 발상을 그 당시에 내가 했을 리도 없었고, 홍 씨 아줌마가 패를 엎으며 혼자 작은 소리로 중얼거린 말을 유심히 들었던 걸 내 기억에 덧붙이는 것뿐이다.

이런 깊고 깊은 그림의 이치는 날마다 달라지고 때마다 바뀌었으며 기분에 따라 뒤섞였다. 그게 또 화투의 매력 아닌가? 그리고 화투의 열두 그림이 더 이상 새로운 모습을 보여 주지 못했을 때가 오자 더 이상 홍 씨네 아주머니 집을 방문하는 일은 없었다. 그리고 그 뒤 홍 씨 아주머니에 대한 모든 기억도 사라졌다.

쌍둥이 형제

과거에는 잊고 싶은 기억이 있게 마련이다.

생각만 해도 골치 아프다고 내가 말했던가? 쌍둥이 형제 말이다. 처녀 둘이 사는 집 옆에 사는 쌍둥이 형제는 나보다 서너 살이 위였으니까 초등학교 2, 3학년쯤 되었을 것이다. 그들의 장난은 지금 생각해 보면 순진하고 무구하여 저절로 웃음 짓게 만드는 구석도 없지 않았으나 그 장난의 피해 당사자 중의 하나였던 나로서는 결코 그렇게 만은 생각할 수 없었다.

쌍둥이라고 했지만 그들은 똑같이 생겨 먹지는 않았다. 형인지 아우인지 구분할 수는 없지만 둘을 나란히 놓고 보면 분명히 다르게 생겨 얼핏 쌍둥이라는 것이 믿어지지 않았는데, 또 하나씩 떨어뜨려 놓고 보거나 얼굴을 떠올리면 도대체 누가 누군지 구별이 되지 않았다. 그러니까 그들은 같다고 말할 수도 있고 다르다고 말할 수도 있었다. 하지만 그들이 정말 틀림없는 쌍둥이라는 것을 증명해 보였던 것은 그들의 그칠 줄 모르는 장난기였다.

무심코 골목을 지나다 보면 어디선가 나타나 내 머리통을

거품돌로 긁고 도망치는데, 한두 번도 아니고 그때마다 매번 울
수도 없고 미칠 지경이었다. 거품돌이란 철로변에서 주워 오는
철광석의 찌꺼기를 말한다. 기차의 무게를 분산시키기 위해 철
로에는 흔히 자갈을 깔아놓는데 자갈 대신 철을 녹일 때 나온
부산물인 슬러그를 잘게 부숴 깔아 놓기도 했다. 거기에 거품돌
이 섞여 있었다. 사실 이것은 돌이 아니라 철광을 녹일 때 거품
처럼 일어나는 찌꺼기들이 구멍이 숭숭 뚫린 채 굳어진 것을 말
한다.

이 노란색이 나는 거품돌은 가볍고 거칠지만 돌에 문지르면
네모나게든 동그랗게든 마음대로 형태를 만들 수 있어 어른들
은 발뒤꿈치의 굳은살을 미는 데 안성맞춤으로 사용했고 아이
들은 이걸로 다른 아이들의 머리털을 뽑는 장난에 요긴하게 썼
다. 한번 머리끝에 닿으면 긴 머리든 짧은 머리든 우두둑 하고
몇 가닥씩 뽑혀 나가 저절로 눈물이 찔끔거리게 아팠는데 제대
로 당하면 머리털이 뭉텅이로 뽑히기도 했다.

거품돌의 효과와 성능은 엄청난 것이어서 웬만큼 친한 동무
사이였더라도 이 장난을 거치면 적어도 열흘 동안은 쳐다보기
도 싫을 정도가 되었다. 한두 차례 누나들의 머리털을 뽑았다가
엄청난 보복을 당한 적이 있어서 나 역시 사용을 극도로 자제하
고 있는 중이었다.

나이 어린 나조차 장난을 하더라도 똥인지 오줌인지 구별을
하는 판인데 나보다 몇 살이 더 많은 쌍둥이 형제들은 아랑곳하

지 않았다. 그들은 내 뒤통수에 몰래 다가와 귀 옆을 밀어버리는데 그때마다 나는 골목이 떠나가라고 울면서 집으로 돌아와야 했다. 아픈 것도 아픈 것이지만 매번 당해야 하는 비참한 상황이 더욱 슬펐다. 하지만 그들의 공격을 막을 수 있는 방법이 나에게는 없었다. 그런 면에서는 동네 개들보다 못했다. 쌍둥이 형제들의 거품돌 공격은 어슬렁거리고 지나가는 개들이라고 예외가 아니었다. 한 번 혼쭐이 난 개는 큰 개건 작은 개건 그들의 근처에 얼씬도 하지 않았다. 누나한테 일러 봐야 오히려 당하지 않으면 다행이었고 엄마한테 일러 본댔자 소용없었다. 족제비처럼 날래고 고양이처럼 재빠른 녀석들을 잡을 수 있는 어른은 동네에 거의 없었다. 그들의 장난은 심한 정도를 지나쳐 해도 너무 했다.

한번은 골목에서 '야'하고 부르는 소리가 들려 뒤돌아보았는데 막대기가 내 뺨을 찔렀다. 그건 흔한 장난이다. 그런 정도라면 참아줄 만 했다. 하지만 그렇게 끝낼 그들이 아니었다. 뺨이 얼얼하여 만져 보았는데 뭔가 구린 냄새가 나는 게 아닌가? 쌍둥이들은 똥을 찍어 바른 막대기로 그 짓을 했던 것이다.

아이들의 장난이라고 모든 게 용서가 되는 건 아니다. 장난이라면 둘째가라면 서러워할 나조차도 쌍둥이 형제들에게는 적수가 되지 못했다. 적수는커녕 근처에 다가가지도 못했다. 살아 있는 악마가 있다면 바로 그들이었다. 나는 적어도 쌍둥이들이 존재하는 한 세상의 평화는 없다는 결론을 내렸지만 그렇다고 나의 자괴감과 두려움이 없어지는 건 아니었다. 도무지 어찌할 수 없이 매번 당해야 하는 무력감은 내가 겪어야 할 최초의 삶에 대한 좌절감이었다.

유일한 위안은 이렇게 당하는 게 나뿐만이 아니라는 것이었다. 쌍둥이들의 짓궂은 장난의 대상은 또래들과 그보다 나이 어린 조무래기들 전부에게 해당했고 때로는 어른들도 당하기 일쑤였다. 매일처럼 누군가 울음소리가 나서 주위를 살펴보면 십중팔구 후다닥 골목길로 튀는 놈들은 쌍둥이 형제였다. 그들의 끊임없이 반복되는 짓궂은 장난은 매번 동네의 분란을 일으켰으며, 지금의 기분대로 과장해서 말하면, 동네에서 일어나는 싸움의 절반은 그들에서 비롯되었다.

매번 울고 돌아오는 아이의 엄마가 쌍둥이 어미를 찾아 따졌지만 그 어미는 쌍둥이보다 더 뻔뻔스런 여편네(어른들의 표현을 빌리자면)였다. 뚱뚱하고 거칠 것 없이 생긴 용모에 "뭐 어쩌라고?"하며 눈을 희번득대며 여차하면 되려 달려들 기색을 하는 쌍둥이 어미의 기세에 질리지 않을 사람은 없었다.

그런데 쌍둥이 형제들이 그 어미에게 그야말로 죽도록 얻어맞는 일이 생겼다. 한번은 내 친구 집 앞집 사는 할머니가 고래고래 소리를 지르며 부지깽이를 들고 언덕길로 쫓아 올라가는 모습이 보였다. 벌써 쌍둥이들은 무슨 일을 저지르고 난 뒤였는지 언덕 위로 쏜살같이 내빼고 있는 중이었다. 머리가 하얗게

센 꼬부랑 할머니가 그들을 따라잡기란 어림 턱도 없는 일이었지만 할머니는 녀석들을 쫓아 철도 건널목까지 뛰어갔다. 보통 같으면 그러고 말 일이었지만 사태는 그렇지 않았다.

얼굴이 파랗게 질린 할머니는 아직도 분이 풀리지 않았는지 단 걸음에 언덕을 내려오더니 그대로 쌍둥이 집으로 향했고 들고 있던 부지깽이로 그 집 부엌문을 부술 듯 두드리다가 그 어미가 나오자 인정사정없이 쇠막대를 휘두르기 시작했다. 그 기세 좋던 쌍둥이 어미도 너무 급작스럽게 당하는 일이라 미처 대응도 하지 못한 채 나자빠지고 어떻게 팔을 휘둘러 막아 보려 했지만 할머니는 어디서 그런 힘이 났는지 쇠 몽둥이질을 그치지 않았다. "네 이년, 베라먹을 년. 쌍둥인지 미친 새깽인지 데리고, 이 동네에서 나가! 당장 나가!" 어느새 동네 사람들이 새카맣게 몰려들었지만 아무도 할머니를 말릴 생각을 하지 않았다. 쌍둥이 어미는 '아고 나죽네'를 몇 번이나 외쳤지만 얼핏 동네 아낙이 "차라리 저 어멈한테 똑같이 해 줍시다." 하고 거드는 소리를 듣고 나서야 자식들이 저지른 일이 이번엔 그냥 넘어갈 수 있는 일이 아니란 걸 깨달아야 했다.

사태는 이랬다. 정말 말하기 민망한 이야기지만 쌍둥이들이 그런 민망한 일을 저질렀다. 할머니에게는 손녀가 하나 있었다. 막 걸음마를 뗀 아이였을 테니 두 살쯤 되었을 것이다. 할머니가 잠깐 아이를 마당에 두고 자리를 비우고 돌아와 보니 아이가 울고 있었다. 달래도 보고 안아도 보고 업어도 보았지만 아이는 울음을 그치지 않았다. 아이는 점점 더 크게 울기 시작하더니 나중에는 떼굴떼굴 구르며 악을 쓰는 것이었다. 사단이 났다 싶어 들쳐 엎으려다 뭔가 이상해서 할머니가 바지를 벗겨 보니 아이의 사타구니에, 이상한 게 붙어 있었다. 테이프였다. 미군들이 찢어진 천막을 때우는 데 쓰는, 어떤 경우라도 절대 떨어지지 않는다는 널따란 강력 테이프가 아이의 오줌 구멍에 척하고 붙어 있었던 것이다. "이런 망할." 할머니는 오지게 붙어 있는 테이프를 떼어 내느라 끙끙댔고 아이는 더욱 자지러지며 울어 댔다. 간신히 귀퉁이를 떼어 내자 아이는 오줌을 싸기 시작했고 그제야 울음이 잦아들었다. 그때 할머니는 골목에서 머리를 내민 채 킥킥대고 있던 쌍둥이들을 보았고 옆에 있던 부지깽이를 들고 그대로 쫓아갔던 것이다.

그날 저녁 쌍둥이들은 어미에게 붙들려 어미가 낮에 당한 수모까지 더해 흠씬 두들겨 맞았다. 쌍둥이 엄마는 "차라리 저 어멈한테 똑같이 해 줍시다."라는 말의 의미를 확실히 이해한 것 같았다. 쌍둥이 어미는 동네 사람들 모두가 들으라는 듯이 세상에 떠다니는 온갖 욕을 아이들에게 갖다 대며 말 그대로 개 패듯 했는데, 정말 저러다 애 잡겠네 하는 소리가 저절로 나올 지경이었지만 동네 사람 누구도 말리러 가는 사람이 없었다.

벌레무덤과 수진이

한 여름에도 동네에서는 매미가 울지 않았다. 동네에는 매미가 쉬어 갈 한 그루의 나무도 없었다. 태양은 지붕 위에 발라진 콜타르를 녹일 정도로 뜨거웠다. 그늘에서도 지붕 위의 열기가 콜타르 냄새와 섞여 아래로 흘렀다. 마을은 이글이글 타오르는 불 속에 있는 것과 마찬가지였다. 불이라도 그어 대면 남아나는 집은 하나도 없었을 것이다.

이런 날 동네에 남아 있는 것은 불가능했다. 폭염에 갇혀 아무 소리도 들리지 않는 적막한 마을에 혼자 남아 있다는 것은 공포 그 자체였다. 아침이면 일을 나가는 어른들은 여름 한낮의 마을이 주는 괴기스러움을 끝내 알지 못했을 것이다. 우리, 마을을 지켜야 하는 꼬맹이들은 아침을 먹기가 무섭게, 쳐들어오는 적군에 지레 겁먹은 병사들처럼 별장의 그늘 속으로 도망을 쳤다.

별장 뒤편의 뚝방과 연결된 느티나무 그늘은 여름이면 아이들로 버글거렸다. 오전에는 나처럼 어른들의 일을 거들지 않아도 되는 특권을 가진 아이들뿐이었지만, 오후가 되면 조금 큰 아이들까지 모여들었다. 그곳은 시원한 나무 그늘이 있었고 차례가 되면 나무에 매달린 그네를 타고 하늘을 날 수도 있었으며, 부드러운 흙으로 다져진 천연의 미끄럼틀을 탈 수도 있었다. 그 아래부터는 맨발로는 도저히 걸을 수 없는 백사장이 끝없이 펼쳐졌고, 백사장을 건너면 사막의 고통을 견뎌낸 아이들에게 충분히 보상을 하고도 남을 오아시스인 한강의 맑은 물이 흘렀다.

무엇보다 아이들을 그곳으로 이끈 것은 그 촉촉하고 부드러운 흙이었다. 모래보다 더 곱고 진흙보다 더 부드러운 흙은 만지기만 해도 더위가 가실 정도로 시원했다. 흙바닥에 털퍼덕하고 주저앉아 공기놀이를 하거나 땅따먹기를 하는 것도 재미있었지만 무엇보다 나를 매혹시켰던 것은 글자 찾기였다. 글자? 내가 글씨를 알고 있었던가? 그건 중요하지 않았다. 학교에 들어가기 전 내가 알고 있는 글자라야 내 이름과 간단한 몇 개의 단어 그리고 숫자들과 원과 네모와 세모 정도의 기호가 전부 다였지만 글자 찾기를 하는 데는 문제가 되지 않았다.

글자 찾기는 보통은 둘이 하게 된다. 서로 등을 대고 돌아앉아 서로에게 보이지 않도록 땅에 글자나 그림을 새긴 다음 흙으로 꽁꽁 덮는다. 흙을 덮어 토닥토닥 손으로 두드리기도 하고 어떨 때는 발로 쾅쾅 밟아 다져 놓고 나서 서로 자리를 바꿔 땅속에 새겨진 글자나 기호를 찾는 놀이다.

글자 찾기는 아이들 놀이 중에서 가장 정교한 놀이 중의 하나이다. 먼저 위에 덮힌 흙을 살살 거두어 내고 손가락으로 무늬를 더듬어 파면서 손끝에 전해지는 미세한 차이를 느껴야 한다. 원래의 흙과 북돋아 놓은 흙은 모두 같은 흙이지만 절대 같은 흙이 아니다. 그걸 발견해 내지 않으면 놀이는 불가능해진다. 그리고 매우 조심하지 않으면 성공할 가능성이 매우 낮은 놀이기도 하다. 비록 아이들 놀이에 불과했지만 손끝의 감각과 예측이 적절하게 조화되어야 즐길 수 있는 놀이인 것이다.

간혹 글자를 새겨 넣는 아이가 멍청하거나 아니면 고의로 난삽하게 새겨 넣은 경우에는 다툼이 일어났다. 그리고 글씨를 찾는 아이가 신중하지 못해 글자를 무너뜨렸을 때도 다툼이 일어났다. 누구의 잘못인지 판정할 수 있는 객관적인 근거를 도저히 찾을 수 없었기 때문에 그 놀이는 항상 서로 신뢰할 수 있는 아이들이 짝을 이뤄 할 수밖에 없는 놀이였다. 승패의 결과에 집착하기보다는 과정이 훨씬 중요한 놀이라는 것을 이해할 수 있는 아이들 사이에서는 아무런 다툼이 일어나지 않았지만 그런 짝은 몇 되지 않았다.

나는 그 놀이를 무지 좋아했지만 글자 찾기 놀이를 아무하고나 할 순 없었기 때문에 혼자 하는 놀이를 발견하게 되었는데 그것은 글자 찾기보다 몇 배는 더 즐거운 벌레무덤 만들기였다.

나의 박물관 놀이는 정말 은밀하고 비밀스럽게 이루어졌다.
먼저 벌레를 잡는다. 여치, 메뚜기, 잠자리, 쓰르라미, 귀뚜라미, 풀무치, 땅강아지, 무당벌레, 사슴벌레, 풍뎅이, 사마귀,

각다귀, 지렁이, 노린재, 송충이, 노래기, 굼벵이 등등 세상에 꿈틀거리는 모든 것. 물론 쉽게 잡을 수 없는 말매미나 장수잠자리는 여기서 제외된다. 그들을 산 채로 무덤 속으로 보낸다는 것은 아까운 일이다.

나는 벌레들에게 내 기분에 따라 각자의 품성을 정해 주곤 했는데, 메뚜기는 바보스럽고, 여치는 여리고, 잠자리는 우아하고, 귀뚜라미는 방정맞으며, 풍뎅이는 멍청하고, 풀무치는 용감하고, 사마귀는 간사하고, 사슴벌레는 고집스럽다는 식의 말도 안 되는 성격을 부여하곤 했다. 물론 크고 멋있게 생길수록 품성이 좋은 벌레이다. 이를 테면 장수왕잠자리는 녹색과 검은색의 환상적인 몸 색깔로 나를 사로잡았고, 그에게 벌레들 중의 최고 작위인 장군이라는 호칭을 서슴없이 내려 주었다.

가장 사랑스러운 벌레는 땅강아지다. 누가 무슨 벌레가 제일 좋으냐고 물으면 절대 땅강아지라고 말을 하지는 않을 테지만 사실은 땅강아지가 제일 좋았다. 어떨 때는 땅강아지야말로 나의 분신이 아닌가 하는 생각이 들 때도 있었다. 땅강아지가 멋지게 생기거나 예쁜 색깔을 가지고 있지는 않다. 어쩌면 흉하다고 할 수 있는 누런 색깔이다. 땅강아지는 보기보다 만지면 매우 부드럽다. 특히 배 부분이 더 보들보들하다. 머리는 투구를 쓴 것처럼 딱딱한 편인데 색은 다른 곳보다 좀 짙은 편이다. 거기에 까만 눈이 마치 깨알처럼 콕 박혀 있다. 다른 무엇보다 앞발은 환상적이다. 마치 어린아이의 손을 조그맣게 축소해 놓은 것처럼 귀엽다. 등 뒤로는 마치 아기장수의 것과 같은 작은 날개가 달려 있다. 세상에 하늘을 날면서 동시에 땅속으로 다닐 수 있는 존재가 몇이나 될까? 땅강아지가 바로 그런 존재다. 내다른 별명 중의 하나가 땅강아지였는데 나는 그 별명만큼은 불만이 없었다.

한 마리의 벌레를 잡아 오면 뚝방의 으슥한 곳, 때로는 아이들이 노는 한복판에 작은 구멍을 파고 벌레를 집어넣는다. 물론 그들이 먹어야 할 풀들도 잊지 않고 깔아 준다. 그리고 유리 조각을 그 위에 덮는다. 별장의 오른편 아래에는 예전에는 온실이었던 반 지하실이 있었고 거기에서 깨진 유리 조각을 얼마든지 구할 수 있었다. 유리판 위에 흙을 덮고는 토닥토닥 두드리거나 발로 쾅쾅 밟아 놓고 다시 벌레를 잡으러 떠났다.

벌레를 잡아서 근처에 파묻고 똑같은 짓을 되풀이 하게 되는데 절대 아이들에게 들키지 말아야 했다. 하루 종일 벌레를 잡으러 돌아다니고 파묻으면서 나는 대역사를 비밀스럽게 진행하고 있다는 뿌듯함을 즐기곤 했다. 수십 개의 무덤이 만들어졌고 그 위에서 아무 것도 모른 채 놀고 있는 아이들을 바라보는 것만으로 나는 이미 절반의 즐거움을 얻은 것이다.

다음 날 아이들 사이를 비집고 다니면서 내가 숨겨 놓은 비밀의 방을 하나씩 발굴하기 시작한다. 손으로 여기저기를 파다가 유리의 매끈한 감촉이 느껴지면 조심스럽게 손가락을 빙글빙글 돌려 흙을 거두어 내고 그 비밀의 방을 들여다본다. 벌레는 아직 꿈틀거리고 있고 그걸 확인하고 나서는 조심스럽게 흙을 덮고 다른 방을 찾기 시작한다.

그 짓은 벌레가 더 이상 움직이지 않을 때까지 계속되었는데 보통은 사흘을 넘기지 못했다. 땅강아지를 빼놓고, 벌레들이 너무 빨리 죽어 버렸기 때문이었다. 풀무치가 가장 오래 살았는데 풀무치는 나흘인가 닷새를 지나도록 작은 진열창 밑에서 부스럭거렸다. 벌레들이 죽으면 그대로 그 자리가 무덤이 되었다.

며칠 동안 벌레무덤을 만들고 발굴하는 재미가 시들해지자 무덤들을 누군가에게 자랑하고 싶은 충동이 스멀스멀 일어나기 시작했다. 아무도 모르는 나의 비밀을 슬쩍 보여 주며 우쭐해하는 기분 역시 놓칠 수 없는 즐거움이었다. 그때 좀처럼 뚝방으로 오지 않던 기남이의 동생 수진이가 올라왔다.

수진이는 동그란 얼굴에 단발을 하고 있었고 커다란 눈이 깜찍할 정도로 예뻤다. 날이 몹시 더웠음에도 하얀색 타이즈를 입었는데 거기에 짧은 줄무늬 치마를 입은 모습은 정말 귀여웠다.

나는 수진이를 무지하게 좋아하고 있었다. 물론 꽃집 아줌마의 경우처럼 한 번도 내색한 적은 없었다. 꽃집아줌마? 그녀는 잠깐 잊어 주기 바란다. 그건 차원이 다른 이야기다. 수진이는 바로 옆집에 살았지만 그 아이는 나와 놀기에는 너무 어렸을뿐 아니라(불과 한두 살 아래였지만) 놀 수 있는 기회가 있었다고 하더라도 부끄러움으로 자리를 피해 버리곤 했다.

수진이는 언니인 수옥이 누나를 따라 왔다. 수옥이 누나는 수진이 보다 더 예뻤지만 어쩐지 눈에서는 늘 서늘한 기운이 돌았고 깔끔하게 단발이 된 머리카락은 너무 단정했다. 동네 아이들도 수진이가 나타나자 그 모습에 모두 반해 버린 것 같았다.

그런데서 보게 되자 나는 옆집에 살고 있다는 특권을 발휘하여 수진이에게 다가갔다. "재미난 거 보여줄게." 그리고는 수진이의 작고 하얀 손을 잡았다. 그 순간 내 얼굴이 빨갛게 달아오르고 말았다. 수진이의 깨끗한 손을 흙이 잔뜩 묻어 있는 더러운 나의 손으로 잡았기 때문은 아니었다. 여자 아이의 손을 잡는다는 것은 어린 우리들 사이에서도 상상할 수 없는 일이었는데 덜컥 그런 짓을 저지른 것이다.

하지만 평소에 새침데기였던 수진이는 "뭔데?" 그러면서 나의 손을 잡고 따라와 주었고 나는 수진이의 살가운 반응에 힘입어 아이들의 시선을 간단히 무시할 수 있었다.

나는 벌레무덤을 보여 줄 참이었다. 땅속에 숨겨진 비밀의 창문을 열어 보이면 수진이는 아마 깜짝 놀랄 것이다. 생각만 해도 가슴이 두근거렸다. 이참에 땅속에 묻혀 있는 비밀의 방을 아이들이 다 알아 버린다고 해도 괜찮을 것 같았다. 나는 작은 막대기를 깊숙이 꽂아 자리 표시해 둔 장소로 가서 무릎을 꿇고 앉아 벌레무덤을 찾기 시작했다. 수진이도 흥미로운 듯이 옆에 쪼그리고 앉았다.

그런데 아무리 땅을 파도 무덤이 나오지 않았다. 나는 초조해지기 시작했고 급기야는 여기저기 마구 헤집기 시작했는데 그러다가 너무 깊이 팠던 탓인지 무덤을 찾아내긴 했지만 유리 조각을 건드렸고 손가락에서 피가 나기 시작했다. 하지만 그건 참을 수 있었다. 나는 아무렇지도 않은 듯 손으로 피가 나는 곳을 쓱 문지르고 작업을 계속했는데, 마음이 급했던 탓인지 서두르는 바람에 유리가 뒤집어지고 거기서 누렇게 뜬 풀들과 함께 죽은 굼벵이가 툭 하고 튀어나오고 말았다. 나는 그 위에 얼른 유리를 덮으려고 했지만 이미 수진이는 주춤거리고 물러섰고 '으앙' 하며 울기 시작했다.

"아냐. 이런 게 아니라니까." 내가 그렇게 말해도 소용없었다. 수옥이 누나가 수진이의 울음소리를 듣고 뛰어오는 모습이 보였고 나는 피가 흐르는 손가락을 한 손으로 잡고 어찌할 바를 모른 채 허둥대기만 했다. 정말 그런 게 아니었는데.

그 뒤로 수진이는 여전히 예쁘고 귀여웠지만 나는 그 애와 마주치지 않기 위해 피해 다녀야 했고, 다시는 벌레무덤 같은 것을 만들지 않았다.

세상의 끝

    수진이와 가까이 지내 볼 기회를 놓친 채 멀어지게 된 것은 나에게 슬픈 일이었다. 그런데 공교롭게도 수진이의 오빠인 기남이와도 그런 일이 있었다.

    기남이는 나보다 한 살이 많아서였는지 몹시 어른스러웠다. 그게 한 살이라는 나이 차이 때문은 아니었다. 기남이는 그 식구들이 모두 그랬던 것처럼 우리 동네 아이답지 않게 항상 예의 바르고 단정하고 깨끗했다. 그래서였는지 우리와도 잘 어울리지 않았다. 하지만 기남이 역시 아이였고 가끔은 어쩔 수 없더라도 우리와 어울릴 수밖에 없는 때가 있었다.

    기남이와 세상 끝 탐험을 몇 차례 한 적이 있었다. 세상 끝 탐험이란 내 또래의 아이들이 갈 수 있는 세상의 가장 먼 곳까지 가 보는 모험이었는데 우리의 세상인 동네를 벗어날 수는 없는 일이었다.

    북쪽 끝은 없다. 넓은 백사장에 다다르면 찰랑찰랑 흐르는 강물과 만날 뿐이었고 그걸 헤엄쳐 건널 방법이 없다면 되돌아오는 수밖에 없다. 남쪽 방향은 물론 철도로 가로막혀 몇 발자국 더 나가지 못했다.

서쪽은 흥미진진했다. 별장이 끝이긴 하다. 하지만 별장은 모험과 탐색의 대상이 아니라 단지 환상과 선망의 대상이었다. 그곳을 지나치면서 언젠가 별장에 들어가 볼 기회를 만들고 싶은 건 모두의 소망이었다. 높은 축대 위에 자리 잡은 별장은 아직은, 그리고 앞으로도 도저히 다다를 수 없는 환영의 공간이라는 걸 우리는 말하지 않아도 알았다. 별장과 철도 사이에 난 길을 따라 건널목을 지나쳐 계속 강을 따라가다 보면 우측으로 샛강이 다시 나타났다. 애기똥꽃이 지천으로 피어 있는 그곳부터는 도저히 강 쪽으로 발을 내딛을 수 있는 곳이 아니다. 그곳은 인분을 버리는 곳이었고 거대한 똥 무더기가 철로변 둑에서 강 쪽으로 마치 딱딱하게 굳은 용암처럼 흘러들고 있었다. 왕눈이네 아버지가 똥을 퍼다 버리는 곳이었다.

그곳을 지나자 아름드리 능수버들이 강으로 멋들어지게 휘어진 절벽이 나왔다. 거기가 우리가 정한 서쪽 끝이었다. 버드나무 아래는 푸르다 못해 시커먼 물이 휘돌아 들고 있었다. 아무리 수영을 잘한다고 해도 같이 갔던 우리들 중 누구도 그 절벽 위에서 뛰어내릴 용기가 나지는 않았을 것이다. 물을 뛰어들어야 할지 말아야 할지 머뭇거리며 바라보고 있는데 누군가 "늬네들 알아? 여기서 1년에 한 번은 반드시 아이가 하나 빠져 죽는대." 그렇게 말했고 강물에 돌을 던지며 바라보던 우리는 누가 먼저랄 것도 없이 슬금슬금 뒷걸음을 치며 되돌아오고 말았다.

아이가 하나씩 빠져 죽는다는 이야기는 전설이 아니라 현실이었다. 그해 여름 윗동네 아이가 그곳에서 멱을 감다가 죽었다. 다시 그곳을 가는 일은 없었다.

그날 세상 끝은 동쪽이었다.

나와 영규와 기남이 그리고 윗동네 수철이가 모험을 함께했다. 동쪽으로 가는 길은 더 멀었다. 그곳으로 가자면 제관 공장을 가로질러 뚝방으로 기어오르고 둑을 따라 한없이 동쪽으로 걸어야 했다. 여름의 뜨거운 태양이 머리 위에서 이글거리고 있었고 우리는 조금 지쳐 있었다.

철교가 보이자 누가 먼저랄 것도 없이 탄성을 지르기 시작했다. 거대한 철교의 위용도 그렇거니와 그 밑을 흐르는 물은 보기에도 시원했다. 트러스트 구조의 철교는 강을 건너 미지의 세계로 빨려 들어가고 있었다. 우리가 꿈꿀 수 있는 미래가 거기 있을 것이다. 수철인가 기남인가가, 용을 타고 불의 바다를 건넌 흑기사의 무용담보다 더 실감나게, 기차를 타고 철교를 건넜던 이야기를 했다.

철교가 시작되는 첫 번째 교각 바로 밑에서 지나가는 기차를 기다릴 때는 저절로 가슴이 벌렁거렸다. 토닥거리는 소리와 함께 기차소리가 들리기 시작했다. 기차는 점점 사납게 달리는 말발굽 소리를 내며 달려들었고, 머리 위로 지나갈 때는 귀청이 떨어져 나갈 것 같았다. 지축이 흔들리고 고막이 간지러울 정도로 떨릴 때 우리는 귀를 막고 소리를 질러댔다. 아무리 큰 소리를 질러도 기차소리에 당할 수는 없었다. 소리라도 지르지 않으면 기차소리에 짓눌릴 것 같은 공포감으로 견딜 수 없었기 때문에 기차가 오기도 전에 악부터 쓰곤 했다.

철교 아래서 더 나아갈 수는 없었다. 조금만 더 가면 인도교 밑으로 갈 수 있었지만 그 밑으로 가는 길은 강물이 휘돌아 너무 위험했다. 거기가 우리가 도달할 수 있는 세상의 끝이었다. 동쪽 끝은 그렇게 정해졌다. 하지만 그곳에는 세상의 끝과 다른 세상을 연결시켜 주는 비밀의 통로가 있었다.

미지의 세계로 통하는 통로는 쇠로 만든 커다란 관이었다. 철관은 직경이 아이들이 기어 들어갈 수 있을 만큼은 컸다. 관은 뚝방 아래쪽으로 매립되어 있었고 그 끝은 사육신묘가 있는 산의 계곡 아니면 수원지 위쪽으로 이어져 있는 게 틀림없었지만 그 끝이 어디인지 알 수는 없었다.

철관에서는 많은 양은 아니지만 맑은 물이 끊임없이 흘러나왔고 그 물은 얼음장처럼 차가웠다. 관 속에 머리만 들이밀어도 시원한 바람이 불어 나오는 것이 느껴졌다. 안을 향해 "아!" 하고 소리를 지르면 그 울림은 서늘한 냉기가 실려 되돌아왔다. 너무 깊고 먼 곳에서 되돌아오는 것처럼 들렸기 때문에 그 소리는 마치 지하 세계에서 악마가 대꾸하는 울음소리 같았다.

"이 안에 가재가 무지하게 많대!" 수철이가 말했다. "그래?" 셋이 동시에 말했지만 거기까지는 그저 단순한 호기심이었을 뿐이다. 누가 잡자고 말했는지 모르겠다. 하지만 누구라도 선뜻 나설 수는 없었다. 가재가 아무리 많다고 하더라도 그 동굴 속으로 들어갈 수 있다고는 생각조차 할 수 없었다. 하지만 가재를 포기할 수는 없었다. 아니다. 가재 때문이 아니라 우리들 말고 누군가 그 안을 들어가 본 아이가 있다는 사실이 우리의 자존심을 자극했던 것이 틀림없었다. 윗동네 아이들은 수시로 여기에 들어가서 가재를 잡는다고 하지 않았던가?

"누가 먼저 들어갈래?" 기남이가 말했고 우리는 서로 눈치만 살피고 있었다.

"영규! 네가 들어가 봐." 기남이는 우리보다 한 살이 더 많았기 때문에 그런 말을 할 자격이 있었다. 영규의 낯빛이 하얘졌다. "내가?" "응 그래, 겁내지 말고. 들어가다가 없으면 돌아나오면 되잖아!" 영규는 주춤거렸지만 모두 "한번 들어가 봐 임마. 너 겁쟁이냐." 하고 몰아붙이는 데야 들어가지 않을 수는 없었다.

영규는 겁이 잔뜩 들어 관 안쪽을 들여다보더니 체념한 듯 기어 들어가기 시작했다. 우리는 모두 어기적거리며 어둠 속으로 빨려 들어가고 있는 영규의 궁둥이를 바라보았다. 그리고 몇 초가 되지 않아 영규의 모습이 거짓말처럼 사라졌다. 겁이 더럭 올라왔다. "괜찮냐?" 누군가 소리를 질렀고 "응."하는 소리가 되돌아왔는데 사실 영규가 들어가 있는 곳은 입구에서 불과 몇 미터 떨어지지 않은 곳이었다.

"가재 있냐?" "안 보여." "뭐 있어?" "아니." 영규의 소리가 점점 멀어지고 있었고 나머지 우리들은 불안을 이기지 못해 끊임없이 말을 붙였다. 그러다 갑자기 불쑥 영규의 머리가 다시 나타났다.

영규는 밖으로 기어 나왔고 덜덜 떨고 있었다. "무지 추위." "끝까지 갔었어?" "몰라. 보이지가 않아." 동굴 밖으로 나온 영규는 처음엔 하얗게 질려 있었지만 점점 몸이 데워지자 낯빛이 돌아왔다. 영규가 쉽게 돌아오는 것을 보고 우리는 용기를 얻었다.

"이번엔 네가 들어가 봐." 기남이가 나를 지목했고 나는 마지못해 동굴 속으로 기어들었다.

입구에서부터 조금 들어갔을 뿐인데도 냉기가 엄습했다. 무릎으로 기었기 때문에 작은 돌들에 눌려 너무 아팠다. 앞은 전혀 보이지 않아 눈을 감고 가는 것과 마찬가지였기 때문에 들어갈수록 알 수 없는 두려움이 슬금슬금 냉기와 뒤섞여 올라왔다. 가랑이 사이로 머리를 박고 입구를 바라보았는데 어느새 입구는 작은 공만 하게 좁아져 있었다. 고개를 숙이느라 찬 물이 머리에 닿자 소름이 끼쳤고 그 뒤로는 도무지 추워서 더 나갈 수가 없었다.

그때 아이들이 소리를 지르기 시작했는데 도무지 무슨 말인지 알아들을 수가 없었다. 알아들을 수 없는 게 아니라 그 소리는 동굴 여기저기를 부딪치며 더욱 크게 웅얼거리며 고막을 치고 들어와 도무지 정신을 차릴 수 없게 만들었다. 나는 귀를 막고 "제발 조용히 해. 말하지 말란 말이야." 하고 말했지만 아이들은 뭐라고 그러는지 계속 떠들어 댔다. 더 이상은 견딜 수 없었다. 이러다 여기에 꼼짝없이 갇혀 버릴 것 같았고 되돌아가지 못한다면 죽을 수밖에 없다는 생각만이 머리에 가득했다.

세상의 끝은 끝이 없었다.

추위와 공포가 온몸을 마비시켜 왔고 세상의 끝을 보고야 말겠다는 처음의 오기는 얼음 조각처럼 산산이 부서져 버렸다. 비겁하다고 말해도 하는 수 없었다. 겁쟁이라고 놀려도 할 수 없는 일이다. 더 이상은 가고 싶지가 않았다. 간신히 몸을 돌렸을 때 무릎에서 우직 하는 소리가 났다. 손을 더듬어 만져 보았는데 가재일지도 모른다는 생각을 했지만 그건 가재가 아니라 누군가 말했던 사막에 산다는 전갈일지도 모른다는 생각이 먼저 들었다.

나는 두려움에 질려 정신없이 기어 나오기 시작했다. 아무리 기어도 입구의 작은 원은 좀처럼 커지지 않았다. 만일 그 한 줄기 빛이라도 보이지 않았다면 아마 그 자리에서 기절했을지도 모를 일이었다.

동굴 밖에서 들여다보고 있는 아이들의 얼굴이 뚜렷이 보였다. 오그라들었던 심장이 서서히 풀리기 시작했지만 뻣뻣해진 팔다리 때문에 도무지 앞으로 나가기가 힘들었다. 어서 빨리 나가야 한다는 공포감은 동굴 밖으로 나오는 순간에 눈 녹듯 사라졌다. 지옥에서 천국으로, 그 말이 딱 맞는 말이었다.

밖으로 나와서도 한동안 나는 온몸을 덜덜 떨었고 아이들이 뭐라고 물었지만 도무지 아무 소리도 들리지 않았다. 이제는 기남이 차례였다. "기남이 네가 들어가 봐." 벌써 느긋해져 있는 영규와 기운을 차린 나는 아무렇지도 않은 듯 그렇게 말했다.

"야. 들어갔으면 끝을 보고 와야지 그냥 돌아와 버리냐?" 기남이는 호언을 하고 들어갔다. 얼마 후에 수철이와 영규는 "어디까지 갔어?" 하고 동굴 안에다 대고 소리를 질렀지만 나는 아무 말도 하지 않았다. "소리 지르지 마." 그건 기남이에 대한 나의 배려였다.

동굴 안에서도 아무 소리가 들려오지 않았다. 한참을 지나도 기남이는 나오지 않았다. 내가 들어갔다 나오는 데 걸린 시간에 비하면 턱없이 짧은 시간이었던 것 같기도 하고 그보다 더 긴 시간이 흐른 것 같기도 했다.

세상의 끝에 도달하는 길이 얼마나 멀고 암담한 길인지 나는 어렴풋이 짐작할 수 있었지만 그렇다고 마냥 기다릴 수는 없는 일이었다. 안에다 대고 소리를 지르기 시작했다. 아무리 불러도 동굴 안은 텅 빈 듯 악마의 울음소리만 되돌아 나왔을 뿐 기남이의 대답은 나오지 않았다.

우리는 겁이 나기 시작했다. 영규는 두려움에 그 큰 눈을 연신 꿈벅이며 초점을 잃었고 나 역시 어찌할 바를 몰랐다. 몇 번이나 동굴을 향해 '기남아'를 외쳤지만 기남이는 세상의 끝으로 가 버렸는지 아무런 대답도 없었다. 시간이 자꾸 흘렀다.

"죽었나봐."

누군가 그렇게 말했고, 기남이가 죽었을지도 모른다는 생각이 들자 머리가 아득해졌다.

적어도 영규와 나는 아니 영규보다 몇 곱절 더 들어갔던 나는 그 죽음에 대한 공포가 생생히 되살아났고 저 깊숙한 곳 어디에 잔뜩 웅크린 채 빳빳하게 굳어 있을 기남이를 떠올리자 더욱 무서워졌다. 다시 들어가 기남이를 구하고 싶었지만 도저히 그럴 용기가 나지 않았다. 그건 영규도 마찬가지였으며 동굴에 들어가 보지 못한 수철이도 마찬가지였을 것이다.

그때 수철이가 갑자기 "니들이 들어가라고 그랬으니까 책임져."라고 말했다. 그 말은 기남이가 죽었을지도 모른다는 아찔한 생각에 더해 그걸 우리가 책임져야 한다는 엄청난 사실을 확인시켜 주었다. 영규와 나는 졸지에 모든 사태의 책임이 우리에게 있다는 엄연한 현실에 맞닥뜨려야 했다. 기남이가 죽었다는, 도무지 받아들일 수 없는 혼란 속에서도 나는 나에게 아무런 잘못이 없다는 변명을 찾아내려 무진 애를 썼지만 도무지 어떤 생각도 할 수 없었다.

"분명 기남이가 먼저 우리보고 들어가라고 그랬잖아. 그치? 너도 들었지?" "그래도 기남이보고 들어가라고 한 건 너희들이야." "하지만 기남이가 혼자 들어갔잖아 제 발로. 누가 뭐 밀어넣었냐?" "어쨌든 나는 기남이보고 들어가라고 말한 적 없어."

수철이는 벌써 완벽한 알리바이를 만들어 놓고 우리를 다그치고 있었고 우리는 거기서 빠져나오기 위해 발버둥을 쳤지만 소용없는 일이었다.

"네가 들어가 볼래? 네 차례잖아. 네가 들어가서 기남이 구해 올래?" 영규와 나는 그렇게 말하고 싶었지만 그건 더욱 겁이 나는 일이었다. 수철이마저 돌아오지 않는다면? 그건 생각만 해도 끔찍한 일이었다. 수철이는 우리의 마음을 읽었는지 어른들을 불러오겠다고 말하고는 동네를 향해 뛰기 시작했다. 나와 영규도 뒤따라 달려가고 싶었지만 수철이가 돌아보며 "늬들은 거기 있어!" 하고 내뱉는 말에 발을 뗄 수조차 없었다. 우리는 꼼짝없이 현장에 잡혀 있어야 했다.

영규와 나는 앞으로 닥칠 모든 사태에 대한 두려움으로 훌쩍이면서 한 시간을 넘게 동굴을 향해 기남아를 외쳤지만 기남이도, 그리고 기남이를 구해 줄 어른들도, 어른들을 데려온다던 수철이도, 우리를 잡아갈 순경들도 나타나지 않았다. 동굴에 다시 들어가는 것만 빼고 기남이가 살아 돌아올 수 있다면 무슨 짓이든 할 수 있다고 몇 번을 다짐하면서 기다렸지만 해가 강어귀에 내려앉을 때까지 아무도 나타나지 않았다.

영규와 나는 해가 완전히 기울고 캄캄해져서도 어찌할 바를 몰랐다. 더 이상 마냥 기다릴 수도 없었던 우리는 완전히 넋이 나간 채 동네로 기어들었고 집 근처에 다다르자 누가 시킨 것도 아닌데 기남이네 집 문 앞에 섰다. 도무지 이 사태를 어떻게 해야 할지 다시 눈앞이 캄캄해졌다.

방 안에서는 저녁을 먹는지 두런두런 소리가 들려왔다. 그런데 그 말소리 중에 기남이의 목소리가 섞여 있는 것 같았다. 우리는 부엌문을 지나 방문을 왈칵 열어젖혔다.

기남이네 식구들은 둥그런 밥상에 둘러앉아 밥을 먹고 있다가 갑자기 방문이 와락 열리자 놀란 듯이 미동도 않은 채 우리를 바라보고 있었다. 그리고 거기에 기남이도 끼어 있었다. 분명 기남이었다.

갑자기 나는 세상이 어떻게 된 것이 아닌지 정신을 차릴 수 없었다. 안도감이 밀려왔고 화가 나기도 했지만 무엇보다 도대체 동굴 속에 갇혀 있어야 할, 거기서 뻣뻣하게 시체로 굳어 있을 기남이가 죽지 않고 멀쩡히 살아 천연덕스럽게 저녁밥을 먹고 있는 현실을 도무지 받아들일 수 없었다.

"무슨 일이니?" "늬들 인제 왔냐." 그런 소리가 들렸던 것 같았지만 그 뒤로는 아무 것도 기억이 나지 않았다.

기남이는 세상의 끝을 보았다. 기남이는 분명 겁쟁이였던 나와 영규와는 달랐다. 우리가 들어갔던 관은 중간쯤이 꺾여 있었고 거기를 지나면 출구는 멀지 않은 곳에 있었다. 출구는(그곳이 입구였을 테지만) 사육신묘가 있는 작은 산등성이 계곡과 이어진 곳이었다. 기남이는 마침내 그곳까지 도달했던 것이다. 생각해 보면 기남이 역시 도저히 그 관으로 도로 들어가 우리가 있는 곳까지 다시 돌아올 생각은 하지 못했을 것이다. 그렇다고 절벽 아래로 기어 내려올 수도 없었을 것이다. 동굴을 빠져나온 기남이는 사육신 묘지를 돌아 소방서를 지나서는 철도 건널목을 건너 일찌감치 집으로 돌아왔던 것이다.

아무리 돌아오는 길이 멀었다고 하더라도 온갖 걱정과 근심으로 눈물 콧물 범벅이 되었던 우리를 내팽개친 기남이를 더 이상 좋아할 수도 없었고 그렇다고 멀쩡하게 살아 돌아온 것만으로도 고맙기 그지없는 기남이를 미워할 수도 없었기 때문에 기남이와는 더 이상 친구가 될 수는 없었다. 물론 수철이와 탐험을 떠나는 일도 다시는 없었다.

항상 예의 바르고 단정하고 깨끗했던 기남이, 언제나 누구한테든 똑똑하단 소릴 들었던 기남이, 그래서였는지 우리와도 잘 어울리지 않았던 기남이는 그렇게 나와 멀어져 갔다.

탁아소와 그림

별장의 왼쪽 옆 철로를 따라 난 오솔길을 걷다가 건널목을 건너서 다시 큰길을 따라 한참을 내려오면 매일 같이 다녀야 하는 탁아소가 나온다. 역에 늘어서 있는 수많은 철로를 가로질러 직선으로 곧장 간다면 바로 코 닿을 곳이었지만 그건 죽기를 작정하지 않으면 갈 수 있는 길이 아니었다.

이사 온 지 1년 하고 몇 달이 지난 후 일곱 살이 되자 나는 탁아소로 보내졌다. 사실 그 나이에 굳이 탁아소에 갈 이유는 없었다. 나는 누구에게 맡겨져 양육될 만큼 어리지도 않았고 세상 물정 모르는 천둥벌거숭이도 아니었으며 혼자 있으면 안절부절 못하는 덜떨어진 아이도 아니었다. 탁아소에 보내져야 한다면 훨씬 전에 그랬어야 하며 굳이 가야 한다면 그곳은 적어도 마음껏 뒹굴 수 있는 모래밭이어야 했고 하루 종일 주물럭거릴 흙이 있는 별장 뒤 뚝방이어야 했고 그도 아니면 비밀스런 짓을 마음껏 할 수 있는 토관 공장 한복판이어야 했다.

갑자기 왜 나를 철도를 건너는 위험을 무릅쓰고 자동차가 횡횡 달리는 큰길을 따라 한참을 걸어야 하는 탁아소에 보내기로 했는지 그건 알 수 없는 일이었다. 혼자 놀아야 했지만 그렇다고 외롭거나 쓸쓸한 적도 없었고, 새로운 놀이를 찾아 끊임없이 일을 저질렀지만 내가 그렇게 대책 없이 말썽만 피우는 애물단지는 아니었다, 고 생각했다. 도대체 무슨 이유로 나를 누군가의 보살핌을 받는 존재로 전락시켜야 했는지 정말 알 수 없는 일이었다.

나는 먹여 주고 재워 주는 것 이상을 어느 누구에게도 요구한 적이 없었다. 먹고 자는 그 밖의 모든 것은 나 혼자의 힘으로도 해결할 만큼 컸다. 그렇게 생각했다. 하지만 그해 봄날 나는 어머니의 손에 이끌려 탁아소에 가야 했다.

탁아소는 역전 근처의 큰길에 붙어 있었고 그 반대편은 다시 철도였다. 건물은 2층짜리 낡은 슬라브 건물이었다. 나는 기린 반이었기 때문에 건물 뒤쪽으로 난 철 계단을 따라 위층으로 올라가야 했다. 기린 반은 학교 들어가기 전 일곱 살배기들이 모여 있는, 가장 나이가 많은 아이들 반이었다. 그 밑으로 사슴 반이 있었고 다시 그 밑으로 꼬맹이들이 모여 있는 반이 하나 더 있었는데 그 반이 토끼 반이었는지 올챙이 반이었는지 정확히 기억나지 않는다. 올챙이 반이 이상하다면 토끼 반이 맞을 것이다.

탁아소에는 작은 마당이 있었다. 거기에 미끄럼틀과 시소가 하나 있었지만 아무도 그걸 타는 아이들은 없었다. 없었을 뿐 아니라 탁아소의 선생님들도 절대로 타지 못하게 했다. 미끄럼틀이 너무 더러웠기 때문이다. 놀이기구에는 역에서 날아온 석탄가루가 뽀얗게 앉아 한번 만지기만 해도 손이 새카매졌다. 미끄럼틀을 타는 것뿐 아니라 마당에서 노는 것도 금지되었다. 마당의 흙은 땅인지 석탄이지 구별이 되지 않을 정도였다.

건물도 온통 검은색으로 뒤덮여 있었다. 탁아소의 마당이 더럽다거나 미끄럼틀이 시커멓다는 것은 나에게는 아무런 문제가 되지 않았다. 우리 동네는 탁아소만큼은 아니었지만 늘 검은 먼지가 내려앉았다. 그러고 보니 마을의 집들이 죄다 화물 야적장을 등지고 있었던 것도 석탄가루 때문이었을 것이다. 그랬음에도 생전 처음 미끄럼틀을 보고도 거기서 놀 수 없다는 사실은 실망스러운 일이 아닐 수 없었다. 하긴 그 시커먼 미끄럼틀이 뚝방에 있는 비탈보다 나을 건 없었다.

탁아소 안은 딴판이었다. 기린 반은 가장 넓은 방으로 나무마루가 깔려 있었다. 운동장보다 넓은 교실 안에는 도저히 상상할 수 없었던 인형들과 장난감 그리고 끊임없이 새로운 모양을 만들어 낼 수 있는 형형색색의 여러 가지 모양의 나무토막이 수북이 쌓여 있었다. 둥글게 생긴 커다란 굴렁쇠도 있었는데 훌라후프라고 했다.

가장 마음에 들었던 것은 목마들이었다. 말이나 사슴, 코끼리처럼 생긴 동물에 올라타고 몸을 흔들면 세상이 움직이는 것 같았다. 온종일 타도 싫증이 나지 않았다. 아마 천국이 있다면 거기였다. 거기는 내가 이제껏 보지 못했던 새로운 천국이었다.

천국에는 천사들이 있게 마련이다. 한쪽 벽면에는 천사가 그려진 옆으로 긴 그림이 걸려 있었다. 천사의 머리 위에는 후광이 빛났고 좌우로 높이 펼친 날개며 얇게 걸친 옷이 눈이 부실 정도로 하얬다. 천사는 햇살이 비치는 깊은 계곡을 배경으로 막 다리를 건너고 있었다.

천사가 그려진 그 낯선 그림은 동네에 왔었던 사진사의 그림과는 달랐다. 물론 사진사 그림이 그보다는 훨씬 크고 또 멋있었다. 나는 천사 그림에 약간의 두려움을 가졌다. 도무지 알 수 없는 어떤 의미가 있을 것 같은 분위기가 마음에 들지 않았다. 그 그림이 왜 거기 걸려 있어야 했는지 그게 뭘 의미하는지도 모른 채 탁아소 시절이 시작되었다.

어머니가 첫날 나를 데려다 준 다음 날부터 나는 학교에 가는 누나들을 따라 탁아소엘 갔다. 나를 탁아소 앞까지 데려다 주고 누나들은 길 건너의 초등학교로 갔다. 그리고 며칠 뒤부터는 친구와 가기도 하고 때로는 혼자서 갔다.

우리 동네에서 탁아소에 간 친구는 나와 리어카 행상을 하는 집 아이인 영규 둘뿐이었다. 탁아소에 다니면서 나는 다른 아이들이 왜 그런 천국 같은 곳을 오지 않는지 그게 이해가 되지 않았다. 탁아소가 끝나고 집으로 돌아오면 동네 아이들에게 탁아소가 얼마나 대단한 곳인지를 자랑하고 다니는 것도 중요한 일과 중의 하나였다. 그날은 무얼 했는지, 점심으로 무얼 먹었는지를 아이들에게 떠벌이면 아이들은 부러워 미칠 것 같은 표정을 지었고 집에 가서 부모를 졸라 댔지만 그곳은 아무나 들어갈 수 있는 곳이 아니었다.

정말 그랬다. 곰곰이 생각을 해 보면 탁아소에 오는 아이들 중에서 영규나 나처럼 그런 동네에서 살고 있는 아이들은 거의 없는 것처럼 보였다. 대부분의 아이들은 우리보다 얼굴이 하얬고 옷차림도 깔끔했다. 우린 정말 운이 좋은 경우였다. 영규와 내가 돈을 내고 갔었을 리는 없었다. 탁아소는 분명 탁아소라는 말과 달리 아무나 들어갈 수 있는 곳이 아니었다. 그곳은 아마도 미국 선교재단에서 운영하거나 그 지원을 받는 곳이었던 듯싶었다.

매일같이 점심을 주었다. 하루는 옥수수 죽을, 다음 날은 우유와 빵을 주었다. 가끔 초콜릿이나 뭔지 도저히 알 수 없는 스프 비슷한 것을 주기도 했는데 그 맛을 아직도 뚜렷이 기억하고 있지만 이제까지 살면서 그런 맛을 다시는 경험해 보지 못했다.

고소한 옥수수 죽은 환상적이었으며 분유를 으깨어 끓인 우유는 달콤했고 그 우유에 찍어 먹는 빵은 목으로 넘기기가 아까울 정도였다. 게다가 초콜릿은 이루 말할 수 없을 정도로 황홀했다. 천사가 주는 선물이 있었다면 바로 그것이었을 것이다. 나는 그 흰색이 도포된 두툼한 초콜릿의 맛을 잊어 본 적이 없었다. 그 뒤로 나온 국산 초콜릿에서 그 맛을 도저히 찾을 수 없었기 때문에 초콜릿을 내 손으로 사 먹는 경우가 한 번도 없었을 정도였다. 적어도 초콜릿의 맛에 관해서는 철저하게 양키식이 되어 버렸다.

기린 반에는 선생님이 두 분 계셨다. 윤 선생님과 황 선생님이었다. 둘 다 여자였지만 성격은 전혀 달랐다. 윤 선생은 어린 내가 보기에도 안쓰러울 정도로 여렸다. 아이들을 앉혀 놓고 동화를 들려주었는데 너무 나긋하고 조용하고 힘이 없이 말했기 때문에 졸음이 오곤 했다. 그래서였는지 무슨 이야기를 해 주었는지 하나도 기억이 나지 않는다. 헨젤과 그레텔 이야기를 해 주었던 것 같기는 했는데 그들이 숲에 가서 무슨 짓을 했는지는 알 수 없었다.

나는 가끔 윤 선생님이 우리들을 데리고 노는 것인지 우리들이 선생님과 놀아 주는 것인지 분간이 되지 않았다. 연약하고 보호 본능을 일으키는 여선생님이었지만 그 모습이 사랑스럽지는 않았다.

황 선생님은 거의 우리들이 노는 것에 관여하지 않았다. 가끔 우리가 너무 시끄럽게 난리를 피워 대면 안경 쓴 눈을 부릅뜨고 야단을 쳤을 뿐이었다. 나는 약간 무뚝뚝하고 엄한 황 선생님이 더 마음에 들었다. 그녀에게는 선생님으로서의 위엄이 있었고, 적어도 윤 선생님처럼 칭얼대는 어린 아이같이 철없어 보이지는 않았기 때문이었다.

탁아소에서는 아무 일도 일어나지 않았다. 천국이 있다면 거기는 아무 일도 일어나지 않는 곳이리라. 그저 반나절 동안 장난감을 서로 먼저 차지하기 위해 실랑이를 벌이는 것 말고는, 목마를 타다가 앞으로 고꾸라지는 걸 조심하기만 한다면 아무 일도 일어나지 않았다. 그렇게 놀다가 옛날이야기를 듣거나 종이에 숫자나 글자를 찍찍 그어 대는 놀이를 하거나 그도 아니면 창문을 열고 자동차가 지나가는 모습을 보거나 깡통 끄는 소리를 내는 전차가 느릿느릿 기어 다니는 모습을 구경하는 게 전부였다. 하지만 천국에서도 일은 일어나기 마련이다.

하루는 그림을 그리는 시간이었다.

윤 선생님이 아이들에게 도화지와 크레파스를 하나씩 나누어 주었다. 나는 내 앞에 놓인 수십 가지 색이 그득한 크레파스를 보자 눈이 휘둥그레지지 않을 수 없었다. 태어나서 처음 보는 다양한 색깔이었다. 화투의 알록달록한 색깔과는 비교도 할 수 없었다. 세상에는 그렇게 많은 색이 있을 수 있다는 걸 처음 알았다.

그때까지 나는 동네 벽에다 못으로 긁거나 어쩌다 구한 활석으로 낙서하는 것 말고는 그림을 제대로 그려 본 적이 없었다. 가끔 집에서 누나들이 쓰는 열두 가지 색의 크레파스를 몰래 하나씩 훔쳐 노트 뒷장에 그림을 그려 본 적은 있었으나 그러다 들키면 단번에 **빼앗겼을** 뿐 아니라 어머니한테 심한 꾸지람을 들었다. 그랬기 때문에 내 앞에 놓인, 그 많은 색깔의 크레파스로 그림을 그린다는 것이 도무지 믿어지지가 않았다. 이걸로 그림을 그려도 된단 말이지.

그런데 그리라고 갖다 준 정물이 이상했다. 책상 위에 올려져 있던 것은 달랑 배추 하나와 무 하나였다. 하필이면 왜 배추와 무를 그리라고 했는지 지금도 이해가 가지 않지만 어쨌든 윤 선생은 그걸 보기 좋게 올려놓고 아이들한테 그리도록 했다.

나는 배추나 무 따위를 그리고 싶지는 않았다. 기왕이면 기차도 있고 자동차도 있고 목마도 있는데 하필이면 강변에 널린 배추 따위란 말인가? 그즈음 우리 집은 매일같이 배춧국을 먹었다. 국이라기보다는 밥풀이 한 숟가락 정도 섞인 시래기죽이었다. 배추는 지긋지긋했다. 그런데 둘러보니 모두들 열심히, 그 빌어먹을 배추와 무를 그리고 있었다.

책상 위를 올려다보았지만 정물을 창가에 가져다 놓은 탓인지 눈이 부셔 잘 보이지가 않았다. 하지만 햇살에 비친 배추의 이파리 사이로 빛이 흘러들고 있었고 잘 닦인 무는 희고 푸르게 반짝였다. 나는 하는 수 없이 배추 속살의 투명한 이파리, 그리고 통통한 무와 오글오글한 무청을 도화지에 가득 그리고 나서 색칠을 하기 시작했다.

크레파스를 종이에 문지르면서 나의 손이 빨라졌다. 그러면서 점점 크레파스에서 묻어 나오는 색채의 마술 속으로 빨려 들어가기 시작했고, 녹색과 파랑과 연두와 노랑과 흰색이 뒤섞이면서 반짝이는 빛의 환상을 쫓아다녔다. 크레파스의 엉덩이에서 빠져나오는 미끈덕거리는 색깔의 감촉이 손을 간지럽힐 때마다 종이는 푸르고 붉고 노란 색채로 메워졌고 색채는 서로 뒤섞이고 범벅이 되었다.

나는 조금 흥분되어 있었다. 나는 색이 칠해지지 않은 곳을 쫓아다니며 정신없이 도화지 위를 뛰어다녔다. 배추와 무는 이제 필요 없었다. 크레파스들이 쏟아 내는 환상적인 색채를 따라가기만 하면 되었다. 어느새 푸른 배추는 사라지고 녹색과 연두색과 노란색만 가득했고, 햇살이 가득한 책상은 주황과 분홍과 노랑이 섞인 눈부신 색상으로 메워졌다.

그때 윤 선생이 내 옆에 와 있었던 것도 알지 못했다. "어머, 얘 좀 봐." 하는 소리가 들리고 나서야 나는 고개를 돌려 그녀를 바라보았는데 윤 선생은 나를 걱정스러운 듯이 빤히 쳐다보더니 갑자기 내 그림을 획 하고 낚아채서는 밖으로 나가 버렸다. 나는 영문을 몰라 잠시 멍해졌는데 바닥을 내려다보고 나서야 내 잘못을 깨달을 수 있었다.

말 그대로 엉망진창이었다. 크레파스 찌꺼기가 너저분하게 흩어져 있었고 마룻바닥도 여기저기 개칠이 되어 있었다. 손이며 옷이며 온통 칠 범벅이었다. 그건 그래도 괜찮았다. 내 앞에는 부러지고 토막 난 크레파스가 여기저기 널려 있었다. 수십 개의 크레파스 중에서 성한 것이 거의 없었던 것이다.

겁이 더럭 나기 시작했고 내가 무슨 짓을 저질렀는지도 알게 되었다. 눈앞이 깜깜해졌다. 한두 개도 아니고 그 많은 걸 다

부러뜨렸으니, 혼이 나는 것이 문제가 아니라 그걸 다 물어 줘야 할 테고, 집에 가면 엄마한테 혼날 것은 뻔한 이치였고, 이제 탁아소도 끝장이었다. 나는 울음을 터뜨리기 시작했다.

윤 선생은 황 선생과 함께 돌아와 울고 있는 나를 달래기 시작했다. "무슨 일이니? 누가 때렸어? 이제 괜찮아. 괜찮다니까." 윤 선생이 나를 안고 한참을 달래고 나서야 조금 기분이 나아지긴 했지만 걱정이 아주 없어진 것은 아니었다. 그런데 황 선생이 "내 말 들어. 집에 가서 엄마 불러 오렴. 내일 오시라고 그래. 알았지?" 하는 말을 듣고 나는 다시 울기 시작했다. 그럴 줄 알았다. 괜찮았던 것이 아니었다.

나는 그날 내내 울면서 집으로 돌아왔지만 별장을 지날 때쯤에서는 더 이상 울고 싶어도 눈물이 나오지 않았다. 집에 가기 싫었고 뭐라고 얘기해야 할지 떠오르지도 않았다. 별장 뒤편의 모래사장에 갔지만 놀고 싶은 마음도 없었다. 해가 뉘엿뉘엿해져서야 집으로 향했고 집 근처에서 다시 울려고 했지만 하루 종일 걱정을 너무 많이 한 탓인지 울음이 다시 나오지 않았다. 하지만 집 안으로 들어서는 순간 금방 눈물이 쏟아지기 시작했는데 이번에는 집에 아무도 없었다. 갑자기 모든 게 허무했다. 그리고 방에 들어가 그대로 잠이 들어 버렸다.

다음 날 탁아소에 가야 할지 말아야 할지 갈팡질팡했고, 엄마한테 말을 해야 할지 말아야 할지 전전긍긍했으며, 아침을 먹는지 마는지 허둥대다가 집을 나서면서 "오늘 엄마 오래. 선생님이." 그렇게 소리를 지르고는 냅다 뛰어 집을 나오고 말았다. 그리고는 조마조마한 마음으로 탁아소로 갔다.

그런데 놀랍게도 윤 선생이나 황 선생은 나를 보고도 아무 말도 하지 않았다. 보통 때와 다른 모습을 보이지도 않았다. 알 수 없는 일이었다. 하루 종일 마음이 편치 않았고 바늘 끝에 앉아 있는 심정이었다. 점심 때 우유에 찍어 먹는 빵도 맛이 없었고 초콜릿도 달지 않았다. 그 때 어머니가 온 게 얼핏 문 밖에서 보였는데 다시 가슴이 뛰기 시작했다. 다행스럽게도 어머니는 공단 한복 차림으로 가장 예쁘게 하고 왔다. 어쩌면 크레파스 값을 물어줄 돈도 두둑이 가져왔을 것이다. 어머니는 나를 보더니 손을 흔들며 웃었다. 아직 아무 것도 모르고 있을 것이다. 눈물이 나오려고 했다.

점심을 다 먹고 탁아소를 나올 때까지도 어머니는 아무 말도 하지 않았다. 그러더니 내 손을 잡고 길을 건너고 다시 길을 건너 학교 앞까지 데리고 가서는 문방구엘 들렀다. 거기서 어머니는 스케치북과 크레파스를 사 주었다. 뒷면이 누런 도화지가 아니라 앞뒤가 눈처럼 흰 스케치북이었으며 열두 색이 아니라 스물네 가지 색이 든 크레파스였다. 내가 알고 있는 우리 집 형편으로는 상상도 할 수 없는 일이었다. "많이 그려라." 어머니의 그 말이 다였다.

사태가 어떻게 돌아간 건지 도무지 알 수 없었지만 결과는

너무 좋았다. 하늘은 푸르렀고 기분은 그 위를 날았으며 아지
랑이는 흔적도 없이 사라졌다. 난생 처음 그린 한 장의 그림으
로 나는 천재적인 소년이 되어 있었고, 그런 착각은 그 후로 십
년은 지속되었다.

극장과 괴물

탁아소에 다니게 되면서 나의 행동반경은 넓어졌다.

매일 철도 건널목을 넘어 다니고 큰길을 지나다니게 되자 세상이 갑자기 몇 배로 넓어진 것이다. 동네의 끝에서 끝을 오가는 게 고작이었던 나는 이제 건널목 건너기를 뚝방 오르는 것보다 쉽게 여겼다. 전에는 상상할 수도 없는 일이었다. 시골에 가기 위해 동네 밖을 나온 적은 있었으나 그때는 어른들과 함께였다. 그런데 이제는 혼자서는 아니었지만 철도를 건너 소방서도 가 보고 찻길을 건너 보기도 한 것이다. 동네 아이들과 가장 많이 갔던 곳은 극장 앞이었다. 극장을 가려면 윗동네 끝에 나있는 건널목을 지나 소방서에서 길을 건너야 했다.

극장 앞에는 늘 나 같은 조무래기들이 삼삼오오 모여 있었다. 여러 동네에서 온 아이들이었다. 동네는 달랐지만 목적은 한 가지, 무슨 수를 내서든 극장에 들어가는 것이었다. 표 살 돈을 가지고 있는 아이들은 없었다.

극장에 들어갈 수 있는 방법은 두 가지였다. 하나는 입구에 지키고 서 있다가 극장에 들어가는 어른에게 데리고 들어가 달라고 조르는 방법이었다. 몇 살 이하가 공짜였는지 모르겠지만 나처럼 초등학교에 들어가지 않은 아이는 충분히 자격이 있었다. 또 하나는 영화 상영이 끝나 사람들이 한꺼번에 몰려나올 때 그 틈을 재빨리 비집고 들어가는 방법이다. 사람이 많을 때 그 사이를 뚫고 들어가는 건 쉽지 않았으며 사람이 없을 때는 걸릴 확률이 높았다. 확실한 것은 첫 번째 방법이었지만 그 역시 성공 확률은 매우 낮았다. 낯선 아이의 손을 잡고 들어가 줄 친절한 어른은 많지 않은 데다가 검표원에게 들키면 망신을 당하기 때문에 선택을 당한 어른들 입장에서도 조심스럽기는 마찬가지였을 것이다.

그럼에도 함께 간 동네 아이들은 번번이 어른들의 손을 잡고 들어가는 데 성공했지만 나는 도무지 요령부득이었다. 낯선 어른한테 말하는 것도 쑥스러운 일이었을 뿐 아니라 도무지 가슴이 떨리고 얼굴이 화끈거려 말도 나오지 않았다. 나보다 더 부끄러움을 많이 탔던 영규는 말할 것도 없었다.

번번이 같이 갔던 아이들이 낯선 어른의 옆구리에 착 달라붙어 유유히 극장 안으로 사라지고 나면 우리는 멀뚱히 서로를 바라보다가 현란하게 그려진 극장 간판을 뒤로 한 채 발길을 되돌려야 했다. "재미없을 거야." 그렇게 말하는 게 유일한 위안이었다.

그 날도 한 줄기 가느다란 희망을 품고 극장 앞으로 갔다. 오긴 했지만 자신은 없었다. 하루아침에 없던 숫기가 갑자기 생길 리도 없었다. 영규와 나는 공연히 극장 앞을 서성이며 마치 극장에 들어갈 생각이 전혀 없는 것처럼 굴었다. 그게 자존심이 덜 상하는 길이다.

극장 밖에서 서성이는 것도 나쁘지는 않았다. 간판을 보는 것도 즐거운 일이었고 스틸 사진을 들여다보는 것도 그런대로 재미있었다. 문제는 그걸 보면 볼수록 진짜 영화를 보고 싶다는 열망이 커진다는 것이었다. 유감스럽게도 그때까지 나는 영화관에 가본 적이 없었다. 나도 기억하지 못하는 때 가본 적이 있었는지는 모르겠지만 그건 말하나 마나이다.

극장 밖에 걸려 있는 사진들을 열심히 들여다보고 있는데, 그때 어떤 신사 하나가 다가와 말을 걸었다. "보고 싶니?" 물론 당연히. 하지만 나는 어른이 먼저 나에게 그렇게 물어 올 경우를 한 번도 생각해 보지 못했다. 그래서 튀어나온다는 말이 "아니요. 이거 재미없어요." 그렇게 말하고 말았다. 내 딴에는 그저 튕겨 보는 말에 넘어가 자존심이 상할 필요가 없다는 판단이었을 것이다. 하지만 그 순간 그 말을 하고 나서 얼마나 후회했는지 모른다.

신사는 옆에 있던 영규에게 시선을 돌렸다. "너는?" 영규는 부끄러움 때문에 대답도 못하고 고개만 숙였다. "그럼 들어갈까?" 그리고 영규의 손을 잡더니 극장 안으로 들어갔다. 이런! 나는 속으로 '빙신' 하고 외쳤다. 기회가 와도 차 버리는 빙신. 나는 영규가 한없이 부러웠고 내가 무지하게 미웠다.

어리석음에 대한 분노 때문이었는지 나는 갑자기 눈에 뵈는 게 없었다. 막 극장에 들어가려는 남자에게 다가가 대뜸 말을 걸었다. "같이 가줘요." 그리고는 덥석 그 사람의 손을 잡아끌었다. 어디서 그런 용기가 났는지 모르겠다. 그 사람은 어리둥절해 했지만 다행히 내 손을 뿌리치지 않았고 나는 검표원을 무사히 통과했다. 이렇게 쉬운 것을. 이렇게 간단한 일인 것을.

극장 로비에서 영규가 나를 기다리고 있었다. 그 역시 혼자 들어온 게 미안했던지 차마 혼자서 극장 안으로 들어가지 못했던 것 같다. 우리는 감격스러운 해후를 했다. 믿어지지 않는 기적이 그에게 나에게 두 번씩이나 일어난 것이다. 우리는 손을 잡고 영화관으로 들어갔다.

커튼을 젖히고 들어간 극장 안은 정말 깜깜했다. 아무것도 보이지 않았다. 모든 게 칠흑 같은 어두움이었는데 밝은 화면만 쏟아질 것같이 출렁거렸다. 총천연색 씨네마스코프. 영화는 컬러였다. 왕왕 울려 대는 음악소리가 가슴을 뛰게 했고 푸른 하늘과 하얀 모래밭이 펼쳐진 화면은 눈이 부셨다. 화면 가득 엄청나게 큰 얼굴이 비치기도 했는데 밥사발보다 더 큰 눈에 낀 눈곱마저도 주먹덩이만 했다. 한마디로 충격적이었다. 우리는 손을 꼭 잡고 통로에 서서 영화를 보기 시작했다.

영화는 좀 이상했다. 사막에 거대한 사람, 아니 괴물이 나타났다. 거인은 괴기스러운 얼굴을 하고 있었고 거의 벌거벗은 채

어기적거리며 사막을 건너고 있었다. 그의 발 아래 작은 사람들이 도망을 쳤다. 그들은 보통 인간들이었다. 모두 누더기를 걸친 거지 차림이었는데 아마 원시 시대를 묘사한 것 같았다. 인간들은 창을 내던진 채 거인을 피해 달아나고 있었고 그중 몇몇은 칼을 가지고 거인의 다리를 공격했다.

영화는 막 클라이맥스에 다다르고 있었다. 인간들이 힘을 합해 거인의 장딴지에 구멍을 냈고 구멍에서는 피가 거짓말처럼 콸콸 솟아 나왔다. 돼지를 잡을 때 목에서 쏟아지는 피를 본 적이 있던 나는 단번에 그게 가짜 피라는 걸 알아보았다. 거인의 피는 붉은색이었지만 맑고 투명해 진짜 피처럼 보이지 않았을 뿐 아니라 마치 펌프에서 물이 나오듯 뿜어져 나왔다. 화가 난 괴물은 몇 명의 인간을 한줌에 쥐더니 모래밭에 팽개쳤고, 작은 인간들이 다시 달라붙어 거인의 몸에 칼을 쑤셔 넣었다. 수많은 상처를 입은 거인은 마침내 끄덕끄덕 몇 번 공중에서 주억거리더니 그대로 사막에 엎어졌다. 거인의 몸은 몇 토막으로 나뉘어져 사막에 흩어졌다. 화면 안에 있던 사람들은 창을 흔들고 소리를 질렀고 극장 안에 있던 사람들은 박수를 쳤다.

잠시 후에 극장 안의 불이 화라락 켜지더니 사람들이 빠져나가기 시작했다. 사실 우리는 영화의 뒷부분만 보았던 것이기 때문에 기다렸다가 처음부터 보아야 했다. 하지만 통로에 서 있던 우리는 사람들에게 떠밀려 나오고 말았다. 그럼에도 그날은 그저 영화를 보았다는 감격 때문에 그것으로도 충분했다.

집에서는 내가 무얼 하며 돌아다니는지 알지 못했다. 탁아소에서 돌아오면 그 길로 집을 나가 놀다가 저녁 무렵 밥 먹을 때가 되어서 돌아오는 것이 내 일과였다. 밥 먹을 때가 아니라면 집에서는 나를 찾지도 않았다. 누나들은 초등학생들이었음에도 빨래를 하고 물을 길어 오는 등 집안일을 해야 했기 때문에 내가 혼자서 놀아 주는 것만으로도 도와주는 셈이긴 했다. 물론 내가 해야 할 일이 없었던 것은 아니었다. 내가 하는 일이란 고작해야 작은누나와 함께 기르던 토끼 먹을 풀을 뜯어 오는 정도였지만 그것도 노는 데 정신이 팔려 매번 작은누나의 몫이었다. 나는 집에서 방기된 외로운 아이가 아니라 천방지축 자유로운 아이였다. 그리고 나의 자유로움을 위해서는 밖에서 하고 다니는 일은 시시콜콜 말하지 않는 게 상책이었다. 십중팔구는 걱정하거나 핀잔을 들을 게 뻔하다는 걸 빤히 알고 있었다.

그날 저녁, 집으로 돌아와서도 영화 구경을 했다는 이야기를 아무에게도 하지 않았다. 누나들에게 정말 멋지고 신나고 무시무시한 영화를 보았노라고 자랑하고 싶었지만 꾹 참았다. 몇 번이나 나도 모르게 괴물 이야기가 목구멍을 타고 나오려 했지만 끝내 아무 말도 하지 않았다. 그랬음에도 극장 구경을 하고 돌아온 그날 밤 벌어진 일은 창피하기 짝이 없는 노릇이었고 내가 어쩔 수 없이 어린아이에 불과하다는 게 들통 난 사건이었다.

한밤중에 자다가 깨어 오줌을 누기 위해 요강에 올라앉았다. 요강은 방문 바로 옆 구석에 있었다. 나는 비몽사몽간에 요강에 걸터앉아 오줌을 누다가 무슨 생각이 들었는지 방문 구멍 사이로 밖을 내다보았다. 방문에는 문살 두 개 정도의 창호지를 뜯어내고 거기에 유리 조각을 붙여 놓아 문을 열지 않고도 밖을 볼 수 있도록 해 놓았다. 문구멍을 통해 본 깜깜한 부엌에는 어찌된 일인지 징검다리가 놓여 있었고 그 다리 끝에 꼬물거리며 움직이는 물체가 하나 보였다. 작은 인간처럼 보였다. 그게 뭐지 하고 열심히 들여다보는데 물체는 징검다리를 하나씩 건너고 있었고 다리를 하나씩 건널 때마다 몸집이 조금씩 커졌다. 그러면서 점점 몸집이 불어나 괴물처럼 커졌는데 바로 낮에 영화에서 본 바로 그 거인의 모습이었다. 나는 집채보다 커진 괴물을 올려 보다가 그대로 혼비백산하고 말았는데 그 바람에 요강을 둘러엎으면서 방 안은 오줌바다가 되었고 놀란 식구들이 깨어 불을 켜고 한바탕 난리가 났는데 나는 너무 무서워 이불 속으로만 파고들었다.

다음 날 어머니와 누나들이 어제 어디를 갔었는지부터 꼬치 꼬치 캐어물었고 나는 극장에서 본 괴물이 집에 나타났었다고 실토하지 않을 수 없었다. 누나들은 깔깔 웃으며 겁쟁이라고 놀려 댔고 어머니는 무슨 돈이 있어서 극장에 갔는지를 캐어물었으며 나는 사실대로 이실직고할 수밖에 없었고 다시 극장에 가면 경을 칠 줄 알라는 경고를 받아야 했다.

극장에서 본 괴물이 그렇게 무섭게 생긴 것도 아니었으며 그걸 보는 순간에도 그다지 무섭지는 않았다. 그날 극장에서 일

어났던 일들에 대한 흥분, 영화를 보면서 내내 마음 졸였던 긴
장이 그런 결과를 가져왔던 것 같은데 어찌되었든 그 뒤로 깜깜
한 어둠에 대한 공포가 시작되었다.

　　그 전에도 물론 그랬지만 그 뒤로는 밤중에는 절대 혼자서
변소에 가지 못했다. 변소는 집 앞마당을 지나 비스듬한 언덕에
있었는데 밤에 변소를 가려면 꼭 작은누나를 데리고 가야 했다.
그건 누나도 마찬가지였다. 달라진 것이 있다면 그전에는 누나
가 나를 데려가려고 했고 이후에는 내가 누나를 데려가려 했다
는 게 달라졌을 뿐이다.

백사장에서

　기억을 더듬다 보면 모든 게 흐릿한 안개 속에 있던 것 같기도 하고 어느 순간 모든 게 너무 투명하여 마치 어제 일처럼 또렷이 생각이 나는 경우가 있다. 이상한 것은 모든 게 투명하게 떠오르는 순간일수록 그때가 어느 때인지 도무지 알 수가 없다는 것이다. 사건 하나하나는 분명히 기억하고 있었지만 일의 전후는 마치 사건의 시간 축이 헝클어져 버린 것처럼 도무지 분별할 수가 없는 것이다.

　백사장의 모래밭이 그랬다. 눈부신 모래밭 때문이었을까? 백사장의 기억은 다른 무엇보다 뚜렷했다. 기억 속의 영상이 빛의 강도와 비례하는 것이라면 틀림없이 그래야 할 것이다. 하지만 백사장에서는 시간을 알 수 없었다. 정신을 차릴 수 없을 만큼 강렬한 태양 아래서 사건의 지평선마저 수면으로 가라앉아 버린 것일까?

　기억의 재현은 어느 날 문득 백사장을 떠올리면서 시작되었다. 백사장과 강물 그리고 강 건너의 모래섬이 흔적 없이 사라져 버린 것이 도시화의 여정에서 거쳐야 할 필연적인 수순 때문이 아닐지도 모른다는 생각 때문이었다. 그렇게 넘어가기에는 뭔가 미심쩍은 상흔들이 기억 속 도처에 남아 있었던 것이 틀림 없었다. 하지만 좀처럼 그게 뭔지는 알 수 없었다. 백사장과 강물과 홍수 그리고 움집과 낙하산과 삐라들. 투명하지만 헝클어 진 잔상들만 자꾸 떠오를 뿐이다.

봄이면 누나들과 강변의 둔치에 가 냉이를 캤다. 땅콩을 심었던 밭가에는 냉이가 지천이었고, 냉이는 살짝 잡아당겨도 부드러운 흙과 함께 뿌리째 달려 나왔다.

어느 해인지 모를 그해 봄에도 냉이를 캐러 나왔다. 강바람이 차가와 손은 시렸지만 따뜻한 햇살이 등짝을 부드럽게 만져 주었기 때문에 춥지는 않았다. 둔치 아래에는 대여섯 채의 텐트가 쳐 있었다. 텐트가 아니라 움막이다. 나뭇가지를 빗대어 묶고 그 위에 가마니와 텐트 천을 씌운 움막은 모래밭에 반쯤은 파묻혀 있었다. 몇몇 조무래기들이 주변에 주저앉아 놀고 있었고 머리가 하얀 할머니가 짚으로 무언가 열심히 닦고 있었다.

그때 뚝방에서 서너 사람이 나타났다. 그들은 비탈을 미끄러지듯이 달려 내려가 움막 앞에서 멈추었다. 거적을 들춰 보는가 싶더니 갑자기 움막을 뜯기 시작했다. 기둥을 흔들어 뽑아내자 집 한 채가 너덜너덜한 천 조각과 몇 장의 가마니와 서너 개의 나무 막대기로 분해되었고 이리저리 끌어낸 거적을 따라 옷가지며 솥이나 냄비 따위가 끌려 나왔다. 움막 하나가 해체되자 그들은 다른 움막으로 향했다.

할머니가 그들을 향해 달려들었다. 뒤에서 잡아끄는 할머니는 아랑곳하지 않고 사내들은 움막의 철거작업을 계속했다. 겁을 잔뜩 먹은 아이들이 울기 시작했고 말리다 지친 할머니는 모래밭에 주저앉아 땅을 치며 소리를 지르기만 했다.

몇 분이 되지 않아 움막들은 마치 모래 위에 널어놓은 빨래처럼 사방에 흩어져 버렸다. 작은 찬장이 넘어지며 그릇 깨지는 소리가 들렸고, 풍로에 불이 붙었는지 거적이 타기 시작했고, 아이들과 노인 몇이 무너진 움막에서 튀어 나왔으며, 아이들은 울었고 노인들은 쉰 소리를 냈다. 거적을 거두어 낸 자리에 이불을 덮은 채 꼼짝도 않는 사람의 모습이 보이기도 했다.

둔치에 쪼그리고 앉은 누나와 나는 그런 풍경을 하염없이 보고 있었다. 슬프거나 그러지는 않았다. 봄이 되었기 때문이다. 봄이 되면 강변에서 보게 되는 풍경이었으며 그런 모습은 가을까지 지속적으로 되풀이될 것이었다. 내일이면 움막은 다시 세워질 것이었고 얼마 지나지 않아 또 헐릴 것이다. 움막에 사는 사람들이 마음 놓고 잠을 잘 수 있을 때는 겨울이었다. 한겨울에는 몰아치는 강바람이 아니라면 움막은 비교적 멀쩡했다.

강변의 움막촌은 원시 시대였다. 저녁 무렵 강으로 떨어지는 태양을 뒤로 하고 강가의 움집 사이로 연기가 피어오르는 장엄한 풍경은 내가 기억하는 석기시대의 모습이었다.

마을이 중세의 장원처럼 보였다고 말했던가? 중학생이었던 시절, 학교에서 인류의 역사를 배우면서 옛 동네를 떠올리곤 했다. 강가에 살며 수렵 채취를 하던 석기시대가 나오는 장면에서는 강변의 움집들을 생각했으며, 거대한 피라미드를 쌓는 노예들과 이들을 향해 채찍을 휘두르는 고대사회는 마을 앞의 제관 공장에서 수백 수천 개의 토관을 쌓아 올렸던 노무자들을 연상시켰고, 영주들의 성과 농노들의 남루한 집이 있던 중세시대의 풍경을 별장이 있던 우리 동네와 일치시켰으며, 산업혁명으로 물질의 사회를 이룩한 근대에 이르러서는 철도역과 그 너머의 전차와 버스가 다니는 큰길의 풍경을 떠올렸다. 그리고 밤이면 휘황한 불빛을 밝혔던 강 건너 풍경이 내가 보았던 풍요로운 현대사회의 모습이었다.

백사장의 동네가, 동네라고 말할 수 있을지 모르겠지만, 비록 원시시대의 주거 형태에서 몇 발자국 나가지 못한 모습이었다고 하더라도 우리 동네에 자주 나타나는 거지들의 집은 아니었다. 움막집 사람들은 겉보기에 우리 동네 사람들과 별반 달라 보이지 않았다. 그들은 우리 동네 사람들과 똑같이 아침이면 집을 나와 일터로 향하거나 행상을 나가고 저녁이면 집으로 돌아갔다. 그들도 우리 동네에 있던 두 개의 건널목을 통해 나갔고 그 건널목을 통해 되돌아왔다. 단지 그들은 집으로 가기 위해 뚝방 하나를 넘어야 한다는 것만 달랐을 뿐이며, 돌아가면 가끔 집이 없어져 버린다는 것이 달랐을 뿐이다.

나는 그 집들이 왜 그렇게 자주 부서져야 하는지 알지 못했으며, 집을 부수러 오는 사람들이 경찰서에서 나온 사람들인지 동사무소 사람들인지도 알지 못했다. 강변 사람들이 왜 모래땅에 집을 지어야 하는지도 알지 못했으며 번번이 부서지면서도 그 자리에 똑같이 집을 짓는 이유도 알지 못했다. 다만 그때부터 '집을 지킨다'는 말이 무얼 의미하는 것인지는 분명히 알게 되었다.

강변에는 움집이 아니라 판잣집이 지어지는 경우도 있었다. 하지만 움막보다 판잣집이 나을 것은 없었다. 여름에 홍수가 지면 움막집을 짓고 살았던 사람들은 보이지 않았다. 하긴 그들이 눈에 보일 리는 만무했다. 홍수가 날 조짐이 보이기 시작하면 그들은 움막을 거두고 뚝방으로 올라왔다.

홍수가 져 강물이 불어나기 시작하고 물이 둔치까지 올라오면 동네 사람들은 뚝방으로 모였다. 누런 강물이 거침없이 흘러가는 모습은 그 자체로 구경거리였을 뿐 아니라 운이 좋다면 더 신나는 일도 구경할 수 있었기 때문이었다.

강에서 떠내려오는 물건을 건지기 위해 마을의 장년들이 물속으로 뛰어들곤 했는데 밧줄을 허리에 감고 헤엄쳐 제법 쓸 만한 물건을 건져 오기도 했다. 들리는 바로는 돼지나 소를 건져 올린 사람도 있었다지만 직접 보았다는 사람은 없었고 대개는 목재나 문짝이 떨어져 나간 찬장과 같은 소소한 것들뿐이었다.

그날 홍수를 구경하기 위해 뚝방에 올라갔을 때, 마을 사람들이 여럿 달라붙어 밧줄을 잡고 거대한 물체를 끌어올리고 있었다. 그건 놀랍게도 한 채의 집이었다.

백사장에 판잣집을 짓고 살았던 사람이 있었다. 그는 물이 불어나자 가재 살림을 뚝방으로 옮겼는데 미처 다 옮겨 놓기도 전에 물이 차오르기 시작했다. 그는 있는 밧줄을 죄다 동원하여 집을 꽁꽁 묶고는 밧줄 끝을 뚝방 위의 아름드리나무에 묶어 놓았다. 불이 점점 불어나자 집이 통째로 둥실 떠올랐고 아래로 떠내려가기 시작했다. 다행이 밧줄 덕에 더 이상 떠내려갈 위험은 없었으나 별장 아래쪽으로 휘돌아 감기는 물살이 거세 자칫 박살이 나게 생겼다.

사람들이 모두 달라붙어 밧줄을 당기기 시작했지만 집은 좀처럼 끌려 올라오지 않았다.

"사람을 더 불러와!" "이쪽부터 비끌어 매고!" "도저히 안되겠어." "제미럴! 그쪽은 놓아도 된다니까!" 비가 흩뿌리고 있었고 땀인지 빗물인지 범벅이 되어 사람들은 아우성쳤지만 물속에 잠긴 집은 오르락내리락 하기만 할 뿐 도무지 끌려오지 않았다. 그때 지붕 끝만 겨우 보였던 집이 옆으로 쏠리는 듯하더니 고래처럼 솟아올랐고 '휘릭'하는 소리와 함께 밧줄이 끊어지면서 물속으로 가라앉고 말았다.

순식간이었다. 모두 넋을 잃고 바라만 보는데 붉은 흙탕물에서 완전히 뒤집힌 집이 잠깐 보였다. 곧이어 집은 절벽에 부딪혀 와지끈 소리도 내지 않고 부서져 버렸다. 모두 허탈해 그 자리에 주저앉았는데 집 주인인 듯싶은 중년의 남자는 우는 건지 웃는 건지 강물만 바라보며 끅끅대고 있었다. 움막보다 판잣집이 나을 것이 없었다고 말한 것은 이 광경을 보았기 때문이다.

물이 어느 정도 빠지면 둔치가 보이기 시작했고 그때가 되면 고기잡이를 시작할 때였다. 둔치 아래쪽 본류의 물은 물살이 엄청 빠를 뿐 아니라 몇 길은 되었기 때문에 들어갈 수 있는 곳이 아니었다. 아버지는 공장의 노무자들과 커다란 그물을 들고 고기를 잡았다. 강물은 아직 붉은색을 띠고 있었고 둔치 쪽의 물살도 빨라 위험하기 짝이 없었다. 길게 자란 풀끝이 간신히 보일 정도의 물은 깊이가 어른의 목까지 차오를 정도였다. 두 사람이 그물을 잡고 버티면서 강을 거슬러 올라가고 두어 사람은 물속에 잠겨 있는 풀숲을 헤집었다.

아버지가 목까지 차오르는 곳까지 들어가 그물의 막대와 씨름하고 있는 모습을 보며 나는 간이 콩알만 해졌지만 아버지는 늘 여유로운 모습으로 머리끝부터 발끝까지 물을 뚝뚝 흘린 채 강둑으로 다시 올라오곤 했다. 그물을 뚝방에 펼쳐 놓을 때마다 어른들은 소리를 질렀다. 그물 안은 나무 조각과 덤불만 가득한 것처럼 보였지만 풀을 헤치면 엄청난 고기가 꿈틀거렸다.

잉어, 붕어, 뱀장어, 자라들이 그물에 그득했고 작은 새우나 게 따위도 걸려 올라왔다. 그물을 뒤집으면 여자들과 아이들은 고기를 주어 담느라 정신이 없었고 남자들은 다시 황톳물 속으로 들어갔다.

나는 게들을 쫓아다녔다. 뚝방을 쌓을 때 박아 놓은 수많은 돌 틈에는 게들이 버스럭거리며 돌아다녔지만 어찌나 재빠른지 도저히 잡을 수는 없었다. 게들은 내 주먹만 한 것들도 많았는데 그게 참게였는지 방게였는지 알지는 못했다.

잡은 고기들은 커다란 가마솥에 끓여 매운탕 잔치를 벌였다. 어머니는 뱀장어를 몇 마리 집으로 얻어와 토막을 내고 소금을 뿌린 뒤 연탄 풍로에 구워 나에게 주었다. 석쇠 위에서 구워진 뱀장어는 덥석덥석 내 입속으로만 들어갈 뿐 어머니는 한 점을 제대로 먹어 보지도 못했을 것이다.

강물이 완전히 빠지고 나면 강은 다시 언제 그랬냐는 듯 평화로운 모습으로 돌아갔다. 백사장의 모래는 눈이 부셨고 강물은 파란색 비단을 펼쳐 놓았다. 나는 어느 것이 진짜 강의 모습인지 알 수 없었다.

백사장에서는 가끔 야구 시합이 있었다. 한 사람이 힘들게 공을 던지면 몽둥이를 들고 서 있다가 힘들게 치는 것도 재미없었고, 뙤약볕에 멀뚱히 서 있다가 가끔 오는 공을 잡아 던지는 것 역시 한심해 보였다. 그런 놀이를 구경하느니 강물로 뛰어들어 멱을 감는 것이 훨씬 더 즐거운 일이었다.

강물은 얕고 물은 맑았다. 한참을 걸어 나가도 무릎밖에 차지 않았지만 갑자기 쑥 하고 모래가 빠지는 곳이 있어 늘 조심하지 않으면 안 되었다. 여름이면 매일같이 익사 사고가 났지만 영악스런 동네 아이들이 빠져 죽는 일은 드물었다. 아이들에게 강은 밤낮이 없었다. 낮에는 아이들과 멱을 감고 밤에는 엄마와 누나들을 쫓아 다시 강으로 목간을 갔다. 낮에는 남자들이, 밤에는 여자들이 강을 나누어 가졌다.

나는 한낮에 발바닥이 따끔거리도록 뜨거운 모래밭을 달려 강으로 풍덩 뛰어드는 것도 좋았지만 쏟아지는 별빛을 바라보며 촉촉한 강가를 걷거나 강 건너 마포의 불빛이 어른거리는 물에서 노는 것도 나쁘지 않았다. 밤에는 동네 아주머니들이 여기저기 모여 앉아 두런거리며 목욕을 했다. 그 사이를 발가벗고 첨벙거리며 돌아다녀도 부끄럽지 않았다. 거기 어딘가에 꽃집 아줌마가 있었다면 그러지 못했을 것이다. 꽃집 아줌마가 강에 목욕을 나오는 경우는 없었다. 나는 강에 갈 때마다 그녀가 제발 오지 않기를 빌기도 하고 그녀가 제발 있어 주기를 바라기도 했지만 한 번도 그녀를 거기서 본 적은 없었다.

가을이 들어설 무렵 백사장에 가는 것은 낙하산을 보기 위해서였다. 동네에서 다방구나 사방치기를 하다가 쌍발 비행기가 부르릉거리며 꽁무니에 하나씩 낙하산을 떨어뜨리기 시작하면 우리들은 하던 놀이를 접고 뚝방을 넘었다. 공수부대의 낙하산이 떨어지는 곳을 향해 죽어라 달렸지만 낙하산이 우리가 있는 백사장으로 떨어지는 법은 없었다. 하늘에 점점이 수놓은 회색 낙하산들은 대부분 철교 너머의 노들섬으로 떨어졌고 우리는 강에 막혀 그곳까지 가지 못해 발을 동동 굴러야 했다.

낙하산은 우리에게는 늘 닿을 수 없는 신기루였고 잡을 수 없는 무지개였다. 하지만 삐라가 뿌려질 때는 달랐다. 공중에서 살포된 삐라는 마치 알루미늄 조각처럼 반짝이며 하늘을 수놓았다. 백사장 위에 팔랑팔랑 삐라가 떨어질 때 우리는 마치 눈을 받아먹을 때 그렇듯 종잇조각이 땅에 닿기 전에 주어 보려고 안간힘을 썼지만 성공한 적은 없었다.

삐라는 대부분 '재건에 동참합시다', '반공방첩' 그런 따위의 너절한 것이었는데 당연한 일이었지만 그 내용을 궁금해 하거나 읽어 보는 아이들은 없었다. 대부분 그 자리에서 종이배를 접어 강물에 띄워 보냈다.

월남에서 돌아온 새카만 사촌형

어느 날 군인이 한 사람 집으로 찾아왔다. 나 혼자였을 때였다. "아버지는 일 나가셨냐? 엄마는?" "너 많이 컸구나. 몰라보겠어." 그렇게 묻고는 신발을 벗고 방으로 들어가 눕더니 코를 드르렁거리며 잠을 자기 시작했다.

나는 그가 무서웠다. 깡마르고 새카만 얼굴에 가늘게 째진 눈에 번쩍이는 눈동자가 겁났다. 나는 그를 집에 두고 놀러 나가야 할지 아니면 그를 감시하고 있어야 할지 몰랐다. 낯선 사람을 집 안에 두고 집을 비우자니 찜찜했고 지키고 있자니 뭘 어떻게 지켜야 할지를 몰랐다. 집 밖 골목에서 안절부절 못하고 있을 때 행상을 나갔던 어머니가 돌아왔다. "누가 왔어." "누가?" "몰라."

어머니는 방으로 들어가더니 낯선 사람을 흔들어 깨웠다. 그는 "이제 오세요." 그러면서 일어나 앉았다. 어머니는 반가워 어쩔 줄 모르는 것 같았다. "아주 온 거야?" "예. 귀국했어요." "다친 데는 없구." "나야 뭐." "집에 안 내려갔지?" "이제 내려가야죠."

그는 사촌형이었다. 나보다 열댓은 위였고 월남에서 돌아오는 길이었다. 그가 사촌형이었고 월남에서 돌아왔다는 말을 듣자 갑자기 마음이 뿌듯해졌다. 말로만 듣던 파월용사가 우리 집에 있었고 게다가 그는 큰아버지의 아들인 사촌형이었다. 내가 그를 알아보지 못했던 것은 본 지가 오래되었기 때문이기도 했지만 어렸을 때 보았다고 하더라도 그의 얼굴이 몹시 달라졌기 때문이었을 것이다.

사촌형은 정말 월남 사람처럼 보였다. 물론 나는 월남 사람들이 어떻게 생겼는지 알지 못했지만 틀림없이 사촌형이 월남 사람이 되어서 돌아온 것이라고 믿었다. 내가 세상에서 아는 나라라고는 미국이나 소련 그리고 월남이 전부였을 것이다. 미국이든 월남이든 외국엘 가면 그 나라 사람과 비슷해져서 돌아온다고 믿었다. 사촌형을 보면 그것은 틀림없는 사실이었다.

"월남은 멀어?" "멀지." "얼마나?" "배 타고 한 달은 가야돼." "베트콩 봤어?" "봤지." "죽였어?" "죽였지." "많이?" "그럼" "백마부대야?" "아니 맹호부대." "정말?" "정말이야."

대단했다. 사촌형은 갑자기 나의 우상이 되었다.

작년 시골집에 놀러 갔을 때가 생각났다. 둘째 큰집에 갔을 때 나보다 한 살 어린 사촌이 마루 기둥을 가리키며 말했다. "이거 뭔지 알아." "그게 뭔데?" 너무 높아 보이지 않았다. 마루에 올라가 가까이 보니 푸른색 양철판에 국기가 두 개 그려져 있었고 아래로 뭐라고 쓰여 있었다. "파……우얼……용…… ." 떠듬

떠듬 읽는데 아직 글을 읽을 줄도 모르던 사촌이 재빨리 말했다. "파월 용사의 집이야." "그게 뭔데?" "너 베트콩 알어?" "몰라. 땅콩 같은 거야?" "월남에 있는 나쁜 나라 사람들인데 놈들을 잡으러 형이 간 거야. 이게 그 증거지." 사촌은 어깨를 으스댔다. 바로 그 월남 갔던 사촌형이 집으로 온 것이었다.

사촌형은 나에게 5원을 주었다. 나는 그때까지 1원 이상을 내 돈으로 가져 본 적이 없었다. 나는 그 돈으로 동네에서 유일한 점방으로 가 꿈에도 그리던 풍선껌을 샀다. 어쩌다 껌을 하나 얻어 씹을 수 있었지만 넓적하고 두툼한 풍선껌은 한 번도 씹어 본 적이 없었다. 밥을 먹을 때 씹던 껌은 밥상에 내려놓거나 벽에 붙였다 다시 씹곤 했다. 그리고 어느 때는 크레용을 조금 떼어 함께 씹어서 새카매진 껌을 새 껌처럼 보이게도 했다. 다른 아이들이 껌으로 풍선을 만드는 걸 볼 때마다 나는 풍선껌을 씹을 수 있는 기회가 오기를 기다렸는데 사촌형 덕분에 풍선껌을 먹어 본 것이다.

나는 사촌형의 워커를 신고 계급장이 달린 모자를 쓰고 집을 나섰다. 동네를 돌며 만나는 아이들에게 자랑을 할 셈이었다. 나는 껌을 질겅질겅 씹으며 가끔 풍선을 만들어 불기도 하면서 돌아다녔다. 이제 이웃집 사는 기남이도 부럽지 않았다. 기남이는 자기 아버지가 육군 중사라는 걸 은근히 나에게 자랑하곤 했다. 나는 기남이네가 우리 집보다 잘사는 건 기남이 아버지가 군인이기 때문이라고 생각했다. 기남이 아버지는 멋있었다. 가끔 그가 제복을 빳빳이 다려 입고 집으로 돌아오는 것을 볼 때마다 나는 부럽기 한이 없었다. 매일같이 기름때에 시멘트가 덕지덕지 붙은 옷을 입고 일하는 아버지와는 비교할 수도 없었다.

그때 학교에서 돌아오는 기남이와 딱 마주쳤다. 기회였다. 기남이는 나의 이상한 차림을 보고 말을 걸었다. "뭐냐?" "이거 뭔지 알아?" "뭐긴 뭐냐. 쫄병이지." "쫄병?" "그래. 작대기 주제에⋯⋯." 나는 졸지에 일격을 당했다. "작대기가 뭐 어때서?" "어쭈. 갈매기 하나 없는 게." 사태의 전환이 필요했다. "베트콩 알아?" "그것도 모르냐?" "월남에 가 봤어?" "월남을 왜 가냐?" "니네 아버지가 월남 가서 베트콩 잡아 봤어?" 기남이는 잠시 멈칫하는 듯했다. 나는 끝장을 낼 필요가 있었다. "너 그 이름도 찬란한 맹호부대 용사들 알지? 우리 사촌형이 맹호부대 용사다. 지금 베트콩을 잡고 와서 집에서 쉬는 중이라구." 기남이는 '쳇' 소리를 내며 집으로 들어갔다. 나의 승리였다.

나는 헐렁한 워커를 끌고 다니느라고 발이 아팠지만 꾹 참고 동네 골목을 한 바퀴 돌았다. 그날따라 어찌된 일인지 아이들이 한 명도 보이지 않았다. 언덕 위에서 선지 장수만 선지! 꿈빽꿈빽, 뿅 하고 지나갔을 뿐이다. 실망스러운 일이 아닐 수 없었다. 집으로 오자 사촌형은 고무신을 끌고 밖으로 나와 날 기다리고 있다가 나를 보더니 버럭 화를 냈다. "도대체 신발을 가져가면 어떻게 하니? 빨리 가야 하는데." 그리고는 내 모자를 빼앗고 워커를 벗겨냈다. 내 발은 무거운 워커를 맨발로 신고

다니느라 빨갛게 부어 있었고 몹시 쓰리고 아팠다. 발이 아픈
게 문제가 아니라 사촌형이 너무 야속해 눈물이 날 지경이었다.
사촌형은 그날로 시골집으로 내려갔다. 그리고 며칠 뒤 나타났
을 때는 군복을 벗어 버린 헐렁한 남방셔츠 차림이었다. 사촌형
의 옷차림 어디서도 용감한 맹호부대 용사의 위용을 찾아볼 수
는 없었다.

　　사촌형은 한동안 우리 집에서 살았다. 가뜩이나 좁은 방에
장정이 한 사람 비집고 들어앉으니 불편하기 짝이 없었지만 아
무도 그런 내색은 하지 않았다. 사촌형은 아버지를 따라 토관
공장에서 일했다. 기름에 찌들고 시멘트가 여기저기 붙은 옷을
입고 있는 형의 모습에서 더 이상 파월용사의 기상을 볼 수 없었
다는 것이 나를 슬프게 했다. 나중에 안 일이지만 사촌형이 맹
호부대인 것은 맞았지만 베트콩을 죽이기는커녕 보지도 못했다
는 것을 알았을 때 나의 배신감은 이루 말할 수 없었다.

기차와 화물

철도가 우리 동네의 모든 것이라고 말할 수는 없을 것이다. 하지만 철도를 빼놓고는 동네를 말할 수 없다. 말했지만 철로를 건너지 않고 우리 동네로 들어올 수 있는 길은 없었다. 있다면 강을 건너오는 길뿐이다. 그래서 단 하루도 기차를 보지 않을 수는 없었다. 집에서 나와 동네 골목에서만 논다면 기차를 만나지 않을 수도 있었지만 그건 불가능했다.

어디든, 계단이었건 비탈길이었건, 언덕을 오르면 바로 화물 야적장이었고 그 뒤엔 기차가 늘 대기하고 있었다. 우르릉거리는 디젤 기관차이든 피식푹푹거리는 증기 기관차이든 기차는 늘 어디에선가 나타났고 바쁘게 떠나갔다. 그리고 어미를 잃은 고아처럼 기관차에서 떨어져 나온 화물열차들은 하염없이 그곳에 머물러 있었다.

사람들을 실어 나르는 객차에는 사실 별 관심이 없었다. 세상 밖으로 처음 구경을 가는 촌스런 사람들이 차창 밖으로 손을 흔들 때, 세상 밖으로 처음 나온 아이들만이 멋모르고 손을 흔들어 주었다. 좀 더 자라 세상의 이치를 나름대로 터득해 가고 있는 우리 같은 아이들이 기차에 손을 흔들어 주는 일이란 없었다. 우리는 기차를 타는 자와 기차를 바라보는 자가 결코 한 자리에서 만날 수 없는 사람이라는 걸 알고 있었다.

그렇더라도 저녁 무렵에 지나가는 열차를 향해 돌을 던지고 줄행랑을 치는 일은 그야말로 하루 종일 재미있는 일을 하나도 찾지 못했거나 정말 심심해서 미칠 지경에 이른 아이들 말고는 섣불리 할 수 있는 놀이가 아니었다. 혹시 올지도 모르는 미래의 가능성을 향해 돌팔매질을 하는 게 얼마나 어리석은 일인가를 모르는 아이도 없었다.

기차는 부러움과 두려움이 뒤섞인 존재였다. 늘 보는 기차였지만 누구나 기차를 타 보는 게 꿈이었다. 딱 한 번 기차를 타 본 적이 있었다. 아버지와 제물포까지 갔을 때였다. 우리나라에 기차가 처음 들어선 것은 1899년 노량진에서 제물포까지이다. 그로부터 70년 후쯤 나 역시 노량진에서 제물포까지, 꿈에도 그리던 기차를 타게 된 것이다. 내가 탄 기차는 증기 기관차였다. 기차 화통을 삶아먹었나? 누가 그런 말을 하면 그 소리가 떠오른다. 기차 운전수가 운전석 위의 줄을 잡아당기면 앞부분 커다란 드럼통 위의 굴뚝처럼 생긴 화통 근처에서 스팀이 빠져나오면서 벅벅 하는 소리를 낸다. 멀리서 들으면 웩웩 하는 것 같다. 그 소리가 그렇게 큰 것이다. 그런 기차를 타고 내린 곳은 인천의 어느 항이었다. 항구는 경사가 가파른 나무 계단으로 내려가야 했는데 더럽고 누런 바닷물이 출렁였다. 나는 그 풍경을 또렷이 기억하고 있지만 나중에도 인천의 어느 곳이었는지 도무지 알 수 없었다. 화수동 부두였을 거라고 생각되지만 기억의 풍경과는 완전히 달랐다.

기차에 돌을 던지는 것 말고 심심치 않게 자주 했던 스릴 넘치는 놀이가 있었다. 선로 위에 돌을 올려놓는 놀이였는데 주로 역에서 멀리 벗어난 별장 뒤쪽에서 이루어졌다. 역 근처에서는 역무원들에게 잡힐 수 있기도 했지만 역 안쪽은 기차의 속도도 느렸고 너무 많은 선로가 있어 기차가 어느 곳으로 들어올지를 알 수 없었다.

별장 뒤쪽도 진입하는 선로가 두 개였기 때문에 기차가 오는 길목을 미리 알아내야 했다. 돌을 올려놓고 마냥 기다리고 앉아 있을 수만은 없는 일이다. 그럴 땐 선로에 귀를 대본다. 멀리서라도 기차가 오기 시작하면 심장 뛰는 소리처럼 톡탁거리는 미세한 소리가 선로를 통해 들렸다. 기차소리가 들리기 시작하면 돌을 양쪽 선로 위에 죽 늘어놓았고, 기차가 시야에 들어오기 시작하면 재빨리 숲으로 몸을 숨겼다. 기차는 거친 숨소리를 내며 달려와 땅을 흔들기 시작했고 순식간에 선로 위의 돌을 밟고 지나가면 돌들이 사방으로 튀며 가루가 되어 날렸다.

거대한 쇳덩이가 여지없이 지축을 흔드는 소리를 내며 통과하고 난 뒤 선로로 뛰어나가 들여다보면 아무런 흔적도 남아 있지 않았다. 기차는 언제 보아도 위대했으며 도저히 상대할 수 없는 막강한 괴물이었다. 어떨 때는 선로 주변의 돌이 아니라 주먹보다 큰 돌이나 머리통만한 돌을 올려놓았던 적도 있었지만 기차는 단 한 번도 우리를 실망시킨 적이 없이 우리의 공격을 싹 무시하면서 지나갔다. 그리고 그때마다 기차에 대한 우리의 경외감은 커져 갔다.

물론 위험한 놀이였지만 단 한 번도 기차에게 위험하다는 생각은 하지 못했다. 돌이 쇠바퀴에 깨져 나갈 때 튀는 파편에 맞아 머리에 구멍이 나는 멍청한 아이가 1년에 한두 명은 꼭 있었기 때문에 위험하다면 그건 그런 둔한 아이들에게 해당되는 말이었다.

선로에 올려놓는 것 중에 하나가 대못이었다. 쇠바퀴에 밟힌 대못은 여지없이 납작해져 약간만 갈면 칼을 만들 수 있었다. 문제는 열 개의 못을 올려놓으면, 회수할 수 있는 칼이 한두 개에 불과했다는 점이었다. 바퀴에 휘감기며 일으키는 바람 때문에 어디론가 날아가 버려 도저히 찾을 수 없는 경우가 대부분이었다. 요행이 칼이 된 못을 찾을 수 있다면 그건 운이 매우 좋은 경우였다. 게다가 이 못들은 약간을 자성을 띠게 되어 철로 주변의 쇳가루를 얼마간 모을 수도 있었다.

그 어떤 놀이든 기차를 상대한다는 것은 위험한 일이었다. 그렇다고 기차에 대한 놀이를 멈출 수는 없었다. 우리의 놀이는 기차에 대한 두려움에서 시작되었으며 두려움 뒤에 숨어 있는 알 수 없는 적개심에서 자극되었다. 그것은 1년이면 서너 차례

나는 끔찍한 사고 장면을 볼 때마다 새록새록 상기되는 공포심과 복수심이었다.

탁아소에 가는 길에서 그리고 나중에 학교 가는 길에서 가끔 선로 옆에 거적에 덮인 시신을 보았다. 가마니 아래로 피가 흥건하게 흘러나온 게 보이기도 했으며 어떨 땐 팔이나 다리가 비죽이 나와 있기도 했다. 그럴 땐 늘 그 자리에서 꼼짝없이 다리가 굳어졌다. 주춤주춤 뒤로 물러설 수밖에 없었고 혼자 가는 길이었다면 반드시 누군가를 기다려 재빨리 그곳을 지나쳐야 했다.

거적에 덮인 시신을 보고 간 날은 혼자 집으로 올 수 없었고 며칠 동안은 그곳을 지나기가 죽기보다 싫었다. 사고를 당한 사람의 절반가량은 동네 사람이었다. 사고가 나면 동네에 흉흉한 이야기가 돌았고 그럴 때마다 갖가지 이유와 원인에 대한 소문이 돌았다. 그날 대판 싸우고 나가 술을 먹고 돌아오다 당했다느니, 그 여편네가 급기야는 남편을 잡아먹고 말았다느니, 그렇게 오지랖이 넓게 사사건건 달려들더니 그럴 줄 알았다느니, 집 나간 아이를 찾아 나선 길이 황천길이 될 줄 누가 알았냐느니 하는 이야기부터 어젯밤에 빗줄기가 흐느적대는 게 무슨 일이 날 줄 알았다는 둥, 안개인지 귀신이지가 스멀스멀 선로 위를 기어 다니는 걸 틀림없이 보았다는 둥, 쏟아지는 눈발처럼 기차 뒤꽁무니로 살점들이 빨려 들어가 뼈 한 조각 찾을 수 없었다는 둥 듣기만 해도 무시무시하고 끔찍한 말이 돌았지만 어느 누구도 기차를 탓하거나 차단기 하나 없는 건널목을 탓하는 사람은 없었다.

동네 사람들이 기차나 역을 향해 욕을 하거나 항의하러 갔다는 이야기도 들은 적이 없었다. 지금 생각해 보건대 그것은 아마 동네 사람들이 무지했거나 무능력해서가 아니라 그럴 수밖에 없었던 사정이 있었기 때문이었다. 사정이란 동네 사람들의 궁핍함을 얼마간 덜어 주는 존재가 기차역이기도 했기 때문이었다.

겨울이면 화물 야적장에는 석탄이 산더미처럼 쌓였다.

기온이 영하로 뚝 떨어지는 날에는 토관을 만들 수 없었고 그러면 공장에 나갈 일이 없었기 때문에 한 겨울 아버지는 실업자 신세와 다를 바 없었다. 아버지가 기차의 석탄 하역 작업을 한 것은 꼭 한파가 기승을 부리는 겨울의 한복판이었다. 눈발이 날리던 날, 그 엄청난 양의 석탄을 작은 삽으로 퍼서 내리고 있는 아버지의 모습은 기차에 돌을 올려놓는 일처럼 무모해 보이기도 했다.

석탄이 쌓여 있는 곳의 가장자리에는 비교적 커다란 석탄 덩어리들이 굴러 떨어지게 되어 있다. 석탄 무더기에는 마치 숯처럼 보이는 미끈한 통나무 모양이나 부러진 나뭇가지 형태의 석탄도 있었다. 석탄이 나무가 땅속에서 굳어진 것이라는 말은 맞는 말이다. 처음엔 그런 것들을 주어 들고 보다가 눈에 확 띄는 석탄들을 보게 되었다. 황금색의 찬란한 띠를 품고 있는 돌들을 무더기로 발견한 것이다. 금맥이었다. 금들은 점점이 사각의 결정체 모양으로 박혀 있기도 했고 앙다문 이빨처럼 나란히 줄무늬로 박혀 있기도 했는데 햇빛에 반사되는 그 고운 색깔은 어떻게 이런 게 검은 탄 속에서 자라났을까 하는 의심이 들 정도로 신비로웠다.

맨 처음 그것을 발견했을 때 나는 정말 우리 집이 부자가 되는 줄 알았다. 나는 엄청난 양, 한 양동이에 이르는 금덩어리가 든 석탄을 운반하느라 낑낑대며 집으로 돌아왔는데, 집에 들어서기도 전에 누나들에 의해 그대로 길바닥에 버려지고 말았다. 내가 가져온 것은 아무도 거들떠보지 않는 똥금이라는 거였다. 나는 심한 질책과 조롱을 받아야 했다. 내가 가져와야 할 것은 빛나는 돌들이 아니라 검은색의 고운 무연탄이었다. "너는 그것도 모르니?" 핀잔을 들으며 나는 다시 누나들과 함께 무연탄을 가지러 갔다.

화물 야적장에 쌓여 있는 엄청난 양의 석탄들을 동네 사람들은 무시로 몰래 퍼다 날랐다. 누구나 그랬기 때문에 당연히 그래야 하는 것으로 알았다. 아이들은 대낮에도 세숫대야나 양동이를 들고 퍼 날랐으며 어른들은 한밤중이면 리어카를 동원해 퍼 날랐다. 겨울이면 아이들의 손이며 얼굴이 새카매졌고 어른들은 그걸 탓하지 않았다.

그 무렵 동네에는 연탄을 찍어 주는 사람이 등장했다. 가루를 낸 석탄에 황토를 섞고는 물을 부어 고슬고슬하게 반죽을 한 다음 쇠막대가 여럿 솟아나 있는 둥그런 통에 담는다. 그 위에 구멍이 뚫려 있는 원반을 올려놓고 나무망치로 서너 번 힘차게 두드리고 나서 통을 뒤집은 다음 밑쇠를 빼면 거짓말처럼 예쁜 19공탄이 쏙 하고 빠져나온다. 이 수제연탄은 통에 부은 석탄의 양이나 두드리는 각도나 내리치는 힘이 매번 달랐기 때문에 윗면이 삐딱하기도 하고 높이가 다르기도 했다. 나는 그게 마음에 들지 않았지만 아무도 그걸 트집 잡는 사람은 없었다. 그렇게 만들어진 연탄으로 동네는 겨울을 날 수 있었다.

야적장에는 석탄만 있었던 것은 아니었다. 알 수 없는 광석들이 곳곳에 쌓여 있었다. 나는 손이 새카매지는 석탄 더미보다 갈색의 돌 더미를 뒤지는 게 더 좋았다. 더군다나 똥금이 들어 있는 석탄은 아름답긴 했지만 이제 보기도 싫었다. 갈색과 녹회색이 섞여 있는 돌을 가르면 신비한 무늬들이 나타났다. 구불구불한 나무가 그려져 있기도 했고 수많은 이파리가 그려진 숲이 나타나기도 했다. 방금 그려 넣은 것처럼 선명하고 뚜렷한 이파리들은 살아 있는 듯했다. 나는 그런 아름다운 그림들이 어떻게 그런 돌 속에 박혀 있게 되었는지 그리고 누가 그렸는지 궁금하기 짝이 없었다. 그건 식물 화석들이었다. 그리고 나중에 그 설명을 들었을 때도 도저히 이파리가 흙속에 묻혀 오랜 시간 동안 저절로 만들어진 것이라는 사실을 그대로 믿을 수는 없었다.

화석을 한두 개 주어 오는 것은 눈치를 볼 필요가 없었지만 말린 고구마는 달랐다. 근처에 소주 공장이 있기 때문이었는지 썰어서 말린 고구마가 화물차에 가득 실려 있곤 했는데 화물차 틈으로 손을 집어넣고 훑어 내리면 때로 엄청난 양의 말린 고구마들이 쏟아져 나왔다. 그건 우리들에게 훌륭한 간식거리였으며 고구마 열차가 들어왔다는 소문이 퍼지면 아무리 감시가 철저했다고 하더라도 포기하는 법은 없었다.

화물차를 뒤지는 다른 이유는 코르크를 얻기 위해서였다. 동네 아이들이 가장 눈독을 들이는 것 중의 하나가 코르크였다. 하역이 되는 것은 거의 드물었고 대부분은 화물차에 실려 있었기 때문에 코르크를 가져오는 것은 쉽지 않았다. 화물차 사이를 여기저기 기웃거리다 역무원들에게 들키면 쫓겨나기 일쑤였으며 들고튀다 걸리면 호되게 벌을 받아야 했다. 말린 고구마보다야 인기가 덜했지만 코르크는 대개 배를 만드는 데 사용되었기 때문에 놓칠 수 없는 품목이었다.

강에 배를 띄우는 놀이는 한동안 가장 인기 있는 놀이였다. 배는 여러 가지였다. 수시로 만들 수 있는 종이배도 있었지만 그걸 배라고 말할 수는 없었다. 한강에 있는 황포돛배 모양을 본 따 돛을 단 목선도 없지 않았지만 적어도 배라면 나무를 깎아 모양을 잡고 뒤를 'ㄷ'자로 파낸 다음 책받침을 십자로 끼우고 고무줄을 맨 동력선이라야 배라고 할 수 있었다. 이 배를 만드는 데 병뚜껑의 원료인 코르크보다 더 좋은 건 없었다. 만들기도 쉬울 뿐 아니라 가벼워서 한 번 감은 고무줄의 힘으로 꽤 멀리까지 나갈 수 있었다.

코르크가 동네에 퍼진 날에는 동네 골목이란 골목, 특히 시멘트 벽으로 된 집들은 몸살을 앓아야 했다. 모두들 벽에다 갈아 배 모양을 만들었는데 그러다 보니 시멘트 벽에는 거의 모두 갈색의 줄들이 여기저기 너저분하게 생겼다. 어른들이 볼 때마다 야단을 쳤지만 옆집 뒷집 돌아다니며 갈아 대는 아이들을 막을 재주는 없었다. 나는 배를 만드는 게 다른 무엇보다 재미있었다. 나보다 서너 살 많았던 형들도 자기의 코르크를 가져와 모양을 잡아 달라고 했던 것을 보면 내가 배를 만드는 데 뛰어난 자질을 가지고 있었던 것은 틀림없었다.

드디어 배를 만들어 손에 들고 모두들 강으로 향했다. 백사장 군데군데 파여 있는 물웅덩이는 배를 띄우기에 안성맞춤이었다. 그런데 우리가 갔을 때 거기에는 미리 와 배를 띄우고 있는 아이들이 있었다. 처음 본 아이들인데 우리 동네 아이들 같지는 않았다. 그들이 가지고 온 배는 달랐다. 동네 아이들이 그 '양철선'을 보았을 때 모두들 눈이 휘둥그레졌다. 아무리 보아도 우리들이 만들었던 '풀턴의 고무줄 배'와는 비교도 할 수 없는 것이었다. 그 배는 양철로 만들어진 것이었고 푸른색으로 칠해져 있었으며 붉은색과 흰색의 띠가 멋지게 장식되어 있는 그야말로 진짜 배였다. 크기야 우리들 것이 조금 더 컸지만 우리들의 것은 배였고 걔네들 것은 요트였다.

요트를 가진 아이는 중학생쯤으로 보였는데 한눈으로 보아도 우리들과는 달랐다. 주머니에서 성냥을 꺼내 요트의 선실에 촛불을 켜 놓고 물에 가만히 올려놓았다. 배는 뽀르륵 소리를 내며 달리기 시작했고 초가 다 탈 때까지 멈추지 않았다. 그 배를 우리의 목선들은 도저히 따라잡지 못할 게 뻔 했고 그 자리에 내놓기도 부끄러울 지경이었기 때문에 우리들은 참담한 심정으로 돌아와 버렸다. 그 뒤로 풀턴의 배는 동네의 더러운 물웅덩이에서 가끔 한번 띄어보는 처지로 전락했다.

그로부터 얼마 후 윗동네의 형들이 배를 띄운다는 이야기가 들려왔다. 목선이 아니라 철선이라고 했고 그걸 전한 수철이의 말로는 요트를 능가하는 배라는 것이었다. 내 또래의 꼬마들도 각자의 배를 손에 들고 쪼르륵 따라갔다. 백사장의 물웅덩이 둘레에 빙 둘러선 채 배의 진수식이 시작되었다. 배를 만든 형은 중학생 또래였는데 그가 들고 있는 배가 좀 이상했다. 크기도 지난 번 보았던 요트보다 두 배는 컸고 푸른색의 멋진 색 띠 장식도 없었다. 그냥 양철로 만들어진 회색의 볼품없는 모양이었다. 실망스럽지 않을 수 없었다. 게다가 그 형은 한참 뜸을 들였다. 배에 이상이 생긴 것 같았다. 이윽고 배의 선실에 흰 돌덩이를 집어넣고는 물을 부었는데 배의 뒤쪽에서 거품 같은 게 흘러나오기 시작했다.

배를 물 위에 가만히 올려놓자 놀라운 일이 생겼다. 양철선은 쉬익 하는 소리를 내더니 뽀그르르 하며 물웅덩이를 힘차게 돌기 시작했다. 놀라운 일이 아닐 수 없었다. 모두를 박수를 치며 환호성을 냈다. 배는 늠름하고 거침이 없었다. 푸른색 요트가 와도 꿀릴 것이 전혀 없었다. 그 날은 우리의 목선도 풀풀거리며 그 옆에서 돌아다녔고 그게 조금도 부끄럽지 않았다.

그 양철선은 카바이트 배였다. 지금은 산소 용접할 때나 쓰는 것이지만 그때는 어디나 흔히 볼 수 있는 것이 카바이트 불이었다. 거리의 행상이나 포장마차의 불은 거의 모두 카바이트에서 나온 가스에 불을 붙인 것이었다. 이 놀랍고 신비한 카바이트는 매캐하고 독특한 냄새가 나는 회색 돌이었다. 물을 부으면 화학반응을 일으키면서 열을 내고 가스를 뿜었다. 이 돌을 구하는 날은 항상 백사장으로 달려갔다. 카바이트를 모래 속에 파묻고 그 위에 물을 조금 붓고는 모래를 덮어 산처럼 만든다. 거기에 구멍을 뚫고 불을 붙이면 정말 그럴 듯한 화산이 만들어진다. 나 역시 카바이트 배를 만들고 싶었지만 마음뿐이었다. 양철을 구하고 재단하고 납땜을 해야 하는 작업은 나로서는 엄두도 내지 못할 고도의 기술이었다. 그때는 카바이트 배를 만드는 게 최대의 바람이었지만 그 꿈은 끝내 이룰 수 없었다.

대보름의 돼지 잡기

　나는 크게 다치거나 아픈 적이 없었다.

　작은누나처럼 그네를 타다 팔이 부러진 적도 없었고 몇 집 건너 사는 돼지처럼 토관 위를 걷다가 이빨이 왕창 부러져 나간 적도 없었고 수철이처럼 지붕 위에서 떨어져 다리를 찢은 적도 없었다. 어쩌다 너무 뛰어놀아 몸살이 나는 것 말고는 잔병치레도 하지 않았다. 홍역을 치른 적은 있었다. 어린아이에게 홍역은 아기 때보다 더 위험하다고 했지만 나는 일곱 살 때 온 홍역을 크게 치르지도 않았다. 그건 다 내 덕이었다.

　나는 어쩌다 찾아온 병을 즐길 줄 알았다. 특히 몸살처럼 머리가 아프고 열이 나고 온몸이 아플 때 방 안에서 이불을 덮고 가만히 있는 건 즐길 만했다. 세상이 빙글빙글 돌고 구역질이 날 것 같았고 이러다 죽는 거겠지 하는 생각이 들기도 했지만 나른하고 노곤하고 어찔한 그 기분이 나쁘지만은 않았다.

　집안에 꼼짝없이 누워 있어야 할 때, 세상이 나른하여 아무런 생각도 하고 싶지 않을 때 천장을 바라보며 환각을 즐겼다. 환각은 아니고 일종의 매직아이와 같은 눈의 착시 현상을 놀이로 삼았다. 그때의 벽지는 대개 사방무늬였다. 장식적인 그림으로 된 격자무늬가 반복적으로 이어진 천장을 바라보며 시선을 당기거나 멀리 주면 평면적인 사방무늬가 입체적인 공간을 만들어 낸다. 방 안이 3차원 영상으로 가득 찬 것 같은 착각을 일으키게 되는데 초점을 천정보다 멀리 주면 눈이 전혀 피로하지 않은 채로 전혀 낯선 세계를 경험할 수 있다. 이 매직아이는 한번 시작되면 가급적 멍청한 시선을 유지해야 하기 때문에 마치 내가 바보가 된 것 같은 기분이 들기도 했지만 그 뚜렷한 입체 영상이 주는 환상적인 공간 속으로 빨려 들어가는 듯한 기분은 나쁘지 않았다.

사실 이런 착시의 현상은 모래밭에서도 가능했다. 끝없이 펼쳐진 백사장에 나가 한 곳에 눈을 고정시키고 있으면 어느새 내가 초점을 둔 곳이 어딘지를 잊어버리게 되고 그러면 시선을 준 곳 이외의 모든 영상들이 잔상들과 약간 겹치면서 더욱 뚜렷해진다. 그때는 세상이 전혀 다른 모습으로 마치 출렁거리는 영상처럼 보이기 시작하는데 가끔 정말 심심할 때면 그런 착시를 즐기곤 했다.

홍역을 치를 때도 그랬다. 열이 불덩이처럼 달아오르고 머리가 아뜩해졌고 온몸에는 불긋불긋 열꽃이 잔뜩 피어올랐다. 나흘인가를 방 안 꼼짝없이 누워 지냈는데 찬바람을 쏘일까봐 문도 못 열게 했다. 그 아득히 죽을 것 같은 열감 속에 파묻혀 있는 동안 오히려 사는 게 죽음처럼 편안했다. 마치 착시 때 본 것과 같이 세상이 들떠 보이면 그것은 내가 몹시 아프다는 증거였다.

　가끔 배가 아플 때가 있었다. 내 별명이 돼지였던 것처럼 대부분은 한꺼번에 많이 먹은 탓이었다. 어머니는 "누구 배는 똥배고 엄마 손은 약손이다."라는 노래를 부르며 배를 쓰다듬어 주었다. 그래도 안 나으면 밥주발에 갓 지은 따뜻한 밥과 나물을 담아 배 위에 올려놓고 문질렀다. 그건 언제나 특효였다.

　아플 때면 어린 나조차 그 효능을 의심하게 하는 민간요법이 동원되기도 했다. 체했을 때 손가락을 실로 감아 검은 피를 내거나 넘어져 다쳤을 때 가루치약을 발라주는 것은 그래도 나았다. 한번은 다래끼가 나 한쪽 눈이 퉁퉁 부어올랐고 거의 감고 다닐 지경이 되었다. 어머니는 새벽에 나를 깨우더니 동네를 한 바퀴 돌았다. 골목에서 막 해가 떠오르자 어머니는 다래끼 난 나의 속눈썹을 뽑아 처마에 끼우고는 해를 바라보라고 했다. 처마 끝에 이슬이 맺혀 있었고 그 이슬을 통해 해를 보았다. 눈이 부셨고 이슬은 보석처럼 빛났다. 그 뒤로 거짓말처럼 다래끼가 나았다. 이것은 나로서는 이해할 수 없었지만 다래끼에 대한 일반적인 퇴치방법보다 한 차원 높은 수준의 치료방법이었다.

　동네 아이들에게는 부스럼이나 버짐, 기계충, 혹은 사마귀나 티눈 같은 피부병이나 다래끼가 많았다. 그 중에서 다래끼의 치료는 대개 비겁한 방법이 사용되었다. 다래끼 난 눈썹을 뽑아 돌멩이에 올려놓고 그 위에 돌멩이를 다시 올려놓는다. 그리고 누군가 이 돌을 걷어차 주기를 기다린다. 물론 대부분 동네에 다래끼가 돌았을 때 골목에 수상스럽게 놓여 있는 돌을 차지 않도록 조심했지만 반드시 누군가는 차게 되어 있었다. 그러면 그가 새로운 다래끼의 주인이 되는 것이었다.

이런 병이라고도 할 수도 없는 지저분한 병들의 원천적인 예방은 정월 대보름에 이루어진다. 아침에 땅콩이나 밤 혹은 호두로 부럼을 하고 귀밝이술을 먹는 걸 거른 적은 한 번도 없었다. 대보름 전날, 동네 아이들은 모두 동냥하는 거지가 되어 집에서 주는 바가지를 들고 이웃집으로 나물을 얻으러 다녔다. 얻어온 나물로 비빔밥을 먹고 나면 모두 강변으로 가 깡통을 돌렸다. 둔치에 올라 깡통을 돌려 백사장으로 집어던졌는데 백사장 일대는 깡통이 돌아가며 그리는 둥근 불빛과 포물선을 그리며 날아오르는 광경이 여기저기 벌어져 장관을 이루었다.

대보름날 달이 판잣집 지붕 사이로 둥실 떠오르면 어머니는 제웅을 만들어 나에게 주었다. 짚으로 만든 인형의 다리를 잡고 달에게 절을 해야 했는데 그때는 손바닥을 돌리듯 비비며 소원을 중얼중얼 말하는 어머니가 마치 무당처럼 보였다. 절을 하고 나면 제웅을 불에 태웠다.

어느 해였는지 정확하진 않지만 대보름 무렵에 뚝방에 올랐을 때의 일이었다. 갑자기 머리 위에서 '딱'하는 소리가 나더니 뒤통수가 얼얼하면서 머리 전체가 시원해졌다. 손을 들어 만져 보니 땀인지 피인지 모를 것이 흘러 내렸는데 날이 깜깜해 집에 오도록 그게 피인지도 몰랐다. 분명히 강변에서 날아온 돌을 맞은 것 같긴 했는데 이상하게 아프지 않았다.

집에 들어온 내 몰골을 보고 어머니는 거의 기절하다시피 했고 나 역시 이마와 목 주변에서 흘러내린 것이 피라는 걸 알고는 겁이 나기 시작했다. 피는 철철 흐르고 있었고 어머니는 나를 들쳐 업고 날아갈 듯 뛰기 시작했다. 나는 누군가에게 업히기에는 이미 너무 컸다. 그게 쑥스럽기도 하고 미안하기도 했는데 그러면서도 어머니의 등에 업혀가는 마음이 그렇게 편할수가 없었다. 바람이 닿을 때마다 맞은 부위가 시원했고 구멍이 뻥 뚫렸는지 찬 공기가 머릿속에 가득 들어찬 것 같았다. 하나도 아프지도 않았고 오히려 머리가 산뜻해지고 기분이 경쾌해지는 기분마저 들었다. 병원에서 머리를 싸매고, 돌아오는 길은 걸어서 왔다. 그제야 머리가 쏨벅쏨벅 아프기 시작했다.

보름을 전후해서 1년에 한 차례 반드시 거쳐야만 하는 공포의 순간이 있었으니 마을에서 돼지를 잡는 날이었다. 마을 전체는 아니었고 제관 공장의 노무자들이 중심이 된 끔찍한 사육제였는데 돼지를 잡는 날은 마을이 피비린내로 가득했다. 돼지를 꼭 우리 집 앞마당에서 잡았던 게 문제였다. 도저히 내가 피할 수 있는 방법은 없었다. 그리고 세 번의 사육제를 거치면서 나는 어느새 피의 축제에 익숙해지고 말았다.

돼지를 처음 잡던 날, 나는 작은누나와 집 밖으로 나가지도 못한 채 부엌의 문틈으로 구경을 하게 되었다. 골목에서 엄청나게 큰 돼지가 막대기를 든 아저씨에 몰려 집 앞으로 걸어왔다. 동네 아이들이 그 뒤에서 졸졸 따라오고 있었고 맞은편 골목에도 아이들이 모여들었다가 돼지가 꿀꿀대며 성큼성큼 다가올 때마다 우루루 도망을 갔다. 어른들은 아이들에게 집으로 들어가라고 소리쳤지만 아이들은 집으로 가는 듯하다가 다시 몰려 나오곤 했다. 아이들 역시 잔인함과 끔찍함이 하나의 구경거리라는 것을 이미 잘 알고 있었고 끔찍함의 강도가 더할수록 늘어나는 긴장이 쾌감의 일종이라는 걸 모르지 않았다.

돼지가 앞마당의 공터에 들어오자 몇 명이 재빨리 돼지의 다리에 밧줄을 묶어 넘어뜨렸다. 그때부터 돼지는 소리를 지르기 시작했다. 빙 둘러싼 어른들이 아이들을 막아섰지만 아이들은 어느새 어른들 틈으로 들어와 자리를 잡았다. 마당에 설치한 드럼통의 물이 설설 끓기 시작하면 돼지는 여러 개의 사과상자를 엎어 놓은 곳에 올려졌다. 네발이 묶여진 돼지가 소리를 지르며 몸을 버둥거릴 때마다 돼지의 살들이 물결처럼 출렁거렸다. 한 사람은 장도리를 들고, 한 사람은 칼을 들고, 또 한 사람은 양동이를 들고, 또 한 사람은 돼지 꼬리를 잡으면 모든 준비가 끝난 것이었다.

갑자기 장도리를 든 사람이 돼지의 정수리를 내리쳤다. 그때 칼을 든 사람이 돼지의 목에 칼을 꽂았다. 장도리가 다시 한

번 이마에 박혔고 칼이 옆으로 그어지면서 돼지의 목에서는 피가 솟기 시작했다. 양동이를 든 사람이 재빨리 피를 받기 시작했고 돼지는 그야말로 멱따는 소리를 질러 댔다. 몇 사람은 돼지가 움직이지 못하도록 붙들었다. 목에서 솟구친 피는 마치 펌프질을 할 때마다 쏟아지는 물처럼 왈칵왈칵 흘러나왔다. 돼지의 정수리에 장도리를 내리치자 약간 잠잠했던 돼지가 다시 소리를 지르기 시작하고 그때 칼을 잡은 사람이 돼지의 목을 조금 더 넓게 따냈다. 돼지는 오줌을 지리기 시작했고 똥을 마구 싸 댔다. 돼지가 가쁜 숨을 몰아쉴 때마다 뻥 뚫린 목에서 하얀 김이 뿜어져 나왔고 그때마다 선지가 콸콸 쏟아졌다. 돼지 피는 한 양동이가 넘어 다른 그릇으로 받아야 했다. 돼지가 마지막 숨을 고를 무렵 꼬리 쪽을 들어 올려 마지막 피를 받아 냈다. 돼지가 완전히 숨이 끊어지자 어른들은 긴장을 푸느라 이런저런 이야기를 시작했고 아이들은 이제껏 참았던 숨을 쉬느라 어깨를 들썩였다.

바가지에 끓는 물을 퍼붓고 돼지의 털을 깎기 시작할 때쯤이면 구경꾼 중 절반은 발길을 돌린다. 가장 극적인 살육의 현장이 지나면 남아 있는 것은 끔찍한 주검뿐이기 때문이다. 잔인함에는 긴장이 필요했지만 처절함에는 인내가 필요했다. 호기심 많은 몇몇 아이들은 자리를 뜨지 못했다.

털을 깎은 돼지의 속살은 곱고 하얗다. 돼지의 배는 긴 네모 형태로 젖꼭지 밖으로 따낸다. 그리고 내장을 큰 다라에 쏟아 놓는데 나는 처음 그걸 보았을 때 그 엄청난 양이 도저히 뱃속에 있었던 것이라고 상상할 수 없었다. 마치 검붉고 검푸른 색의 꿈틀거리는 뱀들이 엉켜 있다 풀어지는 것처럼 창자들은 다라를 넘쳐 바닥으로 흘러내렸다. 몇 사람들은 간을 찾아 칼로 도려내어 소금을 찍은 후 연신 입으로 가져가고 있었고 운이 좋은 사람은 애기주먹만 한 쓸개를 통째로 목으로 넘겼다. 한쪽에서는 아주머니들이 곱창을 다듬기 시작했고 한편에서는 돼지를 잡았던 사람들이 간과 돼지비계를 안주 삼아 술잔을 기울였다. 몇 사람은 돼지를 부위별로 토막 내기 시작했고 사육제는 모든 고기가 분배가 될 때까지 밤늦도록 계속됐다.

대보름의 돼지 잡기가 끝나고 나면 나는 기어코 몸살을 앓아야만 했다.

강아지 크기 재기, 처녀들과 양색시

　기억의 골짜기를 내려가다 보면 얼핏 숨겨져 있던 낯선 꽃무더기들을 만나게 된다. 분명히 있었지만 어딘가에 숨겨져 있었던 그 은밀한 꽃들은 그 위에 잔뜩 쌓인 돌무더기를 들춰내거나 무성하게 뻗어 있는 가지들을 쳐내야 부끄러운 모습을 드러낸다. 때로 스스로도 알지 못한 채 가느다란 대궁만 보여 줄 뿐이고 때로는 은근한 향기만 가볍게 풍길 뿐이다. 꽃집 아줌마의 가늘고 긴 손가락이 그러했고 홍 씨 아줌마의 분 냄새가 그러했으며 수진이의 동그란 눈동자가 그러했다.

　그런 것뿐이었으면 부끄러울 일은 없었을 것이다. 나 말고 다른 아이들을 빌어 말해도 우리 꼬맹이들은 분명 성적인 것에 대한 관심을 숨길 수 없었다. 부끄러움과 야릇한 느낌, 두려움과 호기심, 수치심과 혐오감이 뒤섞여 있는 어떤 것에 우리는 자유롭지 못했다. 그랬을 뿐 아니라 불쑥 등장하는 낯선 풍경에 대한 호기심을 누를 길이 없었다. 별장 숲에서 벌어지는 남녀의 정사를 훔쳐보기도 했고 뚝방 언덕에서 손을 잡고 앉아 있는 연인이 주고받는 대화를 엿듣기도 했다. 그뿐인가. 쌍둥이 형제들은 지나가는 남자아이와 여자아이의 아랫도리를 벗겨 놓고 서로 가까이 붙여 놓는 장난을 수시로 했으며 우리들은 그걸 호기심 어린 눈으로 바라보기도 했다.

처음 기억이 시작될 때 몽롱하고 아련한 의식의 저편에 그렇게 많은 부끄러움이 숨겨져 있으리라고는 생각지 못했다. 이마를 찡그리며 곰곰이 생각해 보면 놀랍게도 너무 많은 부끄러움이 도처에서 드러나 때로는 내가 비정상적이거나 아니면 지나치게 조숙한 아이가 아닌지 의심하지 않을 수 없었다. 정말 그럴지도 모르겠다.

하지만 내가 그렇게 이상한 애였다는 것을 받아들이기는 힘들다. 왜냐하면 나의 주변에는 늘 내 또래의 아이들이 있었고 내가 눈을 주는 곳에 그들의 눈도 따라 갔으며 내가 호기심을 누르지 못했을 때 그들도 마찬가지였기 때문이다.

어느 날 높이 쌓여 있는 토관에 비밀 장소를 만든 영규와 나는 오줌을 누는 시합을 했다. 둘이 서서 누가 더 멀리 나가는지를 겨루는 것이었지만 사실은 고추를 빳빳하게 세우고 오줌을 싸는 쾌감을 즐겼던 것이 틀림없었다. 오줌을 누고 나서는 누구 것이 더 큰지 대보기도 했다. 서로 마주 서서 강아지를 서로 맞대고 크기를 재었지만 처음부터 이기고 지는 게임은 아니었다. 강아지는 버들강아지인지 강아지풀이었는지 모르겠지만, 어른들은 우리들의 것을 보고 고추 아니면 강아지라고 불렀다. 설마

껑껑거리는 강아지를 말하는 것은 아니었을 것이다. 고추끼리 서로 맞닿는 느낌은 정말 이상했지만 싫지 않았다. 버들강아지를 뺨에 문질렀을 때 오는 간지러움이다. "너 양갈보 애 고추 봤냐?" "아니." "걔 꺼는 정말 이상해. 무지하게 크다. 그리고 늘 까져 있어." "그래? 어른 꺼 같이?" "맞아. 어른 꺼 같애. 한번 봐라. 얼마나 징그럽다구." 영규와 나는 사람들 앞에서는 부끄러움을 많이 타는 숫기 없는 아이들이었지만 둘이 있을 때는 달랐다. 못하는 말이 없었고 못하는 놀이가 없었다.

나는 양색시집 아이의 고추를 보고 싶어 한동안 그 애를 졸졸 따라다니며 오줌을 눌 때까지 기다렸지만 한 번도 그 아이의 고추를 본 적은 없었다.

한번은 골목을 뛰어 오다가 누군가에 부딪혀 뒤로 벌렁 나자빠졌다. 뒤꿈치가 너무 아파 막 울음이 나오려고 했는데 부딪힌 사람은 다름 아닌 꽃집 아줌마였다. 꽃집 아줌마도 세게 부딪쳤는지 배를 잡고 허리를 구부렸다. 나는 부딪친 게 꽃집 아줌마라는 걸 알자 울음이 나오기는커녕 씩씩하게 벌떡 일어나 손을 털고 오히려 미안해 하는 표정을 지었다. 감정이란 사람에 따라 수시로 달라지는 법이다. 간살 보살이 따로 있는 게 아니다. 꽃집 아줌마는 나를 보더니 "안 다쳤니?" 그렇게 묻고는 내 손을 다시 털어 주었다. 꽃집 아줌마가 내 손을 잡느라 허리를 숙였을 때 저고리 섶 사이로 그녀의 젖무덤이 보였고 나는 고개를 어디다 둘지 몰라 당황했다. 그때 아줌마가 내 손을 그녀의 허리에 대더니 나를 꼭 안아 주었다. 꽃집 아줌마가 그래야 하는 이유를 나는 알지 못했지만 그녀도 나를 좋아하고 있는 것이 틀림없다는 확신을 얻는 순간이었다. 나는 얼떨결에 그녀의 치마폭에 싸였고 아줌마의 부드러운 배에 얼굴을 비빈 채 서 있었다. 나는 그녀의 허리를 꼭 안아 주었다.

그 뒤로 나의 강아지가 커질 때는 꽃집 아줌마의 치마폭에 싸였을 때의 느낌이 떠오를 때였다. 그럴 때 나는 어찌할 바를 몰랐다. 그 다음부터는 꽃집 아줌마를 보기만 해도 얼굴이 붉어졌으며 그녀를 마주칠 때면 먼저 외면하고 줄행랑을 쳐야 했다.

누가 보아도 순진하고 천진한 어린아이에 불과했지만, 분명 내가 세상의 이치를 모르고 있지는 않았다. 모르는 건 몰랐지만 알 건 다 알았다.

아이들은 아직 어리기 때문에 아무 것도 모를 것이라는 생각은 단지 어른들의 착각일 뿐이었다. 착각이 아니라면 일종의 주술과 같은 것이다. 어른들은 아이들이 세상의 많은 것을 몰라야 한다는 주문을 외운다. 착하지만 멍청한 아이들은 곧잘 그런 주술에 속아 넘어간다. 대부분의 아이들은 자신이 어른들의 세계에 대해 모르는 게 많을수록 어른들이 좋아한다는 것을 재빨리 알아채고 그렇게 행동할 뿐이다. 그래서 어른들도 속고 아이들도 스스로를 속인다. 어른들은 늘 부끄러움을 그런 식으로 가르친다.

하지만, 내가 그랬듯이, 대부분의 아이들은 어른들이 말하는 거의 모든 내용을 알아들을 수 있었으며 어른들 세계에서 벌어지는 복잡하고 심오하고 은밀한 영역들까지도 속속들이 모르는 게 없었다. 이를 테면, 아이가 미울 때 다리 밑에서 주어 왔다거나 하는 말에는 그저 속아 주는 척할 뿐이다. 아이를 배꼽으로 낳는다는 터무니없는 이야기가 사실을 은폐하기 위한 어른들의 얄팍한 거짓말에 불과하다는 것을 모르는 아이들은 정말 어린애이다. 기억하는 한 나는 그런 따위의 말에 속아 본 적이 없었다.

성적인 호기심을 불러일으키는 것은 아이들이 아니라 어른들이었다. 어른들은 자신도 모르게 비밀스럽고 은밀한 부끄러움을 아무렇지도 않은 듯 드러낸다. 설사 그들에게는 일상적인 일에 불과했을지라도 아이들이 그걸 놓치는 경우는 거의 없다. 골목을 지나다니며 마주치게 되는 처녀들이 그랬다.

처녀 둘이서 사는 그 집은 어쩌면 비밀스러움으로 가득한 화원이었다. 우리 집에서 왼쪽으로 돌아 작은 골목을 지나가면 그녀들이 쳐 놓은 울타리를 만나게 된다. 나무로 엮어 흰색 페인트를 칠한 담장을 여름이면 나팔꽃이 뒤덮었다. 그 담장을 돌아 들어가면 그녀의 집 앞마당에 들어서게 되는데 물론 동네를 이어 주는 골목이기도 하다. 누구나 그곳을 지나갈 권리는 가지고 있었다. 하지만 그곳을 지나려면 맞은편 언덕에서부터 비스듬히 집 위로 쳐진 차양 밑으로 지나야 하고 거기에 주렁주렁

열린 수세미나 유자 열매를 피해 가지 않으면 안 되었다. 게다가 방문 앞의 툇마루와 그 건너 화단에 가득 심어 놓은 꽃들 때문에 매우 조심하지 않으면 안 되었다. 처녀들은 아마 자기의 집을 아름답게 꾸며서 사람들로 하여금 미안함을 느끼도록 하고 그래서 되도록 지나가지 못하도록 할 심사였음이 틀림없다. 그래서였는지 그 집 앞 골목으로 지나다니는 사람은 많지 않았다.

그녀들을 처녀라고 말했지만 둘 다에 해당하는 말인지는 모르겠다. 그 처녀 중의 하나는 곱게 빗은 긴 머리에 언제나 하얀 셔츠를 입고 있었다. 그녀는 처녀임에 틀림없다. 그런 정도는 나도 안다. 그녀는 집에 있는 경우가 많았다. 다른 한 처녀는 아침에 나가면 저녁에 들어왔다. 그녀는 늘 남장을 하고 있었다. 굽슬거리는 짧은 머리에 검은색 바지와 윗도리를 갖춰 입은 그녀의 모습은 영락없는 남자였지만 그녀는 남자처럼 보이지 않았다. 그렇다고 여자스럽지도 않았다. 그녀는 흰색 셔츠의 깃을 윗저고리 밖으로 받쳐 입고 늘 책을 끼고 다녔기 때문에 그 모습이 베토벤처럼 보였다. 구부정한 자세로 심각한 표정을 짓고 산책을 나서는 베토벤. 물론 나는 그 때 베토벤을 알지 못했다. 나중에 누나의 음악책에 나오는 사진에서 그녀가 베토벤과 완벽히 닮았음을 알았다.

처녀들에게서는 알 수 없는, 도저히 가까이 다가가 들여다 볼 수는 없지만 가까이 들여다보고 싶게 만드는 분위기가 있었다. 나는 그 집의 나무 담장에 피어 있는 나팔꽃을 따기 위해 그

집 마당이자 동네 골목을 지나가곤 했다. 그날은 좀 달랐다. 일요일이었던 듯싶다. 왜냐하면 햇살이 아직 따뜻하게 느껴지는 오전이었고 그 시간이라면 탁아소에 갔었을 때였기 때문이다.

긴 머리의 처녀가 마당에 나와 있었다. 그녀는 대야에 물을 받아 머리를 감을 준비를 하고 있었다. 그때 베토벤을 닮은 처녀가 방문을 열고 나왔다. 그녀는 부수수한 머리에 남방을 입고 있었는데 나는 그날 베토벤이 정장을 입지 않은 모습을 처음 보았다. 그리고 그녀가 집에 있는 걸 본 것도 처음이었다. 긴 머리 처녀가 머리를 풀고 쪼그려 앉더니 고개를 숙여 머리를 물속에 담갔다. 그리고 베토벤이 그녀에게 다가가 머리를 감겨 주기 시작했다. 비누를 칠하고 머리를 어루만지는 그녀의 표정은 행복해 보였다. 긴 머리가 말했다. "저기 수세미 물 좀 내려줘." 차양에서 앞쪽으로 뻗어 있는 여러 가닥의 철사 줄에는 넝쿨이 감겨 있고 그 아래로 서너 개의 수세미가 늘어져 있었다. 그리고 깡통이 하나 매달려 있었는데 잘라진 수세미 줄기에서 흘러나오는 물이 깡통으로 떨어지고 있었다. 그걸로 머리를 헹구어 감는 모양이었다. 베토벤이 물을 다시 떠 오고 수세미 물을 붓고는 긴 머리를 감겼다. 그리고는 마른 수건으로 긴 머리를 부드럽게 감싸 일으켰다. 그때 나는 놀라운 광경을 보고야 말았다. 긴 머리는 고개를 들며 "나 이뻐?" 그런 말을 했고 베토벤은 웃으며 그녀의 볼을 손으로 감싸더니 입을 맞추는 것이 아닌가? 길고 오래. 그건 도무지 나로서는 알 수 없는 광경이었다.

내가 어렸다고? 그랬을지도 모르지만 남자와 여자 사이가 아주 특별한 적대적 관계라는 것을 모를 리는 없었다. 남자와 여자가 매우 이상한, 겉으로는 멀어지면서 은밀하게는 가까이 지내야 하는 운명이라는 걸, 그게 세상의 이치라는 걸 몰랐을 리가 없다. 그날 긴 머리와 베토벤이 보여 주었던 광경은 내가 알고 있던 세상의 이치가 모두 맞지 않을지도 모른다는 혼란을 심어 주었다.

공교롭게도 처녀들의 집 뒤에는 양색시가 살았다.

나는 양색시라는 말의 의미를 알지 못했다. 모르는 게 없었지만 모든 걸 전부 알 수는 없지 않은가? 양색시와 양갈보라는 말 속에 금기와 배척의 뜻이 숨어 있다는 것만은 어렴풋이 알고 있었다. 나는 양색시의 양과 염소와 비슷한 양이 무슨 관계가 있는지 알지 못했지만 양공주란 말이 절대로 공주를 지칭하는 말이 아님은 모르지 않았다. 다만 그 말을 쓰는 이유가 염소, 아니 양의 울음소리와 밀접한 연관이 있을 것이 틀림없다고 생각했다.(어째서 지금까지 그런 터무니없는 생각을 지울 수 없는지 모르겠다.)

그 집에는 없는 게 없었다. 요란하고 멋진 옷 하며 반들거리는 냄비와 처음 보는 솥이 있었고, 하다못해 그 집에서 버린 병따개조차 예뻤으며 그들이 버린 쓰레기에는 이상한 물건이 많았다. 그 집에는 아마 돌리면 무한히 물건이 쏟아져 나오는 맷돌이 숨겨져 있었을 것이다. 사람들은 미군들이 준 것이라고 말했지만 그녀의 집에 미군이 들락거렸던 적은 없었다. 강 건너 모래섬에 서라면 모를까 우리 동네에서 미군들을 본 적도 한 번도 없었다. 그러니 그 집이 정말 어른들의 말대로 양색시의 집이었는지 아이들 말대로 양갈보네 집이었는지 알 수 없었다. 지금 생각해 보면 PX 물품을 취급했던 그녀에 대한 동네 사람들의 시샘이 그녀에 대한 험한 말을 뒤에서 하게 만들었는지도 모르겠다.

처녀들의 집과 양색시네 집은 나에게 금기의 영역이었다. 누가 뭐라고 말한 적은 없었던 것 같은데 알 수 없는 호기심을 자극하는 미묘한 분위기를 그 집 근처에서 느껴야 했다. 가까이 보고 싶은 충동이 일어나면서도 가까이 갈 수 없게 하는, 보이지 않는 넝쿨이 그 집들을 둘러싸고 있었다.

별장과 손바닥 왕자

　거의 매일 별장에 물을 길러 가야 했다. 먹을 물과 씻을 물을 긷는 일은 누나들의 몫이었지만 누나들 역시 혼자 물을 길어 오기에는 어린 나이였다. 항상 둘이 가곤 했는데 학교에 들어갈 무렵에 나는 작은누나와 짝이 되어 물을 길었다. 별장은 찔레꽃 나무로 담장이 둘러 있었다. 하얀색의 찔레꽃이 필 무렵이면 찔레나무의 어린 순을 따먹곤 했다. 비릿하고 밍밍했지만 씁쓸하지 않다는 것만으로 먹을 가치는 충분했다.

　낮에는 우물에 사람이 많지 않았지만 오후가 되면 동네 사람들 특히 내 또래보다 약간 큰 아이들이 줄을 지어 물을 길었다. 우물은 마치 토치카처럼 생긴 콘크리트로 지은 집 안에 있었고 그 안을 들어서면 아무리 더운 여름이라도 서늘한 냉기가 돌았다. 크고 둥근 토관이 박힌 우물에는 두레박이 서너 개 있어서 동시에 여러 명이 퍼 올릴 수 있었다. 우물은 늘 넉넉했고 물은 차고 시원했다.

　별장에 들어서면 약간 주눅이 들어서였는지 아니면 물을 긷는 것이 중요한 일상이었기 때문에 그랬는지 다른 곳에서는 틈만 나면 장난과 장난에 이은 싸움이 벌어졌지만 우물가에서는 별다른 다툼이 일어나지 않았다. 우리의 뒤에서 감시하고 있을 것 같은 보이지 않는 실체가 있었기 때문일지도 모른다. 그것은 별장의 존재 그 자체였다.

"너 저기 들어가 봤니?" "아니." "저번에 저기 들어가 봤는데 정말 되게 좋더라." "어떻게 들어갔는데?" 물을 긷기 위해 별장에 와 보지 않은 아이들은 없었지만 정작 별장 안으로 들어가 본 아이들은 거의 없었다. 어쩌다 별장에 들어가 본 아이들은 그걸 자랑으로 여겼다. 별장의 바깥문은 늘 열려 있었지만 건물 안으로 들어가는 문은 늘 굳게 닫혀 있었다. "저 안에 정원이 있다!" "정말? 거짓말!" "정말이야. 잔디도 깔려 있는 걸." 그 말을 믿을 수는 없었다. 어떻게 집 안에 마당이 있을 수 있단 말인가? 하지만 별장이라면 그럴 수도 있었다.

별장은 성과 같았다. 거기 누가 사는지도 알 수 없었고 그 안에 무엇이 있는지도 알 수 없었다. 분명한 것은 별장은 우리들이 살고 있는 공간에 존재했지만 동일한 공간에 있는 장소는 아니었다. 그곳에 사람이 살고 있는지 그렇지 않은지도 알 수 없었지만 살고 있다고 하더라도 그들은 동네 사람은 아니었다. 별장은 분명 마을 사람들에게 이질적인 장소였지만 그렇다고 거부할 수 있는 대상이 될 수는 없었다.

그런데 드디어 나에게도 별장에 들어갈 수 있는 기회가 생겼다.

어느 날 별장에 일하러 간다고 말한 어머니를 따라 집을 나서게 되었다. 별장의 바깥문에 들어서자 별장 문이 열려 있는 게 보였다. 그런 적은 한 번도 없었다. 밑에서 올려다보니 푸른 하늘이 가득한 그곳은 마치 천국으로 들어가는 문처럼 보였다. 흰색의 계단을 오르고 둥근 아치형의 대문을 들어섰을 때 나는 내 눈을 의심하지 않을 수 없었다. 그곳은 꿈의 궁전이었다. 별장은 'ㅁ'자형 구조였다. 건물은 사방으로 회랑이 나 있고 한가운데 정말 중정이 있었다. 거기에는 파란 잔디가 깔렸고 흰색의 벤치가 고즈넉하게 자리를 잡고 있었다.

몇몇 동네 아줌마들이 먼저 와 있었는데 그들은 잔디를 깎고 있는 중이었다. 어머니 역시 마당에 풀을 뽑고 잔디를 깎기 위해 온 것이었다. 관리인인 듯한 사내가 건물 한쪽의 회랑에 앉아 있었는데 나는 그를 보자마자 단번에 주인이 아니라는 것을 알았다. 주인이라면 적어도 왕이나 대신이 아니더라도 그에 버금가는 풍모를 보여 주었어야 했다. 그는 그렇지 못했다. 대머리에 몇 가닥 남은 머리를 기름으로 올려붙였고 툭 불거진 배의 한가운데에 번쩍이는 혁대를 간신히 걸쳤다. 어머니가 잔디를 깎기 위해 아주머니들 사이로 섞여 들어가자마자 나는 별장의 구석구석을 살펴보기로 했다. 하지만 관리인은 나를 회랑에 올라오지도 못하게 했고 어딜 가면 곧바로 나를 불러 세웠다. 실망스러운 일이 아닐 수 없었다.

나는 중정을 지나 뒤뜰로 향하는 문으로 나왔다. 그곳이라면 관리인의 눈을 피할 수 있는 곳이었다. 뒤뜰은 뜰이라기보다 작은 숲이었다. 커다란 느티나무와 버드나무가 서 있는 숲 한가운데는 녹색의 물을 담아 놓은 작은 연못이 있었다. 연못 주변에는 이끼가 파랗게 끼었고 여기저기에는 잡풀이 무성했다. 별장의 뒤뜰은 나에게 적당한 곳이었다. 안쪽의 으리으리한 구조물보다는 잡풀이 무성한 뒤뜰이 마음이 편했고 한쪽 벽면이 온통 하얀색으로 칠해져 있어 거기에 푸르게 올라앉은 나무의 그림자들과 그 사이로 햇살이 하얗게 그려져 있는 모습이 마음에 들었다. 거기서는 숲 사이로 한강이 한눈에 보였고 반대편으로는 철로를 굽어볼 수 있었다.

그런데 그곳에 사람이 보였다. 흰색으로 말쑥하게 차려입은 청년이 한 발을 담장 위에 올리고 기찻길을 내려다보고 있었는데 나는 단박에 그가 별장 주인의 아들이거나 친척이라는 걸 알았다. 그는 왕자임에 틀림없었다. 그는 인기척을 느꼈는지 잠깐 뒤를 돌아보았다. 무슨 일이었는지 그의 얼굴이 빨갛게 달아올라 있었다. 그를 보자마자 나는 재빨리 몸을 숨겨 중정으로 돌아왔다.

별장이 대단히 멋진 곳이었다고 하더라도 나의 관심은 곧 시들해졌고 마음은 어느새 지천으로 기어 다니는 달팽이에게 쏠렸다. 별장 안에는 가는 곳마다 달팽이들이 눈에 띄었다. 별장은 밖이나 안이나 눅눅하고 습습한 기운이 돌았는데 그래서 달팽이들의 천국이었을지도 모르겠다. 나는 깡통을 주어 들고 달팽이를 잡기 시작했다. 건물의 아래쪽에는 어김없이 몇 마리의 달팽이들이 금을 그으며 어기적거렸고 나무 등걸이나 의자에도 달팽이들이 기어 다녔다.

얼마 되지 않아 달팽이를 깡통 가득히 잡은 나는 별장을 나와 집으로 향했다. 동네 아이들에게 보여 주고 별장에서 잡았다는 걸 은근히 자랑할 참이었다. 그리고 정 마음에 든다면 하나씩 나누어 줄 생각이었다.

골목에서 마주친 아이들은 내가 말을 붙일 틈도 없이 정신 없이 뛰어놀고 있었다. 깡통놀이가 시작된 것 같았다. 깡통놀이가 벌어지면 동네는 그야말로 한바탕 굿을 하게 되어 있다. 깡통놀이란 여러 개의 깡통을 끈으로 묶고 끌고 다니는 것을 말하는데 몇 명의 아이들이 수십 개의 깡통을 와그락 와그락 끌고 다니는 소리는 누구든 정신을 쏙 빼놓을 만큼 시끄러웠다.

집에 있던 어른들이 뛰어 나와 소리를 지르며 야단을 치고 그러면 아이들은 다른 골목으로 깡통을 끌고 다니며 내빼고. 그건 어른들을 못살게 굴면서 어른들의 반응에 작용하는 아이들의 놀이였다. 소음에 시달린 어른들이 몽둥이라도 꺼내 들고 쫓아오는 때는 즐거움이 배가되었다.

골목의 위아래를 신나게 뛰어다니는 깡통놀이에 빠질 수는 없는 노릇이었다. 나는 집으로 가 달팽이가 가득 든 깡통을 방문 앞에 내려놓고 내 깡통을 찾아서는 골목을 뛰기 시작했다.

와그락 닥닥 와그락. 모든 놀이와 축제에는 엄청난 소음이 필요한 법이다. 그렇게 정신없이 뛰어놀다가 집으로 돌아왔을 때는 벌써 해가 진 뒤였다. 그런데 집에 돌아오자마자 나는 어머니에게 곧바로 쫓겨나고 말았다. 깡통 때문이 아니라 달팽이 때문이었다.

내가 가져다 놓은 달팽이란 놈들이, 집 속에 얌전히 처박혀 있었던 놈들이, 그래서 깡통 속에서는 더글더글 소리를 냈던 놈들이, 몽땅 기어 나와 버린 것이다. 달팽이들은 사방에, 문짝이며, 댓돌이며, 아궁이며, 부뚜막이며, 찬장이며, 그릇이며, 솥단지에 붙어 기어 다녔고 심지어는 방으로 들어가 벽이며 천정에 척 달라붙어 있기도 했다. 놈들은 가는 곳 어디나 끈적끈적한 길을 만들어 놓았으며 게다가 이정표가 될 만한 곳에서는 반드시 똥을 싸 놓았다. 일을 마치고 돌아온 어머니는 기겁을 했고 달팽이들을 치우느라 저녁밥도 짓지 못했다.

다음 날 탁아소에서 돌아오는 길이었다.

건널목을 건너 별장 옆길로 오는데 뒤에서 누군가가 부르는 소리가 들렸다. 뒤돌아보았다. 그런데 거기에는 어저께 보았던 별장의 왕자가 빙그레 웃으며 나를 바라보며 걸어오고 있었다. 나는 한눈에 그를 알아보았다. 그는 어제와 같은 하얀색의 옷을 입었다. 그의 얼굴은 어찌나 하얀지 여자보다 더 고왔다. 그는 창백한 얼굴에 슬픈 눈을 가지고 있었고 수줍은 듯한 미소를 띠고 있었다. 무엇보다 그를 곧바로 알아본 것은 그의 얼굴이 발그레 달아올라 있었기 때문이었다.

그가 가까이 다가왔을 때 나는 그의 얼굴이 한쪽만 붉은색이라는 것을 발견했다. 그것은 붉은 반점 때문이었다. 청년은 해사하고 밝은 얼굴을 하고 있었지만 왼쪽 뺨에 마치 누군가에게 얻어맞은 것처럼 손가락 자국이 선명한 붉은색 반점이 커다랗게 나 있었다. 마치 일부러 뺨에 손바닥을 그려 놓은 것 같았다.

나는 걷다가 돌아보고 또 걷다가 돌아보곤 했는데 그럴 때마다 그는 활짝 웃어 보이기도 했고 손을 흔들기도 했으며 눈을 찡긋해 보이기도 했다. 별장 앞에서 우리는 헤어졌다.

나는 그를 보는 순간부터 이상한, 도무지 나로서는 판단하기 어려운 문제에 휩싸였다. 나는 별장의 손바닥 왕자님을 보는 순간 왕눈이네 아버지를 떠올리지 않을 수 없었다. 왕눈이네 아버지 역시 얼굴에 커다란 반점이 나 있었다. 그건 왕눈이네 식구 말고는 아무도 모르는 비밀이었다. 아니 그럴 거라고 생각했다. 왕눈이네 아버지의 반점이 눈에 띄지 않았던 것은 매일 같이 동네를 돌아다니며 퍼 올린 똥을 샛강까지 실어 나르느라 얼굴이 새카맣게 탔기 때문이었다.

뒷집 사는 왕눈이네 아버지는 일을 끝내고 돌아오면 꼭 머리를 감고 세수를 했다. 나는 그때 왕눈이의 마당 앞으로 난 우리 집 들창을 통해서 왕눈이 아버지의 얼굴과 목에 붉은색의 반점이 얼룩덜룩 나 있는 것을 보았던 것이다.

그 무렵 나는 사람은 각기 생긴 대로의 팔자가 있는 법이라는 진리를 어렴풋하게 터득하고 있을 때였다. 누구나 하는 일과 생김이 딱 들어맞는다는 것이 내가 발견한 세상의 이치였다. 예쁜 꽃집 아주머니와 할아버지는 멋진 꽃을 만들고, 잘생긴 기남이네 아버지는 멋진 군인이며, 뚱땡이 돼지삼촌은 천상 왈패일 수밖에 없고, 남루한 선지 장수는 피 묻은 깡통을 짊어질 수밖에 없었다. 모두가 각자의 생김에 걸맞은 일을 하고 있으며 거기서 벗어날 수는 없는 일이었다.

나는 왕눈이네 아버지가 똥을 푸는 것은 얼굴의 반점 때문에 하게 된 숙명과 같은 거라고 믿었다. 늘 옆에서 말없이 아버지에게 물을 부어주고 있는 왕눈이도 그것을 알고 있기 때문에 우리들의 놀림에도 아무런 대꾸도 하지 못한 것이라고 생각했다. 왜 그런 터무니없는 생각을 갖게 되었는지는 도무지 알 수 없지만, 왕눈이 아버지의 얼굴과 목덜미에 감춰진 반점이 왕눈이와 왕눈이네 가족의 슬픈 비밀임에 틀림없었다. 나는 누구에게도 그 비밀을 말하지 않았다. 아이들이 "왕눈깔네 아버지는 똥 퍼요."라고 놀릴 때에도 아이들에게 비밀을 말해 주지 않았다. 나는 그 슬픈 비밀을 지켜 주고 싶었고 그들의 숙명을 이해할 수 있을 만큼 어른스러웠다, 고 생각했다.

그런데 별장의 왕자 역시 똑같은 반점을 가지고 있다. 왕눈이네 아버지와 똑같은 반점을 말이다. 그의 얼굴에 난 반점을 보는 순간 왕눈이 아버지의 얼굴과 목에 난 반점을 볼 때와 똑같이 어떤 알 수 없는 슬픔 같은 것을 느꼈지만 그가 똥을 푸는 일을 하지 않는다는 분명한 사실이 당혹스러웠다. 어찌된 일인가?

별장의 청년을 만나면 그가 왜 똥을 푸지 않게 되었는지를 알아보고 싶었지만 그 뒤로 손바닥 왕자를 다시 만날 수는 없었다. 그리고 왕눈이네 아버지가 얼굴의 반점 때문에 똥을 퍼야 했을 거라는 나의 이상한 논리는 그 뒤로 수정되어야 했다.

일과 놀이

    마을 앞 제관 공장의 정식 명칭은 제관 사업소였다. 그게 공기업이었는지 사기업이었는지 내가 알 수는 없었다. 가끔 소장이라는 사람이 지프차를 타고 공장을 한 바퀴 휘 둘러보곤 휙하고 가버리는 걸 보았다. 작달막한 소장이 선글라스를 끼고 나타나면 노무자들은 모두 차렷 자세로 서 있었기 때문에 나는 그가 사장이라기보다는 군인에 가까운 사람일 거라고 생각했다. 아무튼 그는 대단한 힘을 가진 사람으로 보였고 그 앞에서는 아무리 거친 노무자들이라도 숨소리 하나 내지 못했다.

    토관을 만드는 노무자들은 기술자들이라기보다는 막노동꾼에 가까웠다. 모래나 자갈을 퍼 나르고 콘크리트 반죽을 리어카로 실어 나르는 일이 무슨 특별한 기술이 있어 보이지는 않았다. 하지만 아버지의 경우는 좀 달랐다. 아버지는 창과 같은 긴 쇠막대기를 들고 다녔다. 그걸로 틀에 부은 콘크리트를 휘저어 골고루 들어가게 만들었는데 그게 단순한 일인 것 같았지만 아버지는 그 일에 대한 자부심이 대단했다.

    토관을 만드는 일에는 대개 대여섯 사람이 달라붙었다. 먼저 기술자인 십장이 나무로 만든 널빤지 위에 쇠로 만들어진 가다라고 불리는 틀을 세운다. 틀은 안쪽과 바깥쪽이 몇 개의 조각으로 나뉘어져 있고 콘크리트가 부어질 안쪽에 시커먼 기름칠을 하고 나서 고정쇠를 망치로 두들겨 잠근다. 여기에 미리 철사를 엮어 만들어 놓은 망을 틀 사이에 넣고 그 위에 둥글고 넓은 쇠판을 올려놓고는 반죽된 몰타르가 오기를 기다린다.

이때 다른 서너 명은 모래와 자갈을 퍼 나르느라고 정신이 없다. 미끼시아라고 부르는 기계를 이용하는데 나는 그 미끼시아라는 게 믹서의 일본식 발음이라는 걸 알기까지는 십 년 이상을 기다려야 했다. 토관 역시 노깡이라고 불렀는데 내가 어느정도 자라 제법 머리에 든 것이 있다고 자부할 무렵에는 녹강을 그렇게 불렀을 것이라고 생각했고 그보다 훨씬 후에야 노깡이 토관의 일본식 발음이라는 걸 알았다. 레미콘이 레디 믹시드 콘크리트의 준말이라는 걸 알게 될 무렵이었을 것이다.

콘크리트 믹서기에 달린 커다란 밥숟가락처럼 생긴 넓적한 통에 모래와 자갈과 시멘트를 쏟아 붓고는 레버를 잡아당기면 밥숟가락은 천천히 올라가며 빙글빙글 돌아가는 드럼통의 아가리에 모래와 자갈을 쏟아 넣는다. 거기에 물을 부으면 콘크리트가 반죽이 되는데 밥숟가락처럼 생긴 통 반대편에 리어카를 대고 핸들을 돌리면 콸콸콸 반죽이 쏟아져 나오기 시작한다.

콘크리트 반죽이 얼마나 무거운지 막노동을 한 사람이면 누구나 알고 있다. 반죽이 담긴 쇠로 만든 리어카를 혼자 옮기는 것은 매우 힘든 일이다. 더욱이 콘크리트 통이 여기저기 널려 있는 울퉁불퉁한 공장 안을 리어카를 끌고 다니는 건 쉬운 일이 아니다. 나는 공장에 놀러갈 때마다 콘크리트 반죽이 넘칠 듯 찰랑대는 리어카를 뒤에서 밀어주곤 했다. 대부분 "손 버린다." 그렇게 말했지만 나의 도움을 마다하는 노무자는 하나도 없었다. 일고여덟 살 아이의 힘이 아쉬울 정도로 고된 일이었기 때문이다. 때로 정말 손을 버리는 게 내키지 않을 때는 모래나 자갈을 실은 리어카를 밀어주었다. 사실 내가 착한 어린이었기 때문에 고생하는 아저씨들을 위해 수고를 아끼지 않았던 것은 아니었다. 그랬었다면 차라리 그 공장에 취직이라도 했을 것이다. 내 속셈은 따로 있었다.

나는 콘크리트 믹서기에 매혹되어 있었다.

나의 속셈은 아저씨들의 일을 적당히 거들며 내가 그렇게 쓸모없는 훼방꾼이 아니라는 걸 인지시켜 놓는 것이었다. 어느 때라도 도움이 될 수 있는 일꾼이라는 걸 주지시켜야만 했다. 믹서기에 물을 대는 호수를 잡아 주는 것 정도로도 그 효과는 충분히 달성할 수 있는 것이었지만 보다 확실한 신임을 얻기 위해서는 힘든 일을 감수해야 하는 법이다. 그리고 적당한 때가 되면 믹서기 근처에 다가간다.

재료 통에 자갈과 모래와 시멘트가 다 찼다고 판단되면 재빨리 믹서기 옆으로 가 레버를 당긴다. 타이밍이 중요하다. 약간이라도 미적거리다간 레버를 당길 수 있는 기회를 놓쳐 버리게 된다. 나는 쇠막대처럼 생긴 작은 레버가 리어카 서너 대 분량의 모래며 자갈을 들어 올리는 게 너무 신기했다. 레버를 당길 때는 마치 내가 한 팔로 그 모든 무게를 감당하는 힘센 장사가 된 기분이었다. 무엇보다 그 일을 하고 나면 엄청난 일을 한 것 같은 뿌듯함에 기분이 좋아졌다. 재료 통을 내려놓을 때는 반대편 레버를 당기며 천천히 내려야 했는데 올리는 것보다 더 힘든 일이었다. 믹서가 돌아가며 우르릉 썩 우르릉 썩 하는 소리를 내고 물을 대 주고 나면 빈 수레가 도착한다.

리어카에 콘크리트를 붓는 일은 어린 내가 하기에는 힘이 벅찬 일이긴 했다. 핸들에 매달려 몸무게를 실어야 가까스로 주입구를 조절할 수가 있었다. 핸들을 돌려 콘크리트를 채워 넣고 적당한 때에 주입구를 올려야 했는데 조금 늦어 넘치는 날에는 도움은커녕 애먼 일거리를 만드는 일이었고 그것은 그날은 다시 핸들을 잡을 수 없다는 걸 의미했다.

레버와 핸들을 작동하느라 믹서기의 앞뒤를 번갈아 오고가며 바쁘게 움직이다 보면 사람들은 어느새 나를 일꾼으로 받아들였다. 나는 노무자들이 믹서기에 가까이 올 틈을 주지 않았다. 드디어 기계를 장악하게 된 것이었고 그러면 그때부터는 모든 일은 나의 손에 맞추어 진행되기 시작한다. 처음엔 기계 근처에도 못 오게 했던 사람들도 내가 능숙하고 재빠르게 일을 맞추는 걸 보고 나의 존재를 인정하지 않을 수 없었고 나중에는 내가 잠깐 한눈이라도 팔면 내가 어서 레버를 조작해 주기를 기다렸다.

믹서를 작동시키는 것은 내가 가장 즐겨 하는 놀이 중의 하나였다. 분명히 그건 나에겐 노동이 아니라 놀이였다. 나는 싫증이 나면 언제나 그만둘 수 있었고. 일손이 하나 없어진 노무자들의 아쉬움을 들으며 당당히 공장 밖으로 걸어 나올 수도 있었다. 하지만 나는 노무자들과 노무자들 중의 한 사람이었던 아버지가 얼마나 힘들게 일하고 있는지 모를 만큼 어리지는 않았다. 놀이는 호기심에서 비롯되었지만 가끔 아버지를 생각하며 공장으로 내려간 적도 있었다. 그때 하게 되는 일은 정말 힘들었지만 한번 기계를 잡기 시작하면 쉽게 빠져나오지 못했다. 일과 놀이가 다르다는 걸 알게 되는 무렵이었을 것이다.

아버지의 전쟁

토관이 만들어지면 거기에 물을 주었다. 펌프에서 올려진 호수로 물을 뿌리기도 했지만 작은 토관들은 조리에 물을 받아 일일이 뿌려 줘야 했다. 이 일은 대개 여자가 하게 되는데 대부분은 노무자들의 부인들이었다. 어머니도 콘크리트 안에 들어가는 철근을 엮거나 물을 주는 일을 맡아 했다.

토관은 겨울철에 기온이 영하로 내려가면 몰타르가 얼어 만들 수 없었고, 비가 조금만 많이 오면 몰타르가 묽어졌기 때문에 일을 할 수가 없었고, 장마철에는 공장 안에 물이 가득 차서 일을 할 수가 없었다. 노무자들은 일한 날짜와 토관을 만든 개수 그리고 기능 정도에 따라 보름에 한 번씩 지급되는 간조라 불리는 노임을 받았다. 그런 날은 대개 막걸리가 돌려졌는데 열이면 다섯은 싸움이 붙었다.

공장의 노무자들은 정식 직원이기도 했고 일용직이기도 했다. 요즘 말로 하면 계약직이었던 셈인데 그러다 보니 언제 일을 하게 될지 언제 그만두게 될지 신분이 매우 불안정한 사람들이었다. 그리고 실제로도 노무자들은 아버지가 그랬듯이 대개는 시골에서 상경해 무슨 일이든 뛰어들 수밖에 없었던 사람들이었다. 먹고살기 위해 닥치는 대로 아무 일이든 할 수밖에 없는 사람들이었기에 몹시 거칠고 무작스러웠다.

한 명의 십장 아래 적게는 대여섯 명이, 많게는 열댓 명이 달라붙었는데 아버지는 아마 십장이었던 것 같았다. 오야라고 불리는 십장은 막강한 힘을 가지고 있었다. 십장의 판단에 따라 일을 계속할 수도 있었고 그만둘 수도 있었다. 그리고 능력에 따라 임금을 차별시키는 판단을 하는 것도 십장의 몫이었다. 자연히 그 과정에서 분란이 일어나면 모든 책임은 십장에게 돌아갔고 보름마다 오게 되는 임금 지불 때, 술 한 잔이 들어가면 이런저런 불만이 쏟아져 나오고 그러다 보면 자연 싸움으로 연결되곤 했다.

한번은 보름마다 한 번씩 오게 되는 바로 간조 날이었을 것이다. 공장에서 싸움이 붙었다. 동네 사람들이 싸움구경을 하러 공장에 몰려들었는데 널찍한 공장의 한복판에 두 패로 갈려진 사람들이 각각 한 사람씩 붙들고 싸움을 뜯어말리고 있었고 그 주위로 사람들이 빙 둘러서 있었다. 그리고 동네 위에서도 수많은 사람들이 몰려 싸움을 내려다보고 있었다. 간신히 사람들 틈으로 비집고 들어가 싸움을 구경하기 시작했는데 한 사람은 곡괭이 자루를 들고 있고 다른 사람은 쇠망치를 들고 있어 살벌하기 이를 데 없었다.

싸움을 하는 사람이나 말리는 사람들은 모두 작업복 차림이었는데 말이 작업복이지 공장 노무자의 옷은 항상 기름때에 시커멓게 절어 있고 콘크리트가 여기저기 달라붙어 있어 차라리 거지 옷도 그보다는 더 낳을 정도였다. 멀리서는 작업복을 입은 사람이 누가 누군지 구분이 되지 않았는데 곡괭이 자루가 튀어나오며 쇠망치의 머리를 후려쳤고 쇠망치가 옆으로 피하면서 곡괭이 자루의 이마를 향해 팔을 휘둘렀는데, 그 쇠망치를 휘두르고 있는 사람이 바로 아버지였다. 나는 얼굴의 피가 다 아래로 쏠리는 것 같았고 눈앞이 노래졌다. 나는 정신없이 공장으로 달려갔다. 곡괭이 자루는 체구가 크고 사납게 생긴 청년이었고 찢어진 위통을 벗어던지며 아버지에게 달려들었다. 아버지의 등에 자루가 내리꽂히는 순간 청년이 "어이쿠!" 하고 쓰러졌는데 이마에서 피가 철철 흐르기 시작했다. 아버지의 쇠망치가 청년의 이마에 꽂힌 것이다. 아버지는 쇠망치를 내던지며 가쁜 숨을 내쉬고 있었고 입에서는 붉은 피가 뚝뚝 흘렀다. 붉게 충혈된 눈으로 사방을 노려보는 아버지는 사나운 전사였다. 사람들이 청년을 들쳐 업고 어디론가 뛰었고 몇 사람들은 아버지의 팔을 잡고 한쪽으로 데려가 에워쌌다.

　나는 울지 않았다. 정신이 하나도 없을 만큼 놀라고 겁이 났지만 아버지의 팔뚝에 솟은 핏줄과 가쁘게 몰아쉬느라 들썩거리던 가슴과 피범벅이 된 얼굴에서 슬프고도 편안한 안도감을 느꼈다. 아버지는 강했고 이겼다는 것 말고는 아무것도 생각하고 싶지 않았다.

며칠 뒤 머리에 붕대를 한 청년이 집으로 찾아왔다. 아버지는 말없이 그를 받아들였다. 청년은 생각보다 덩치가 커 그가 들어와 앉은 방 안이 비좁았다. 청년은 무릎을 꿇고 아버지에게 용서를 빌었고 아버지는 한참을 말없이 담배만 피우고 있다가 누나에게 술을 받아오라고 시키고는 말문을 열었다.

"그렇게 막무가내로 모든 걸 힘으로 밀어 붙이는 게 능사가 아니야. 일에는 전후가 있고 경우가 있는 건데, 자네가 아무리 오갈 데 없는 처지라는 걸 모르지 않지만, 여기 자네와 같은 처지에 있지 않은 사람이 하나라도 있는 것 같아? 다 먹고 살기 힘든 건데 그렇다고 억지로 살아지는 건 아니잖나? 아무리 노가다 판이라고 하더라도 마구잡이로 일이 되는 건 아니란 말일세. 난들 누구를 자르고 누구를 쓰고 하는 게, 마음 내키는 대로, 내 좋을 대로, 아무렇게나 하는 일인 줄 아나?"

청년은 싸움할 때 보았던 것과는 달리 순박해 보이는 얼굴이었으며 간혹 머리를 주억거리며 대꾸를 할 때는 그의 입에서 느릿한 충청도 사투리가 흘러나왔다. 청년은 그렇게 돌아갔다. 아버지는 그를 위해 공장 끝에 작은 집을 지어 주었고 그는 다시 콘크리트 반죽을 실은 리어카를 끌었다.

아버지는 그 뒤로도 몇 번인가를 더 피 흘리는 싸움을 했지만 그 뒤로 나는 놀라지도 않았고 걱정하지도 않았다. 그것은 아버지가 싸움에 진 적이 없었기 때문은 아니었다. 다만 노동을 한다는 것은 전쟁과 다름없는 것이었으며 몸으로 먹고살기 위

해서는 처절한 전투를 벌이지 않으면 안 된다는 것을 깨달았을
뿐이었다.

어느 날 저녁 무렵 꽃집 아줌마가 집으로 왔다.

아줌마는 두 손을 모아 새집 같은 것을 조심스럽게 들고 들
어와 어머니에게 그걸 보였다. 그걸 들여다본 어머니는 기겁을
했고 덩달아 꽃집 아주머니도 놀랐다. 나는 방 안에 있다 쪼르
륵 튀어 나가 아주머니의 손을 잡아끌어 새집 안을 들여다보았
는데 안에는 일곱 마리의 손가락만 한 새끼 쥐가 들어 있었다.
갓 낳은 새끼였는지 털이 하나도 없는 게 마치 축소해 놓은 새
끼 돼지 같았다. 눈자리에 멍 자국 같은 것만 있었지 새끼 쥐들
은 눈도 뜨지 못한 채 꼬물거렸다. "이걸 약으로 쓰시라고……."
꽃집 아줌마는 어머니의 병에 쓸 약재라고 가져온 것 같았다.
어머니의 병이 무슨 병이었는지, 새앙쥐가 어떨 때 쓰는 것인지
나는 알 수 없었지만 어머니가 결코 그걸 약으로 쓰지 않을 것
이라는 건 분명했다. 꽃집 아주머니는 얼굴이 빨개진 채 새끼
쥐를 도로 가지고 갔다.

어머니는 그즈음 몹시 아팠다. 나중에 알게 된 것이지만 그
전해에 어머니는 이미 맹장이 터지는 바람에 대수술 받았었고
그 후유증이었는지 몸이 좋지 않았다. 어머니가 행상을 나가거
나 제관 공장의 잡역부로 나가지 않는 경우는 반드시 몸이 아플
때였다. 어머니는 집에 있는 날이 많아졌다. 어머니가 집에 있

다고 해도 나는 하나도 즐겁지 않았다. 방 안에 꼼짝 않고 누워 신음하는 어머니에게 내가 해 줄 수 있는 일은 없었고 나는 시무룩해져 놀러 나갈 수밖에 없었다. 놀아도 그 전만큼 집중할 수 없었다.

어머니의 병이 나로 인한 것이라는 것은 다 커서 알았다. 아니 그 당시에도 어머니는 아픈 이유로 나를 지목했지만 나는 그저 말로만 그런 줄 알았다. 어렴풋이 기억나는 게 있긴 했다. 그해 전의 겨울 어느 날 어머니는 일을 나가지 않았다. 나는 집에 어머니가 있는 게 너무 좋아 밖으로 놀러 나갈 생각도 않고 좁은 집에서 뛰어놀았다. 한쪽에 개켜 놓은 이불 위로 올라가 뛰어놀다 풀썩 뛰어내린다는 것이 어머니의 배 위였다. 어머니는 갑자기 복통을 호소하기 시작했고 나는 그게 장난인 줄 알았다. 그때 어머니는 임신 사오 개월쯤이었다. 내 동생을 가지고 있던 것이다.

그 뒤로 어머니는 자주 아프고 병원에 가고 그랬는데 나는 정말이지 내가 어머니의 배속에 든 내 동생을 숨지게 한 것 때문인지 알지 못했다. 그 일을 두고 사람들이 얼핏 막내자리를 내놓기가 그렇게 싫었냐고 나에게 물을 때도 그게 무슨 말인지 알지 못했다. 사실은 어렴풋이 알고 있었던 것 같기도 하다. 너무 두려운 나머지 심각하게 받아들이려 하지 않았을 뿐이었다. 아무튼 그게 잘못되어 어머니는 이미 대수술을 받은 데다 또 한 번의 큰 수술이 필요한 심각한 상태였다. 수술을 해야 했지만 수술비용을 마련할 수가 없었다. 아버지는 이미 그 전부터 병약했던 어머니의 병원비와 수술비로 많은 빚을 지고 있었기 때문에 또다시 엄청난 비용을 들여야 하는 수술을 감당할 수 없었던 것이다. 물론 이런 사실들을 나는 기억하지 못한다. 내가 기억하는 것은 어머니가 자주 아팠고 그로 인해 나는 몹시 우울해져 있었으며, 입원해 있는 어머니를 만나러 병원엘 한 번 간 적이 있다는 정도이다.

한 가지 더 기억나는 것은 어머니가 입원하고 있던 어느 날, 아버지가 손수 아침을 끓여 우리 삼남매를 먹이고 불러 앉힌 다음 이상한 말을 했다는 것뿐이다. "엄마 말 잘 듣고, 밥 잘 챙겨 먹고……." 그리고 아버지는 나가셨는데 아버지의 눈에 얼핏 눈물이 맺혀 있었다. 큰누나가 훌쩍이기 시작했고, 작은누나는 흐느꼈으며, 누나들이 우는 걸 보고 나도 울기 시작했다. 아버지가 나가자 갑자기 누나들이 아버지를 부르며 뛰쳐나갔고 나는 영문도 모른 채 뒤따랐다. 아버지는 골목을 향해 뛰었고 누나들은 미친 듯 악을 쓰고 울면서 아버지를 뒤쫓았다.

그날 일을 아버지로부터 들은 것은 몇십 년 후였다.

아버지는 그날 작정을 한 것이었다. 도저히 수술비를 마련할 길은 없었고, 그대로 두면 아내가 죽을 처지였지만 병원에 들여놨으니 설마 죽이기야 하겠느냐는 생각이 들었다. 더 이상 어찌 해볼 수 없는 지경이었다. 이미 지고 있는 빚을 갚느라 뼈 빠지게 일해도 빚은 좀처럼 줄어들지 않은데다 또 빚을 낼 수도 없는 노릇이었다. 힘겨운 삶, 구차한 목숨을 버리기로 작정했다. 삼남매에게 마지막 밥을 끓여 먹였다. 쪼로록 앉혀 놓고 일어서려니 차마 발길이 떨어지지 않았다. 큰누나는 뭔가를 눈치챈 것 같았다. 아버지는 아이들을 뿌리치고 집을 뛰쳐나와 뚝방을 넘어 한강으로 갔다. 시퍼런 강물을 바라보며 눈물을 하염없이 쏟았다. 두고 온 새끼들의 새록새록한 눈망울이 자꾸만 눈에 밟혔고 자지러질 듯한 울음소리가 귀에서 그치질 않았다.

아버지는 죽지 못했다. 도저히 우리들을 두고 그대로 죽을 수는 없었다. 죽기를 각오하고 살아왔지만 다시 죽기를 각오하고 사는 수밖에는 다른 방도가 없었다. 그리고 발길을 돌려 다시 집으로 향하는데 동네 어귀에서 꽃집 아줌마를 만나게 되었다. 꽃집 아줌마는 지나가는 말로 어머니의 안부를 물었는데 아버지는 물어주는 사람이 있다는 것만으로도 고마워 전후 사정 이야기를 아줌마에게 하게 되었다.

그리고 며칠 뒤, 어머니의 수술비를 꽃집 아줌마가 마련해주었다. 아버지는 말했다. "꽃집 아줌마가 아니었으면 네 엄마는 그때 죽었을 지도 모른다. 며칠만 늦었어도……."

아버지의 빚은 모두 3백만 원인지 3천만 원인지를 넘었다. 지금 돈으로 치면 어쨌든 어마어마한 돈이었다. 그걸 갚느라고 몇 년 동안을 아버지는 거의 죽도록 일했다. 내 기억으로도 그랬다. 공장에서 일을 못하는 날에도 아버지는 석탄 하역을 하거나 막노동을 나가 거의 하루도 쉬는 날이 없었다.

꽃집 아줌마가 생쥐 새끼를 가져온 것은 어머니가 퇴원하고 난 다음의 일이었다. 그 뒤로도 꽃집 아줌마는 먹을 것이 생기면 집으로 가져왔다. 나는 꽃집 아줌마가 집으로 자주 오는 것이 너무 좋았다. 아줌마와 친해진다는 건 신나는 일이었고 가슴 설레게 하는 일이었기 때문이다.

한번은 아버지가 꽃집 아줌마의 부엌에서 나오는 걸 보았다. 그때 나는 그걸 몹시 이상하게 생각했다. 아버지는 꽃집 아주머니의 아궁이를 손봐 주었던 것인데 그것도 나로서는 이해가 가지 않는 일이었다. 아버지가 할 수 있는, 아니 해야 하는 일이 아니었기 때문이다. 나는 앞서 모를 건 몰랐지만 알 건 다 알았다고 말했지만 정말 깊숙한 어른들의 내면까지 알 수는 없는 일이었다. 꽃집 아줌마와 아버지 사이에서 어떤 일이 있었는지 내가 알 수는 없었다. 나는 어쩌면 아버지가 꽃집 아줌마를 좋아하고 있을지도 모른다는 생각을 하게 되었다. 그리고 아버지에 대해 알 수 없는 경계심이 생기기 시작했다. 얼마 후 골목에서 아버지와 꽃집 아줌마가 둘이 마주서서 이야기하는 장면을 보게 되자 나의 의심은 점점 높아졌다. 꽃집 할아버지에 대한 나의 시샘이 아버지에게 옮겨 간 것이다.

며칠 후에 꽃집 할아버지가 꽃을 만들고 있는 것을 보게 되었다. 평소와 마찬가지로 별생각 없이 그걸 구경하러 다가갔는데 꽃집 할아버지는 나를 보자 몹시 불쾌한 듯한 표정을 지었고 하던 일을 거두어 버렸다. 나는 할아버지가 화를 내는 이유를 알 수 없었지만 이내 그게 아버지 때문일지도 모른다는 생각을 하게 되었다. 아버지가 꽃집 아줌마를 좋아하자 꽃집 할아버지가 그걸 알고 아버지의 아들인 나에게 화를 낸 것이 틀림없었다, 고 생각했다.

내가 얼마나 어리석고 철이 없었던 것이지, 나의 기억이 얼마나 사실과 다를 수 있는지 말해 주는 것이겠지만 어쨌거나 나는 그때 꽃집 아줌마를 가운데 두고 꽃집 할아버지와 아버지와 나의 관계를 생각하면 너무 복잡해 머리가 터질 것 같았다.

그런데 정말 더 심각한, 도무지 감당할 수 없을 만큼 좌절할 일이 생겼다. 소문이긴 했지만 꽃집 아줌마가 돼지삼촌하고 사귄다는 것이었다. 나는 그 말을 처음 듣는 순간 절대 그럴 리가 없다고 생각했다. 그건 말도 안 되는 일이었다. 동네에서 내놓은 왈패이자 파락호인 돼지삼촌은 당치도 않은 말이었다. 그 예쁜 꽃집 아줌마와 돼지삼촌이 나란히 있는 모습은 상상도 할 수 없었다.

돼지삼촌의 강 건너기

　여름 홍수가 끝나 갈 무렵 강변에서는 강 건너기 내기가 벌어졌다. 물이 둔치 아래쪽으로 내려가 있어 물살은 며칠 전과 비교할 수 없을 정도로 느렸지만 도저히 뛰어들 수 있는 물은 아니었다. 내기는 동네 청년들 사이에서 벌어졌다. 강물을 헤엄쳐 여의도까지 왕복하는 위험천만한 내기였다. 무얼 걸었는지 알 수 없었으나 아마 이야기 끝에 우쭐하는 심사로 졸지에 벌어진 내기인 듯싶었다. 구경이라면 남의 집 부부싸움도 문을 열고 들여다보는 동네 사람들이 뚝방 위에 모여들었고 동네 조무래기들도 덩달아 달려갔다.

　내기를 한 청년들이 웃통을 벗고 벌써 준비운동을 하고 있었는데 그 중 한 명은 아니나 다를까 동네 왈패 돼지삼촌이었다. 돼지삼촌이 아니라면 그런 무모한 내기를 할 사람도 없었을 것이다. 상대는 돼지삼촌의 억지에 말려든 게 틀림없었다. 그는 돼지삼촌보다 건장한 청년이었는데 우락부락하게 생기기는 했어도 돼지삼촌처럼 유들유들한 면은 없었다.

　둘은 옷을 벗고는 뚝방을 따라 조금 더 상류로 올라갔다. 그리고 동시에 물에 뛰어들었다. 물살이 빨라 헤엄을 치는 것인지 쓸려 내려가는지 알 수가 없었다. 우리의 눈앞을 지나갈 때는 강 중간쯤에 도달해 있었다. 나는 돼지삼촌이 물에 빠져 죽으려고 드디어 환장을 했구나 하고 생각했었는데 그가 그렇게 수영을 잘하는지를 미처 몰랐고 그걸 알고는 몹시 실망했다. 구경하던 사람들 모두 '으아'하고 감탄인지 걱정인지 비난인지 모를 소리를 질러 댔다. 당연히 돼지삼촌의 조카인 돼지도 와 있었는데 녀석은 "저거 우리 삼촌이다."를 연발하면서 조무래기들 사이를 분주히 오고가며 자랑을 해댔다. 한심했다.

언제 와 있었는지 구경꾼들 중에 꽃집 아줌마가 눈에 보였다. 꽃집 아줌마가 있으리라곤 생각도 하지 못했다. 나는 꽃집 아줌마를 발견하자 슬금슬금 그녀에게 다가가 옆에 섰는데 그녀는 강에서 눈을 떼지 못한 채 작은 신음소리를 내고 있었다. 아줌마는 나를 보자 나의 손을 꼭 잡고는 다시 강을 바라보았다. 그녀가 나를 보고 웃어 주지 않은 것은 처음이었다. 꽃집 아줌마는 심각한 표정으로 강을 보면서 나의 손에 더욱 힘을 주었고, 그녀의 손바닥은 흥건히 젖어 있었다. 꽃집 아줌마가 나를 보고 웃지도 않았고 그녀의 손이 축축했지만 그래도 그렇게 손을 잡고 있는 게 싫지는 않았다.

이윽고 한 사람이 여의도 모래밭에 기어 올라가는 게 보였고 다른 하나는 더 밀려 내려간 뒤에 모래밭으로 기어오르는 게 가물가물 보였다. 누가 누군지는 알 수 없었다. 둘은 서로 만나는 것 같더니 그 자리에서 도무지 움직일 생각을 안했다. 지쳐서 쓰러진 것 같았다. "올 수 있을라나." 누군가가 그렇게 말했고, "안 오면 거기서 살게?" 누군가 그렇게 대답했다. "미친놈들." 누군가 그렇게 말했고. "대단하네." 누군가는 그렇게 말했다. 아마 그들이 그 자리에서 다시 헤엄을 쳐 건너온다면 대방동이나 신길동쯤에 닿을 것이고 거기서 다시 동네로 오려면 오밤중이나 되어야 할 것이다. 같이 왔던 청년들은 그들이 건너올 자리로 가려는 듯 둘의 옷을 집어 들고 뚝방을 내려섰고, 다시 헤엄쳐 오기를 기다리다 지친 사람들도 하나 둘씩 자리를 떠났다. 꽃집 아줌마는 좀처럼 움직일 생각을 하지 않은 채 하염없이 강건너 모래섬을 바라보고만 있었다.

동네 사람들이 강을 헤엄쳐 건넌 적이 없었던 것은 아니었다. 사실 마을 사람들은 시시때때로 강을 헤엄쳐 여의도에 갔다. 여의도에는 비행장이 있었고 군부대인지 미군 부대인지가 있었기 때문이다. 여의도의 모래밭에는 군인들이 모포며 매트리스나 옷가지를 널어놓았는데 동네 사람들이 강을 헤엄쳐 건너는 까닭은 그걸 가져오기 위한 것이었다. 아무도 그걸 훔쳐 온다고 말하는 사람은 없었다.

겨울이면 화물 야적장에서 석탄을 퍼 날랐듯이 여름이면 강을 헤엄쳐 모포를 가져오는 일은 일상적인 것이었다. 마을의 집집마다 미군의 옷가지나 모포 한 장 없는 집이 없었다. 하지만 아무리 입고 덮을 게 없었다고 하더라도 그렇게 큰물이 질 때

강을 건너는 사람은 없었다. 지금은 여의도와 노량진 사이의 샛강이 매우 좁아 보이지만 내 기억으로 샛강의 물이 그렇게 적게 흐르지도 않았고 강폭은 훨씬 넓었다. 물이 불어나면 강폭은 평소보다 더 넓어졌기 때문에 그런 강을 건너는 것은 돼지삼촌과 같이 세상 무서울 게 없는 왈패들 말고는 생각도 못할 일이었다.

그날 돼지삼촌 패들이 어떻게 되었는지는 알 수 없었다. 며칠 후 돼지삼촌이 멀쩡히 동네를 돌아다니는 걸 보니 죽지 않은 게 틀림없었다. 정말 실망스러웠다. 꽃집 아줌마가 왜 그 자리에 있었는지 나는 그때까지도 이유를 알지 못했다. 꽃집 아줌마와 돼지삼촌의 소문을 듣고도 그걸 연관시키지 못했다. 나는 어렸고, 알 건 알았지만 모르는 것도 있었다.

그즈음 마을에 수도가 놓였다.

수도가 놓였다고 해서 집집마다 수도가 들어왔다는 말은 아니다. 윗동네 중간쯤 언덕 위에 딱 하나의 수도꼭지가 설치되었을 뿐이었다. 별장으로 우물물을 길러 가는 일이 없어졌을 것 같았지만 그렇지도 않았다. 수도는 돈을 내야 받아갈 수 있었기 때문이었다. 1원에 두 초롱의 물을 받을 수 있었다. 1원이면 팥이 든 아이스케키가 두 개였으니까 물 한 초롱과 아이스크림 하나가 같은 값이었던 셈이다. 그때 알루미늄으로 만든 1원짜리 동전이 처음 나왔다. 새로 만든 1원짜리는 반짝이긴 했지만 돈 같지는 않았다.

별장 가까이 사는 사람들은 여전히 우물물을 길어다 먹었고 윗동네 사람들은 대개 돈을 주고 물을 받아먹었다. 마을 가운데쯤에 있던 우리 집은 반반이었다. 물독을 채워야 할 때는 우물에서 길어 왔고 급할 때는 1원을 들고 수돗물을 받으러 갔다. 늘 사람들이 줄을 서서 기다렸다. 공동 수도 옆에는 작은 집이 임시로 지어졌다. 거기에 돈을 내야 했는데 꽃집 아줌마가 앉아 돈을 받았다.

작은누나하고 물을 받으러 갔을 때, 꽃집 아줌마가 그 좁은 집에 앉아 돈을 받고 있으리라고는 상상하지 못했다. 꽃집 아줌마는 한복 차림도 아니었고 스웨터를 걸치고 있었다. 어쩐지 꽃집 아줌마 같지 않았다. 그때 밖에서 돼지삼촌이 얼쩡거리며 사람들한테 소리를 지르기도 하고 괜스레 참견을 하기도 하는 걸 보고도 나는 돼지삼촌이 왜 그러는지를 알지 못했다. 나는 눈치가 너무 없었다.

신호등과 택시

탁아소를 졸업하고 초등학교에 입학하게 되었다. 나의 입학 준비는 누가 보아도 완벽했다. 등에 메는 가죽 가방과 신발주머니 그리고 연두색의 필통과 색연필 그리고 종합장. 작은누나는 내 가방을 보고 공연히 트집을 잡고 눈물을 흘렸다. 작은누나는 변변한 가방 하나 없이 학교를 다녔다. 나는 그게 너무 미안했지만 그렇다고 가방을 누나에게 줄 수는 없었다.

학교에서 배우는 것은 시시했다. 종합장에 줄긋기나 세모나 네모, 동그라미를 수십 번 그리면 집에 올 때가 되었다. 학교에서 배우는 것은 엉터리기도 했다. 내가 처음 맞닥뜨린 것은 배운다는 것의 답답함이었다. 바른생활 시간이었을 것이다. 신호등을 배울 때였다.

아이들을 완전히 아기 취급하는 여선생님이 물었다. "여러분. 빨간 불일 때는 어떻게 하죠?" 아이들은 아기처럼 대답했다. "멈춰요." "파란 불일 때는 어떻게 하죠?" "가요." "맞았어요. 빨간 불은 서시오. 파란 불은 가시오. 그리고 노란 불은 돌아가시오.(그때는 노란 불이 예비신호가 아니라 좌회전 신호였다.) 그렇죠?" "네!"

어라! 근데 나는 그게 이해가 되지 않았다. 빨간 불일 때 멈춘다는 것은 알겠는데 누가 멈춘다는 말인가? 파란 불일 때 간다는 것은 알겠는데 누가 간다는 말인가? 하지만 나는 선생님께 질문하지 못했다. 숫기가 없어서였지만 죽이 맞아 외쳐 대는 선생님과 아이들 사이에 끼어들 틈은 없었다.

집으로 돌아와서도 도무지 나는 그 수수께끼를 풀지 못했다. 빨간 불일 때는 차도 서고 사람도 선다. 그건 문제가 없었다. 어차피 모두 서 있을 테니까. 파란 불일 때는 차도 가고 사람도 간다. 그건 문제 아닌가? 차가 가는데 사람도 가면 치어 죽으란 말인가?

나는 도무지 뭐가 뭔지 몰라 답답해 미칠 것 같았다. 누나에게 물었다. "근데 누나. 학교에서 배웠는데 신호등 말이야. 빨간 불일 때는 누가 서?" 누나는 눈을 똥그랗게 뜨고 내 머리를 쥐어박으며 말했다. "이런 바보. 누가 서긴 누가 서, 다 서는 거지." "그럼 파란 불일 때는?" "이런 멍청이. 가는 거지." "누가?" "뭐? 너 정말 바보구나." 나는 정말 바보가 되었다.

나는 도대체 알 수가 없었지만 더 이상 누구에게도 물어볼 수도 없었다. 친구들에게 지나가는 말인 척하고 "야. 신호등이 파란 불이면 누가 가는 거냐? 차냐? 사람이냐?"라고 물었을 때, 친구들의 반응도 누나와 똑같았다. 나는 거의 미칠 지경이 되었다. 도대체 빨간 불일 때 차도 사람도 서고, 파란 불일 때 차도 사람도 가면 어떻게 하란 말인가? 그럼 신호등은 도대체 뭐하러 있단 말인가?

　모두들 아무런 문제없이 당연히 알고 있는 걸 왜 나만 이해하지 못한 단 말인가? 나는 이 문제를 해결하는 데 그 후로도 두 해를 보내야 했다. 그동안 바보 취급 당할까봐 누구에게 물어보지도 못하고 혼자 끙끙거렸던 나의 좌절감 그리고 열등감은 정말 심각했다. 그리고 이 문제를 해결하게 되었을 때, 나는 기쁘기는커녕 그동안 나에게 바보라고 놀렸던 사람들과 신호등을 가르친 선생님과 그리고 그걸 제대로 알아들었던 아이들까지도 저주했다.

　내가 신호등의 간단한 신호를 그토록 이해할 수 없었던 것은 바로 신호등 때문이었다.

　학교 가는 길에는 두 개의 신호등이 설치되어 있었다. 하나는 삼거리에 있는 것으로 신호등은 찻길 중앙의 공중에 매달려 있었다. 다른 하나는 학교 앞에 설치되어 있었다. 그런데 이 신호등은 모두 자동차를 위한 것으로 보행자를 위한 신호등은 어디에도 없었다.

　신호등이 거리 한복판에 하나뿐이라면, 거기에 빨간 불이 켜졌다고 치자. 그러면 모두 멈출 것이다. 파란 불이 들어왔다고 치자. 그럼 모두 갈 것이다. 그게 뭔가 말이다. 바로 그게 이해되지 않았던 것이다. 그리고 실제로 사람들은 도로의 중앙에 걸려 있는 신호등을 보고 빨간 불일 때 길을 건넜다. 빨간 불일 때 멈추라고 말해 놓고는 건너는 것이다. 그렇다면 빨간 불일 때 차는 멈추고 사람은 간다고 말해야 하며 파란 불일 때 차는 가고 사람은 멈춘다고 말해야 한다. 그런데 아무도 그렇게 말하는 사람은 없었다. 내가 태어나 이 세상에서 본 신호등은 단 두 개뿐이었고 그 어디에도 자동차용과 보행자용 신호등이 따로 있는 걸 본 적도 없었으며 그런 게 따로 있었는지 알 수도 없는 상태에서 빨간 불이면 멈추고 파란 불이면 가라는 말은 도무지 말이 안 되는 이야기였던 것이다.

자동차용 신호등과 보행자용 신호등이 설치된 곳은 시내 한복판 빼고는 거의 없었다. 나는 그 이치를 2학년 때인가 버스를 타고 시내를 지나다가 자동차용과 보행자용이 동시에 설치되어 있는 곳에서 서로 반대로 작동하는 걸 보고서야 깨달을 수 있었다. 그걸 아는 순간 정말 뭔지 모를 분노가 치밀었다. 나만 빼고 모두들 그렇게 제대로 알아들었었단 말이지. 그런 걸 보지 않고도, 말해 주지 않아도 제대로 알고 있었단 말이지.

나는 아직도 그때 아이들이 어떻게 그걸 알아들을 수 있었는지 도무지 알 수가 없다.

도무지 이해할 수 없었던 신호등 때문이라고는 말할 수 없었지만 바로 그 가고 서는 복잡한 문제가 나를 잡을 뻔했다. 학교 가는 길이었다. 2부제 수업을 하고 있었기 때문에 점심을 먹고 등교하는 길이었다. 비가 추적추적 내리고 있었고 이따금 바람이 세차게 불었다. 가방을 메고 한 손에는 신발주머니를 들고 다른 손에는 우산을 받쳐 들고 학교로 향했다. 그날따라 혼자였다. 학교에 가기 위해서는 기차 건널목을 건너고, 우라질, 보행자용 신호등 하나 없는 찻길을 두 번이나 건너야 했다.

첫 번째 찻길을 건널 때였다. 횡단보도 바로 옆에 버스가 한 대 서 있었고 갑자기 바람이 불어 우산을 내려 쓰고 길을 막 건너려는데 갑자기 몸이 공중으로 치솟았다. 우산이 날아갔고 신발주머니가 날아갔고 가방이 벗겨져 날아갔다. 차에 받힌 것이다. 얼마나 높이 솟았었는지 떨어지는 시간도 한참 걸렸는데 '철퍽' 하는 소리가 나더니 몸을 움직일 수가 없었다. 눈앞이 아득해지고 정신이 가물가물해졌는데 어렴풋이 택시 한 대가 보였고 거기서 남자가 뛰어나오고 있었으며 뒷자리에서 여자가 뛰쳐나와 나를 끌어안았다. 운전수가 나를 안아 뒷자리에 태웠고 여자는 흩어진 가방이며 신발주머니며 우산을 챙겨 들고 내 옆에 앉았다. "얘. 정신 차려. 정신 차리라니까." 그런 소리가 들렸는데, 정신이 혼미한 가운데서도 내가 아직은 죽지 않았나 보구나 하는 생각이 들었고, 아마 곧 죽게 되겠지 하는 생각이 들었으며, 그런데 어디로 가는 걸까 하는 생각도 들었다. 차는 영등포 쪽으로 향하는 것 같더니 "거기는 병원이 없어요." 하는 여자의 목소리가 들리자마자 갑자기 반대로 돌아 달리기 시작했다. 나는 아직 정신을 잃고 있지 않았다. "얘! 눈 떠, 정신 차리라니까." 여자는 계속해서 말을 걸었다. 우습게도 그때 난 "이게 택시구나. 내가 택시를 탄 거구나." 하는 생각을 하고 있었다. 내가 택시를 타 본 건 그게 처음이었다. 택시는 삼거리로 다시 돌아와 우회전을 하고는 갑자기 유턴을 해 멈춰 섰다. 병원이었다. 그리고 나는 정신을 잃었다.

내가 눈을 떴을 때 놀랍게도 어머니가 와 있었다. 나중에 들은 바로는 나의 사고를 뒤에서 목격한 동네 아이가 학교에 가 선생에게 알렸고 선생님이 다시 아이를 집으로 보내 연락했던 것이다. 낯선 사람이 나를 보고 서 있었는데 택시 운전수였다. 나는 그를 알아보지 못했다. 운전수는 빙그레 웃으며 말했다. "너 택시 값 물어내야겠다."

나는 거짓말처럼 말짱했다. 모두들 믿을 수 없어 했지만 팔뒤꿈치와 무릎이 약간 까진 것 말고는 다친 데라곤 없었다. 골절도 없었고 머리에 이상도 없었다. 운전수는 택시의 보닛만 찌그러졌다고 기분 좋게 투덜댔다. 운전수는 내 손에 돈 만 원을 쥐어 주었는데 나는 그게 얼마나 큰돈이었는지 알지 못했다. "나중에 혹시 이상이 있으면 연락하라."고 말하면서 운전수는 쪽지를 전해 주고 갔고 나 역시 어머니의 손을 잡고 그날로 병원을 나서 집으로 돌아왔다.

나는 어머니에게 만 원을 주었고 어머니는 앵두를 한 바가지 사 설탕에 재워 주었다. 사고 소식을 듣고 이웃 아주머니들이 몰려와 한마디씩 했는데 모두들 "후유증이 무섭다는데……." 그리고 가서 어머니는 나를 보며 한숨만 지었다. 그리고 마지막으로 꽃집 아줌마가 왔다. "돼지가 다쳤다면서요?" 꽃집 아줌마는 나의 옛 별명을 부르며 들어와 "괜찮니?" 하고 다정히 물으며 내 몸 여기저기를 만져 보았다. 멀쩡해요. 난 괜찮다구요. 걱정하지 마세요. 아줌마의 손길이 조금 간지러웠다.

여의도, 누나의 가출

그 다음 해 봄날 세상이 분주해지기 시작했다.

강 건너 여의도에 먼지가 뽀얗게 일면서 트럭들이 끊임없이
오갔고 동네에는 흉흉한 소문이 돌았다. 마을이 철거된다는 이
야기도 들렸고 새로운 마을이 들어선다는 말도 들렸다. 샛강을
가로지르는 흙길이 만들어져 트럭들이 사람들을 실어 날랐다.
포크레인이나 중장비들이 들어갔다. 몇십 년을 지나 알게 된 것
이지만 여의도 윤중제 공사가 시작된 것이다. 멀리서 보아도 우
렁우렁 소리를 내는 기계들 사이로 사람들이 까맣게 달라붙어
흙이며 돌을 나르는데 그 모습이 딱정벌레와 개미떼들과 다름
이 없었다.

봄방학 때였을 것이다. 나는 어머니를 따라 별장 뒤로 가 트
럭을 기다렸다. 내가 주로 탄 것은 제무시 트럭이었다. 아무 트
럭이나 세우면 두말없이 태워 주었는데 우리 말고도 여의도로
일하러 가는 동네 사람들이 많았다. 어머니 역시 여의도로 가
돌을 날랐다. 주로 제방을 쌓을 때 철망 속에 넣는 돌을 나르는

일이었다. 수백 명인지 수천 명인지 모를 아낙네들이 목에 수건을 두르고 줄지어 머리에 돌을 얹어 날랐다.

나는 어머니가 일하는 동안 쓰레기 더미를 뒤졌다. 트럭들이 오가며 건축물 폐자재를 실어 백사장을 메웠다. 그곳에 가면 정말 진기한 것들을 무한정 구할 수 있었다. 나뿐만 아니라 동네 아이들이 몇 명 달라붙어 열심히 돌가루와 시멘트 가루, 벽돌 조각이 뒤섞인 매립지를 뒤졌다. 병이나 깡통, 고무병 뚜껑과 돌쩌귀, 나무 조각 등 무엇이든 우리의 장난감거리가 지천으로 널려 있었다. 동네 아이들은 마음껏 장난감의 소재를 구할 수 있다는 데 더할 나위 없는 행복을 느꼈다.

동네 골목에는 이제까지 보지 못했던 멋진 장난감들이 속속 등장했다. 고무바퀴를 단 자동차가 만들어지기도 했고, 손으로 짐칸을 들어 올리면 흙을 쏟아 내릴 수 있는 덤프트럭이 등장하기도 했으며, 멋지게 생긴 탱크가 나타나기도 했다. 지금까지 우리가 가지고 놀던 고무신을 꺾어 만든 트럭이나 나무 막대로 만든 총이나 칼 따위의 유치한 물건들은 이제 장난감 축에 들지도 못했다.

내가 좋아했던 것은 타일이었다. 멀쩡한 타일들이 무더기로 버려진 곳을 발견하면 나는 그야말로 환장을 했다. 타일은 내가 이제까지 보지 못했던 찬란하고 영롱한 색깔을 보여 주었다. 분홍색과 보라색, 흰색, 검은색, 남색의 작은 타일들이 햇빛을 받아 보석처럼 반짝일 때마다 나는 더 많이 주어 오지 못해 안달을 했다. 나는 앞섶에 담을 수 있는 최대한의 타일을 매일 같이 주어 날랐다.

타일을 집으로 가져온 다음 물로 씻어 말리고 적당한 것을 골라 방 안으로 날랐다. 타일로 놀 수 있는 것은 무한했다. 작은 타일을 쌓아 올려 높은 탑을 만들기도 하고 멋진 궁전을 짓기도 하고 빌딩을 짓거나 다리를 놓기도 했다. 쌓기 놀이를 할 수 있는 타일은 유약이 발라지지 않은 작은 화장실용 타일이 제격이라는 걸 발견하고는 다음 날부터는 그런 타일만을 주워 모았다. 엄청난 분량의 타일이 모였고 방이며 부엌이며 타일로 가득했다. 타일을 세우다가 발견한 도미노(물론 그때 '도미노'란 말을 알지 못했다.)를 온 방 안에 가득 만들어 놓고 한 방에 쓰러뜨리는 놀이의 쾌감은 최고였다.

타일 놀이가 시들해지자 어머니에게 부엌의 흙바닥에 타일을 깔자고 말했지만 어머니는 들은 척도 안했다. 아버지 역시 시큰둥했다. 아버지와 어머니는 그때마다 한숨만 쉴 뿐이었다. 이해할 수가 없었다. 시멘트를 가져오는 것은 너무나 쉬운 일이었고 그 위에 타일만 얹어 놓으면 멋진 부엌이 될 것 같은데 도무지 어른들이 말을 듣지 않는 것이다.

마을이 철거된다는 말은 거짓이 아니었다. 사람들의 낯빛이 달라졌고 마을에는 웃음이 사라졌다. 덩달아 매일같이 벌어지는 싸움도 일어나지 않았다. 여의도에 살던 사람들은 이미 봉천동인가 어디의 산꼭대기로 쫓겨났다는 이야기도 들렸다. 나 역시 얼마 후에는 '철거'라는 무시무시한 말이 강변 백사장에 살던 움집 사람들처럼 우리 집도 어느 날 뜯겨 나갈 운명임을 뜻하는 말인 줄 알게 되었다. 우울했다.

가뜩이나 뒤숭숭하던 차에 더 우울한 일이 생겼다.

어느 날 학교에 갔던 큰누나가 집으로 돌아오지 않은 것이다. 저녁밥을 먹고 나서도 누나가 돌아오지 않자 어머니는 누나를 찾으러 나섰다. 한참 후에 어머니는 사색이 되어 돌아왔다. 동네에 사는 누나 친구들 집에 가 보았는데 그중 몇 명이 집으로 돌아오지 않았다는 것이다. 집단 가출이었다.

그즈음 아버지는 집에 계시지 않았다. 마을 앞 제관 사업소가 문을 닫아서 먼 곳으로 일을 나가야 했는데 며칠 만에 한 번씩 돌아오시곤 했다. 어머니는 사방팔방 갈 수 있는 모든 곳을 찾아 헤맸다. 한밤중에 돌아온 어머니는 몰골이 사람이 아니었다. 넋이 완전히 나간 사람처럼 보였다. 그리곤 다시 나가더니 화물 야적장 근처를 끊임없이 맴돌았다.

그날 밤 나는 작은누나와 둘이 잠자리에 들었다. 하지만 나는 잠들지 못했다. 밤이면 들창으로 역에서 비치는 불빛이 들어와 방 벽에 비쳤는데 그래서 방 안은 비교적 환해서 무섭지는 않았다. 하지만 그날은 들창 앞으로 그림자가 쉬지 않고 어른거렸다. 언덕 위에서 서성대는 어머니였다. 어머니는 새끼를 잃은 이리처럼 퀭한 눈을 하고 밤새 역 근처를 어슬렁거렸다.

다음 날 학교에서 돌아왔을 때도 누나는 오지 않았다. 집에는 아무도 없었다. 나는 가방을 두고 나와서는 공장에 남아 있던 토관 속으로 들어갔다. 아무 것도 하고 싶지 않았고 세상의 모든 일이 시들했다. 누나는 왜 가출했으며 돌아오기는 하는 걸까? 철거당하는 게 무서워 먼저 도망을 간 걸까? 아니면 내가 집도 안 보고 매일 놀러 다녔던 게 화가 나서였을까? 누나에게 저지른 나의 잘못이 좌르륵 머리에서 쏟아져 나왔고 누나의 가출이 나 때문이었음이 점점 분명해졌다. 물도 제대로 길어 오지 않았고, 빨래도 들어 주지 않았으며, 바보라고 놀린 적도 한두 번이 아니었으며, 맛있는 걸 나누어 먹으려 들지도 않았고, 누나가 달라고 했던 예쁜 타일을 나누어 주지도 않았고, 결정적으로 누나가 어머니에게 혼날 때도 뒤에서 혀를 날름거리며 놀리기만 했다. 누나가 불쌍해서 눈물이 나오기 시작했고 급기야는 흑흑하고 소리를 내어 울었다.

그때 내 울음소리를 듣고 영규가 찾아왔다. "야. 너네 누나 왔어." 나는 벌떡 일어나느라고 토관에 머리를 꽝 하고 부딪쳤지만 조금도 아프지 않았다. 집으로 가 보니 문 밖에 몇 사람이 모여 있었다. 옆집 기남이 엄마와 뒷집 아찌도 보였고 꽃집 아줌마도 와 있었다. 어머니는 방문 아래 앉아 담배를 피우고 있었고 방 안에는 누나가 구석에 쪼그리고 앉아 훌쩍이고 있었다.

밖에서 사람들이 집 안을 들여다보며 이야기를 나누었다. "어디서 찾았데요?" "영등포까지 갔었데요." "멀리 가지도 못했구만." "누가 잡아간 건 아니구?" "잡아가긴 지들끼리 놀러간 거지." "아 놀러갔음 돌아오지 왜 안 와서 걱정을 들어." "늦어서 혼날까봐 겁이 났다나." "어허 저런. 아무튼 다행이네."

나는 그 말을 듣고 방 안으로 쫓아 들어가 누나를 죽도록 패주고 싶었지만 참았다.

철거 그리고 그들의 사랑

철거가 된다는 말은 사실이었다.

날은 점점 뜨거워지고 있었다. 선로 주변에는 아지랑이들이 미친 듯 피어올랐으며 역 주변의 아카시아가 짙은 향기를 내뿜기 시작했다. 마을의 지붕들도 점점 달아올라 낮에는 지붕 위에 발라 놓은 콜타르가 녹기 시작했다.

마을에서는 전에 보지 못했던 광경이 자주 벌어졌다. 아침에 삼륜차가 언덕에 서 있으면 누군가 이사를 가는 날이었다. 저녁이면 그동안 한 번도 집에 오지 않았던 사람들이 들어와 인사를 했다. "이제 떠나면 통 보기 어렵겠네요." "살다 보면 만날 날이 있겠지요." 그러고는 다음 날이면 떠났다.

한 집 두 집 마을을 떠나기 시작했다. 마을의 처녀들도 떠났고, 쌍둥이 형제들도 벌써 이사를 했다. 어떤 날은 하루에 서너 집이 이사를 가기도 했다. 마을 사람들은 하루가 다르게 줄어들었다.

아버지는 보름이 넘도록 집으로 돌아오지 않았다. 아버지가 집에 오는 때는 늘 깜깜한 밤이었다. 자다가 두런두런 소리가 들려 깨어보면 아버지가 와 있었다. 아버지는 사탕이며 과자며 빵을 우리들 머리맡에 수북이 쌓아놓고 계셨다. 아버지는 다음 날 새벽이면 떠났다. 나는 아버지에게 "우리는 언제 이사 가요." 하고 묻고 싶었지만 번번이 기회를 놓치고 말았다. 어머니에게 물어봤자 "글쎄."라는 대답만 나왔다.

여름이 되어도 동네의 아이들은 더 이상 놀지 않았다. 사방치기나 땅따먹기나 다방구도 시들했다. 별장 그늘에 모여들기는 했지만 다들 풀이 죽어 있었다. "늬네는 언제 이사 가니?" "몰라." "너는?" "다음 주면 간댔어." 아이들의 모든 관심은 이사에 쏠려 있었다. "마을이 철거된대." "그걸 누가 모르냐?" 아이들은 철거라는 말을 극도로 혐오했다. 누구라도 그 말을 꺼내면 신경질부터 냈다.

우리들은 어느 날부터 모두 지옥에 빠져 버린 게 틀림없었다. 이삿날을 받아 놓은 아이들은 천당으로 올라가는 티켓을 얻은 것이다. 집에서 이사 간다는 말을 들은 아이는 표정부터 달라졌다. 우리는 모두 그를 부러워했고 그런 아이들이 점점 늘어날수록 남겨진 아이들의 불안은 커졌다.

내 친구였던 영규가 이사 가는 날, 나와 영규는 손을 잡고 울었다. 영규는 나와 헤어지는 게 슬퍼서였지만 나는 이사 가지 못하고 남아 있는 게 서러워서 울었다. 영규가 나의 마음을 읽었는지 어른스럽게 말했다. "걱정 말아. 너도 곧 이사 가게 될 거야."

기남이네는 어느 날 학교에서 돌아오자 이미 이사를 가고 없었다. 왕눈이네는 왕눈이 아버지가 똥구르마를 끌고, 왕눈이가 짐을 실은 리어카를 끌고, 왕눈이네 엄마와 그의 누이동생이 짐 보따리를 들고 이사를 했다. 뒷집 아찌는 삼륜차를 데리고 와서는 아내와 갓난아이를 싣고 떠났다.

여름방학이 시작되었다.

날아갈 것 같은 기분이어야 했지만 흥이 나지 않았다. 방학식을 마치고 학교에서 돌아오는 길이었다. 막 별장 앞을 돌아 동네로 들어서는 순간, 갑자기 동네가 이상했다. 뭔가 허전했다. 내려다보니 집들이 사라져 버렸다. 마을 초입부터 철거가 시작된 것 같았다. 열 채 정도의 집들은 폭삭 가라앉아 있었고 몇몇 사람들이 주위에 커다란 망치와 곡괭이를 들고 둘러서 있었다. 가슴이 방망이질을 쳤다. 드디어 시작된 것이다.

무너진 집 근처에는 미처 가재살림을 꺼내지 못한 사람들이 분주하게 물건을 찾아다니고 있었고 집주인인 듯한 남자는 한쪽에 앉아 손발이 피투성이가 된 채 울고 있었다. 마을 사람들이 몇몇 나와 있었으나 많지 않았다. 다른 때였으면 모두 나와 구경을 할 법도 한 일이었으나 마을은 이상하게 조용했다.

집으로 달려갔지만 아무도 없었다. 마을이 헐리고 있는데 도대체 다들 어디로 간 거야. 나는 불안해서 견딜 수가 없었다. 가방을 내려놓고는 무너진 집들과 우리 집 사이를 몇 차례 달려

가고 달려왔지만 저녁이 다 되도록 아무도 나타나지 않았다. 날 두고 모두 이사를 가 버린 것은 아닐까 하는 걱정이 들기 시작했다. 하지만 그럴 리가 없었다. 설마 나를 두고 몰래 떠나지는 않았을 것이다. 게다가 이불이며 옷가지며 밥그릇을 그대로 두고 떠났을 리는 없었다.

꽃집 아줌마네 집으로 갔다.

꽃집 아줌마는 짐을 싸고 있었다. 나는 놀라지 않을 수 없었다. 아줌마도 떠난단 말인가? 나는 말이 나오지도 않았다. "아줌마⋯⋯." "응. 왔니?" 아줌마는 나를 보고 싱긋 웃었다. 아줌마의 웃음이 처음으로 낯설었다. 꽃집 할아버지는 땀을 비 오듯 흘리며 책을 묶고 있었다. 꽃집 할아버지도 더 이상 무섭지 않았다.

"아줌마⋯⋯ 이사 가요?" "가야지." "언제요?" "모레." 나는 그 자리에서 울고 싶었다. 꽃집 아줌마가 야속하기 이를 데 없었다. 어떻게 나를 두고 떠난단 말인가? "정말 이사 가는 거예요?" "그래." 아줌마는 아무렇지도 않은 듯이 말했다. 그게 더 미웠다. 돌아서는데 땅이 무너지는 것 같았다. 집으로 돌아오니 어머니가 "어디 갔다 이제 오니?" 하고 눈을 흘겼다. 나는 "우리는 도대체 언제 이사 가는 거야?" 하고 말하며 울먹이기 시작했다.

그날 밤 아버지가 왔다. 그날은 아버지의 손에 과자봉지가 들려 있지 않았다. "미친놈들." 아버지는 몹시 화가 나 있는 것 같았다. "가봤어요?" 어머니가 물었다. "아 글쎄 봉천동인지 산 꼭대긴지 올라가 봤더니……." "땅이 있기는 해요?" "땅? 그것도 땅은 땅이지. 산비탈에 손바닥만 한 데다가 새끼줄을 쳐 놓고는 거기서 살라대." "집이 있는 게 아니구요?" "집은커녕 너구리집도 없다니까?" "지을 수는 있어요?" "짓기는 뭘루다 지어? 내 기대도 하지 않았지만, 빌어먹을 놈들. 그것도 땅이라고 준다고 하는 건지. 게다가 뭐라는지 알아? 아주 주는 게 아니라대." "아주 주는 게 아니라구요?" "불하를 해 주긴 하는데 소유는 아니라는 거지." "그게 뭔 말이래요?" "낸들 알아."

그날 밤 아버지와 어머니가 하는 말을 자세히 알아듣진 못했다. 언젠가 나중에 다시 들었던 걸 기억하는 것뿐이다. 어찌 되었거나 조만간 이사를 할 수 없다는 것은 분명히 나도 알 수 있었다. 아버지는 이튿날 새벽같이 어디론가 갔다. 그날 몇 채의 집이 더 헐렸고 몇 집이 더 이사를 갔다.

다음 날, 꽃집 아줌마가 떠나는 날. 아침부터 아줌마가 집으로 왔다. 꽃집 아줌마와 어머니는 손을 잡고 눈물을 흘렸다. "안녕히 계세요." "잘 사시우." "공부 잘하고, 엄마 말 잘 듣고." 나는 아무 말도 하지 않았다. 나는 이른 아침이었음에도 그 길로 집을 나와 버렸다.

뚝방을 돌아 둔치로 내려가 백사장을 내려다보았다. 강은 끔찍하게 변했다. 백사장도 말이 아니었다. 모래밭은 여기저기 헤집어져 있었고 곳곳에 물웅덩이가 흉물스럽게 파였다. 강 건너 여의도는 풍경이 완전히 달라졌다. 드넓던 모래땅이 반듯한 섬으로 변했고 손에 닿을 만큼 가까워져 있었다. 모든 게 저 섬 때문이었을지도 모른다. 섬이 생기고 모든 게 달라졌다. 섬 주민이 쫓겨날 때 우리 동네 사람들도 쫓겨날 것을 미리 알았어야 했다. 그랬다면 어머니가 저 섬을 만드느라 돌을 나르지는 않았을 것이다. 그걸 알았다면 나는 더러워서라도 타일을 주워 오지 않았을 것이다. 쓰레기를 뒤져 장난감을 만들지도 않았을 것이다. 아니 그 전에 제무시를 타고 강을 건너지도 않았을 것이다. 돌을 주어 섬을 향해 힘껏 던졌지만 가까운 물웅덩이에도 미치지 못했다.

뚝방에서 건너다보니 삼륜차 하나가 집 근처에 세워져 있었다. 꽃집 아줌마의 이사차가 틀림없었다. 짐칸에 실은 유리 상자들이 햇빛에 반짝였다. 짐을 나르고 있는 사람은 돼지삼촌이었다. 그는 짐을 다 싣더니 짐칸에 자리를 잡고 앉았다. 그걸 보는 순간 나는 소문이 사실이었음을 깨달았다. 꽃집 아줌마와 돼지삼촌이 사귄다는 건 정말 사실이었다. 나로서는 도저히 믿을 수 없었지만, 아니 이제까지 그럴 리 없다고 생각해 왔지만 이제는 받아들이지 않을 수 없었다. 꽃집 아줌마와 꽃집 할아버지가 앞좌석에 타는 게 보였고 어머니와 누나들 그리고 동네 사람 몇몇이 손을 흔들었다. 나는 뚝방에 털썩 주저앉았다.

눈물이 흘러나왔다.

분노와 슬픔이, 질투와 절망이, 두려움과 외로움이 한꺼번에 밀려들었다. 나는 소리를 내어 엉엉 울기 시작했다.

뒷이야기

그 뒷이야기는 말하지 않는 게 더 나을지도 모른다. 어쩌면 내가 알지 못한 많은 이야기들이 더 있었을 것이며, 그 이야기들은 누군가로부터 들어야 했다. 하지만 아무 이야기도 듣지 말았어야 했다.

우리 집도 결국 이사를 하게 되었다.

방학이 끝나갈 무렵, 마을의 집들이 우리 집을 향해 도미노처럼 하나씩 무너져 왔을 때 나는 이미 절망을 넘어서 자포자기의 심정이 되었다. 가출이라도 하고 싶었다. 매일같이 악몽이었다. 꿈이 아니라 집이 무너지고 그 안에 꼼짝없이 갇혀 허우적대는 상상을 하며 잠이 들었다. 아침에 일어나면 눈을 뜨자마자 천정부터 바라보았다. 밤새 누군가 뜯어가지 않았다는 걸 확인해야 했다.

어느 날, 자고 일어나 보니 어머니가 짐을 꾸리고 있었다. "이사가?" "그래. 이사 간다." "언제?" "오늘." "오늘?" 오늘이라고 말했나? 오늘이라고? 내일도 아니고 오늘이라고? 오늘 이사를 한다고? 드디어 우리도 천당행 티켓을 얻은 것이다.

쌀 것도 별반 없던 짐을 다 꾸리고 나자 거짓말처럼 아버지가 짐차를 데리고 나타났다. 천만다행 천당행 트럭이었다. 짐을 다 싣기도 전에 트럭의 찜통 같이 달아오른 앞자리에 올라앉아 버티면서 나는 어서 빨리 떠나기만을 기다렸다. 나는 동네를 보고 싶지 않았다. 그 처참한 몰골을 다시는 생각하고 싶지 않았다. 아직 헐리지 않은 검은 지붕들이 소리를 죽여 울고 있는 모습을 외면했다. 뚝방은 푸르렀고 별장의 숲은 무성했으며 역에는 기차들이 여전히 오고 갔다. 어느 것 하나 가져갈 수 있는 것은 없었다. 부엌에 타일이 수북이 쌓여 있던 걸 챙기지도 않았고 토관의 비밀 참호에 숨겨 두었던 총이며 칼도 가져오지 않았다. 그런 건 아무래도 좋았다. 빨리 이곳을 떠날 수 있다면 그런 건 죄다 버려도 아깝지 않았다. 짐이 다 실리고 누나들과 아버지가 차를 탄 뒤에도 어머니는 남아 있는 몇몇 동네 사람과 긴 이별을 나누었다.

트럭이 움직이기 시작했다. 화물 야적장을 한 바퀴 돌아 트럭은 우리가 이사 올 때 건너온 그 철도 건널목을 천천히 빠져나왔다. 철로변의 아카시아에서 매미가 시끄럽게 울어 댔고, 선로에는 뜨거운 열기가 이글거렸다.

이사한 집은 아버지가 새로 구한 공장의 사택이었다. 방 한 칸과 부엌 한 칸이 연이어 붙어 있는 사택은 먼저 살던 집보다

크지 않았다. 하지만 나는 그 집에 대문이 있다는 데 감격했다. 그것도 팔을 벌려도 닿지 않은 넓은 기둥 사이로 하늘색 페인트가 곱게 칠해진 대문은 정말 멋졌다. 게다가 집은 블록과 시멘트로 단단하게 지어져 있었고 시옷자 지붕에 회색 기와가 반듯하게 올려져 있었으며 푸른색 차양이 길게 뻗쳐 있어 시원하고 깨끗해 보였다. 적어도 곡괭이나 망치질 몇 번으로 무너뜨릴 수 있는 그런 집은 아니었다. 나는 더 바랄 것이 없었고 행복했다. 그리고 어느새 옛 동네는 까맣게 잊어버렸다.

모든 건 평화로웠고 나는 다시 노는 데 빠져 들었다. 새로운 동네의 친구들도 사귀었고 그들과 다시 세상의 끝을 탐험하기 시작했으며 장난감을 만들고 그림을 그렸다. 아버지와 어머니는 하루도 빼놓지 않고 일을 나갔고 큰누나는 공장을 다니기 시작했으며 작은누나는 학교엘 갔다. 여전히 나는 혼자였고 방치되었고 자유로웠다.

늘 혼자 있는 나를 위해서만은 아니었지만 어느 날 아버지가 라디오를 사 왔다. 나무통에 스피커가 하나 달리고 스위치가 딱 두 개뿐인 광석식 라디오였다. 아버지는 철사를 거미줄처럼 엮어 지붕 위에 높이 매달았다. 안테나였다. 나는 라디오를 끼고 살았다. 네 시부터 시작되는 어린이 방송뿐 아니라 뉴스와 연속극 그리고 백만인의 퀴즈, 법창야화, 광복 이십 년, 전설따라 삼천리, 김삿갓 북한 방랑기를 빼놓지 않고 들었다.

어느 날, 어머니가 집에 있던 날 뜻밖의 손님이 찾아왔다.

아찌였다. 스케이트 공장에 다녔던 뒷집 아찌가 아줌마와 아이를 데리고 집으로 찾아온 것이다. 아찌는 여전히 사람 좋은 웃음을 허허하고 흘렸다. 우리는 모두 반가워 어쩔 줄을 몰랐다. "집 찾는 데 힘들지 않았수?" "힘들었지요. 근데 문패가 크게 써 있던 걸요. 그거 아니었으면 못 찾았을 거에요." 누군가 우리 집 담벼락에 "아무개 바보." 라고 크게 써 놓은 걸 보았던 모양이다. 나는 창피했지만 그 누군가가 고맙기도 했다.

아찌와 어머니는 그동안 살아온 이야기를 나누었다.

"아주머니. 그런데 꽃집 아줌마 이야기 들었습니까?" "들었을 리가 있나요? 통 연락이 되는 사람이 없었어요." "허어. 꽃집 아줌마가 죽었어요. 자살을 했답니다." 옆에서 아찌의 아기를 만지작거리고 있던 나 역시 소스라치게 놀라지 않을 수 없었다.

꽃집 아줌마가 있었다. 그 옛날 꽃집 아줌마가 있었다. 나를 버리고 떠났던 꽃집 아줌마 말이다. 그런데 그 꽃집 아줌마가 죽었다니? 그 예쁜 꽃집 아줌마가 자살을 했다니. 그녀는 나를 버렸고 나는 그녀를 잊었다. 그것으로 끝이었으면 얼마나 좋았을까. 나는 얼어붙은 듯 움직이지도 못한 채 아찌의 입만 쳐다보았다.

"얼마 되지 않았습니다. 한 보름 전인가요. 꽃집 아줌마가 돼지삼촌하고 결혼한 건 아시지요? 그때 우리가 며칠 일찍 이사를 했고 며칠 뒤에 꽃집 아줌마가 내가 살고 있는 산동네로 이사 왔지요. 그 집도 절도 없는 곳에 말입니다. 다들 집을 짓느라 정신이 없었지요. 다행히 우리는 마침 빈집이 있어서 거기로 들어갔지요. 꽃집 아줌마와 돼지삼촌은 집을 짓느라 결혼식도 올리지 못했을 거예요. 그리고 거기 산비탈에 하꼬방 같은 집 한 칸을 대강 지어 놓고 나서 얼마 안 있다가 꽃집 할아버지가 돌아가셨습니다. 지금으로부터 한 2년은 되었지요. 그렇게 사나 보다 했습니다. 그리고 아이가 하나 있었습니다. 돌이 갓 지났을 겁니다. 그런데 아시다시피 그 돼지삼촌이 좀 그렇잖아요? 어쩌다 둘이 살림을 차리게 되었는지는 모르겠지만. 아무튼 살기가 힘들었나 봅디다. 그 친구가 뭐 특별히 기술이 있던 것도 아니고 변변한 일을 했던 친구도 아니고. 제 버릇 개 못 준다고 그 성미를 어디 두고 왔을 리도 없고…… 저도 뭐 자세히 알지는 못합니다. 그리고 보름 전에 꽃집 아줌마와 돼지삼촌이 대판 싸웠다는 말을 집사람에게 들었는데, 다음 날인가. 세 식구가 자살을 한 겁니다. 방 안에 연탄불을 피워 놓고 나란히 누워서 죽어 있더래요. 아, 나는 듣지 못했는데 뉴스에도 나왔다던데요."

나는 그때 뒷집 아찌가 결코 신뢰할 수 있는 사람이 아니었다는 걸 기억하지 못했다. 아니 그랬다고 하더라도 아찌의 말을 믿지 않을 수는 없었다. 나는 들었다. 그 뉴스를 분명히 들었었다. 아찌가 방문하기 얼마 전, 봉천동에 사는 일가족 세 명이 생활고를 이기지 못해 방 안에 연탄을 피워 놓고 자살을 했다는 뉴스를 분명히 라디오에서 들었던 것이다. 그 일가족이 꽃집 아줌마와 돼지삼촌이었다는 걸 몰랐을 뿐이었다.

나는 알 수 없는 죄책감 때문에 한동안 시달려야 했다. 비극의 책임을 누구에게 돌려야 할지 도무지 알 수 없었다. 꽃집 아주머니의 슬픈 소식 때문이었는지 나는 옛 동네에 대한 기억을 떠올리지 않으려 애썼다.

그 뒤로도 나는 세상을 살았다.

세상은 살아갈수록 힘들었다. 나는 늘 만족스럽고 즐거웠지만 주변의 많은 사람들은 스스로 불행해짐으로써 나의 행복을 방해했다. 혼자 있어도 자유로울 수는 없었다. 혼자 있다고 즐거울 수만은 없는 일이었다. 사람들은 불행했고 그들을 알고 있는 나도 행복해질 수는 없었다.

이 이야기를 비극으로 끝내려던 생각은 없었다. 아니 나는 이 이야기를 시작하면서 그 끝이 비극이 되리라고는 미처 생각해 보지 않았다. 유년의 모든 기억이 꿈결처럼 아름다웠다고 믿었던 것이 잘못이었을 것이다. 즐겁고 행복했던 나날들은 기억의 저편에 있을 때만 그랬다. 현재의 일상 속에 달라붙어 있는 과거의 편린을 들추어내면 어김없이 거기에는 남루한 과거가 달려 올라왔다. 그 끝이 비극이라면 어쩔 수 없는 일이다.

오랜 시간이 흘렀고 유년은 기억 속에서 점점 사라져 갔다.

시간이 흐르고 삶이 자꾸 쌓일수록 과거의 기억들은 망각의 무게를 견디지 못했다. 유년의 기억을 밀어낸 것이 단지 흘러간 세월이라고 말할 수는 없었다. 무수히 많은 사람들과 무수히 많은 장소들이 사라져 갔다. 낡은 집이 무너지고 새 건물이 들어섰다. 동네가 없어지고 신도시가 들어섰다. 낯익은 풍경이 지워지고 그 위에 낯선 그림이 새로 그려졌다. 우리 곁에서 과거는 매일같이 사라져 갔다. 더불어 그들, 그곳에 대한 기억도 사라져 갔다.

과거를 잃어버린다는 것은 슬픈 일이다. 상실된 기억의 공간이 현재의 나를 불안하게 한다. 잃어버린 공간 속에 남아 있는 희미한 기억들이 끊임없이 현재의 나에게 의심의 눈초리를 보낸다. 그리고 지금 유년의 공간을 다시 찾을 수 없다는 안타까움이 유년의 기억을 점점 미궁 속으로 빨려들게 하는 것처럼 보인다. 나는 과거의 틈을 비집고 들어가 끊임없이 흔들리는 기억을 되살리고 싶었다. 어쩌면 이제까지 기억의 수많은 세포 속에 자리 잡고 있는 과거의 이야기들이 끊임없이 꼼지락거리면서 새로운 이야기를 만들어 내고 있었던 것인지도 모른다.

유년이 어깨너머로 내가 쓰고 있는 글을 들여다보고 있다. 짐짓 딴청을 피우다가 내가 한 줄을 적기 시작하면 어느새 하던 장난을 멈추고 나의 어깨를 짚고 고개를 내려뜨려 나의 손을 신기한 듯 바라보곤 했다. 그는 때로 심각해진 나의 얼굴을 조롱하듯이 바짝 들여다보기도 했고, 주저하는 내 머리를 툭툭 치며 짓궂은 장난을 걸어오기도 했으며, 거칠게 써 내려가던 내 손목을 잡아 가만히 손바닥을 펴 보기도 했다. 내가 눈을 감고 망연히 앉아 있을 때 그 역시 생각을 멈추고 나를 빤히 바라보며 잠자코 기다려 주기도 했다. 가끔 "넌 누구니?"하고 눈을 번쩍 떴을 때, 소스라치게 놀라 멀리 도망치는 시늉을 하다가도 어느새 슬며시 다가와 내 어깨에 기댔다.

기억의 강변에 서 있을 때, 모든 것은 그의 손에 달려 있었다. 그가 슬퍼하거나 두려워할 때도 나는 그의 편이 되어 주지 못했다. 기억의 주체가 분명 내가 아니었듯이 기억 속에서 그 또한 내가 아니었다. 어찌되었든 나의 기억이 더 이상 그를 간섭하게 내버려 두지는 않을 작정이었다.

기억의 재현   2부
혹은 잠기 후기

이미지 혹은 텍스트

　기억은 중첩된 이미지들이 얼개를 지어 등장한다. 과거의
회상에서 먼저 떠오르는 것은 이미지들이다. 기억의 사물들이
던져 주는 조각난 이미지들이 막 발굴된 고대의 상형문자처럼
독해되기를 기다린다. 그러나 기억은 이미지와 텍스트의 혼합
이다. 이미지와 이미지를 연결해 주는 논리적 서사를 발견할 수
없을 경우에도 이야기들은 파노라마가 되어 펼쳐진다.

　이미지는 기억된 사건이나 인물, 공간의 상황을 제시한다.
하지만 이미지들은 늘 한 장의 그림으로 모든 걸 설명하려는 오
만에 가득 차 있다. 완전무결한 하나의 이미지로 재현될 수 있
는 무수히 많은 단상들. 때로 그 이미지들만으로 기억의 사진첩
을 꾸미고 싶기도 했다. 빛바랜 몇 장의 사진이 주는 확신은 너
무도 선명하여 그것만으로도 과거의 전체를 증명하는 증거가
될 수 있는 것처럼 보였다. 하지만 이미지는 시간을 기록하지
못한다. 시간이 누락된 사건의 단편만을 기록할 수 있을 뿐이다.
기억의 단상들을 빛바랜 사진첩을 들여다보는 나르시시즘 속으

로 녹여 버릴 것이 아니라면 이미지는 이야기의 전환을 꿈꾸어야 했다.

단편적인 기억의 이미지들을 연결시켜 주기 위한 텍스트를 만들어 내면서, 나는 기억과 허구 사이에 흐르는 미묘한 갈등과 마주쳐야 했다. 사실대로 말하자면 기억은 늘 한두 가지 요소가 빠진 채 등장했다. 사건은 기억이 나는데 주인공이 떠오르지 않았으며, 누구인지는 알겠는데 어디인지를 모르겠고, 존재는 기억하지만 관계를 알 수 없기도 하고……. 사건의 시간들이 뒤죽박죽되어 도무지 그 순서가 떠오르지 않았고, 사건을 이어 주는 개연성의 고리를 도저히 찾을 수 없었다. 마치 깊은 흙더미 속을 뒤져 찾아낸 토기의 파편을 수북이 앞에 쌓아 놓고 아무 것도 이어 맞추지 못하는 난감한 지경에 빠져 버린 것 같았다.

기억의 파편을 이어 맞추면서 잃어버린 조각은 끝내 찾을 수 없었다. 정말 흙으로 빚은 토기였다면 비어 있는 부분을 회반죽으로 때웠을 것이다. 기억의 빈자리는 허구의 점토를 빌어 하얗게 메울 수밖에 없었다. 나중에 기억과 허구는 어느 게 어느 것인지 모르게 뒤섞여 버렸다. 마침내 누더기처럼 여기저기 땜질된, 간신히 지탱하고 있는 그릇이 만들어졌을 때, 그 형태는 처음 머릿속에 그린 그럴 듯한 모양새와는 전혀 다른 것이었다. 그러니 누가 "정말 이렇게 생긴 게 맞아?" 그러면 기어드는 목소리로 "아마 그럴 거요."라고 말할 수밖에는 없는 노릇이다.

기억을 글로 담는 것은 분명 기억의 재현에 가장 근접한 선택일 수 있다. 그러나 글이란 단편적인 기억을 닮은 몇 개의 단어와 몇 개의 불완전한 문장으로 만족하지 못한다. 단지 몇 단어만으로 그칠 수밖에 없는 단편적인 사실들을 표현할 '불완전한' 문장들은 세상에 존재하지 않는다. 불투명한 기억을 불분명하게 기록할 방법은 어디에도 없다.

때로는 틀림없이 기억된 사실들도 오직 그 다음의 문장과 연결될 아무런 고리가 없다는 이유 때문에 기록되지 못한다. 잡지를 오려 붙여 만든 그림처럼 몽타주로 구성된 기억들에서 하나의 그림으로 완성되지 못할 부분은 다시 떼어 내거나 다른 그림 조각을 위에 덧붙일 수밖에 없다. 때로는 정말 버리기가 아까운 이미지 조각들도 전체의 부분이 되지 못한다는 이유 때문에 쓰레기통에 버려진다. 조각난, 그러나 선연한 기억을 오직 글로 엮을 수 없다는 이유로 버려야 한다면 무엇으로 기억의 콜라주를 완성할 수 있을까?

조각난 이미지를 닮은 조각난 글이 있을 수 있을까? 글이란 항상 완성된 형태의 문장으로 깔끔하게 마무리되어 마침표를 딱 찍어 내야 직성이 풀린다. 완결되지 않은 글은 독해되지 않는다. 누군가에게 읽힐 수 있다는 가능성조차 없는 글이라 하더라도 쓰인 글은 완결을 꿈꾼다. 아니 글 자체는 이미 완결된 형식을 말한다. 그러니, 빌어먹을, 그 잘난 완전한 글을 가지고 조각난 기억을 어떻게 말할 수 있단 말인가? 그런 걸 글이라고 정해 놓은 모든 인간들에게 저주를.

기억이 과거를 떠올린다고 해서 과거를 말하고 있다고는 말할 수 없다. 단백질로 가득한 깊은 뇌 속 골짜기에서 벌어진 '사건들'은 과거가 아니라 현재에 진행 중인 '사실들'이다. 때로 나는 "강이 있었다."라고 말해야 할지 "강이 있다."라고 말해야 할지 결정할 수 없었다. "강이 있었다."라고 말할 때는 옛날에 그랬다는 현재의 회상이며, "강이 있다."라고 말할 때는 옛날이 현재였을 때의 시제이다. 과거 시제가 현재가 되고 현재 시제가 과거가 되는 꼴이다. 과거로만 말하기에는 현재가 빠져 버린 것 같기도 하고 현재로만 말하기에는 과거가 빠진 것 같아 현재와 과거가 뒤죽박죽 뒤섞인 채로 나타났는데, 어떨 때는 그런 심한 시제의 불일치가 오히려 더 정확한 표현이라는 생각이 들기도 했다. 하지만 그게 글로서는 영 아니라는 걸 모르지 않는다.

글에 대한 좌절은 단지 글을 잘 쓰지 못한다는, 아니면 그런 글을 써 본 적이 없다는 자신감의 결여에서 비롯된 것은 아니다. 글이라는 형식은 파편화되어 여기저기 박혀 있는 기억의 씨들을 건져 올려 싹을 틔우는 데는 적합하지 않은 토양일지도 모른다는 의심이 들었던 탓이다. 개인적인 기억을 사회적인 언어로 말하는 것이 가능한 일이기나 한 것일까? 비사회적인 사회적 행위. 그게 글이다.

기억의 시간은 엉킨 실타래와 같다. 모든 시간과 사건의 기록은 단락적이다. 마치 엉킨 실뭉치를 횡으로 종으로 가위질해 놓고 토막 난 실을 억지로 이어 붙이려는 것처럼 무모하고 어리석은 일처럼 보인다. 앞에서 뒤로 쓰이는 글은 앞에서 뒤로 흐르는 시간을 기록한다. 시간의 흐름에 실려진 사건의 전개를 기록한다. 하지만 위에서 아래로 흐르는 혹은 과거에서 현재로 흐르는 절대불변의 진리가 왜곡된 기억의 공간 속에서 하나의 문장으로 정착될 때는 비참할 정도도 초라하고 뒤죽박죽인 형태만 드러낼 뿐이다.

　　그리하여 고백하건대 쓰인 모든 글의 절반은 거짓이다. 글을 다 썼다는 것은 더 이상 불투명한 기억의 흔들림이 용납될 수 없는 지경에 이르렀다는 것을 의미한다. 불확실하고 불분명한 기억은 글을 통해, 놀랍게도, 분명하고 확실한 실체로 등장한다. 그게 거짓이 아니면 무엇인가?
　　불확실성을 기록할 수 있는 글의 형식을 나는 끝내 찾아내지 못했다. 문장을 만들기 위해 혹은 단락을 연결하기 위해 때로 흐릿한 기억을 애써 명료한 실체로, 없는 사실도 있는 것처럼 꾸며 대야 하니 그 결과 나타난 글에 대해 나조차 서먹해질 때가 많았다. 불확실한 기억의 오류는 확실한 글의 오류와 묘하게 닮아 있다.

기억

기억을 찾아 나선다.

처음엔 아무 것도 볼 수 없었다. 몇 개의 단편들만 스쳐 지나가는 야간열차의 불 켜진 차창처럼 얼핏 떠올랐다가 사라졌을 뿐이다. 어떤 사람이 기억 속에서 서 있다. 그가 웃는다. 웃을 뿐. 그를 둘러싼 사물은 사라지고 없으며 공간은 부서져 버렸고 경험과 사건은 시간 속에 파묻혀 버렸다. 그가 정말 웃었을까? 그가 지금 이 공간에 살아 있는 존재가 아니라면 그는 기억으로 남을 뿐이다.

불연속적인 사건, 뒤섞여 버린 인물, 흐릿한 사물의 형체, 낯설고 새로운 경험, 뒤바뀐 장소 그리고 기억의 파편들 – 아카시아 꽃, 달팽이, 이끼 낀 우물가, 남폿불, 차가운 물이 흐르던 철관, 플랫폼의 전등, 강물, 철교의 트러스트, 찢어진 우산, 반짝이는 타일, 서늘한 별장의 지하실, 돼지삼촌의 금니빨, 화투, 물에 잠긴 공장, 낙숫물이 파인 자리의 자갈들, 나팔꽃 담장, 석탄더미, 이발소의 비누 냄새, 윤선생의 머리핀, 남생이의 자맥

질, 토관의 기름 냄새, 시뻘겋게 썩어진 지라, 소나무에 올라앉은 작은 두루미, 느티나무, 강변의 천막집.

흩어져버린 기억의 조각들을 모아 과거를 말할 수 있을까?

어리석게도 나는 그렇다고 믿었다. 기억은 모래밭에 파묻힌 운모 조각처럼 끊임없이 반짝였고 이리저리 마음을 뒤척일 때마다 희미한 빛을 발했다. 설레는 마음으로 뛰어가 보면 빛 조각들은 어느새 잘게 부서져 작은 모래알로 흩어져 버렸다. 어느 것 하나 온전한 모습으로 드러나는 것은 없었다. 어느 것 하나 과거를 비춰 주지 못했다. 연속적이지 않은 모든 사건, 인물, 사물, 경험, 장소들의 기억은 과거의 증거로 남지 못했다.

과거는 어디에도 없었다. 지난 일들은 기억으로만 존재하는 허구일 뿐이다. 아무런 흔적도 남기지 못한 지난 일들은 사실이 아니라 허구로 전락해 버린다. 게다가 기억은 과거의 실체가 아니라 현재의 의식 작용일 뿐이다. 기억 속의 과거는 기억하는 현재이다. 현재의 어디에도 과거는 없다. 기껏해야 과거는 의식의 구석에 쪼그려 앉아 있는 현재의 부분에 불과하다.

현재의 일부를 몽환적이며 남루한 과거의 찌꺼기로 전락시킨 것은 시간이다. 시간은 모든 것을 변하게 한다. '견고한 모든 것을 대기 속으로 날려 보내듯이' 시간은 모든 걸 뒤바꾸고 잘게 부수어 과거로 밀어 넣는다. 자연의 시간 속에서 켜켜이 쌓인 과거의 흔적들은 사라지고 현재는 망각의 그림자들만 쫓고 있을 뿐이다.

그러나 기억은 시간에 무너지는 것이 아니다. 시간의 흔적이 묻어 있는 공간이 없어질 뿐. 기억은 공간의, 물질의 변화에 의해 상실된다. 장소의 상실 혹은 변화의 속도가 빠를수록 기억은 망각의 속도를 더한다. 기억은 장소의 맹렬한 변화 속도를 감당하지 못한다. 끊임없이 과거가 상실된 공간에서 살아가는 우리에게 기억의 상실은 강제된 축복이다. 망각은 현란하고 끔찍한 변화의 충격을 감당하는 가장 확실하고 오래된 방법이다.

다시 기억. 기억 말고 시간을 거스를 수 있는 장치가 있을까? 세월이 과거를 망각의 늪으로 빠뜨려 버렸을지라도 기억은 마지막 남은 가느다란 줄기를 쫓아 과거를 건져 올릴 수 있는 유일한 수단이다. 과거로부터 현재로 이어진 삶이 있다면 그 '연속적인 실체'를 찾을 수 있는 건 기억뿐이다. 믿을 만한 구석이 별로 없는 자식처럼, 어수룩한 기억만이 과거에서 현재를 이어주는 유일한 의식의 작용이기도 하다. 어제를 기억하지 못하는 오늘을 상상할 수 없듯이 과거를 기억하지 못하는 현재는 성립하지 않는다. 기억이 없다면 과거도 없으며 과거가 없다면 현재도 없다. 그러므로 안타깝게도, 어설프기 짝이 없는 기억이 나의 전체이다.

다시 기억을 찾아 나선다.

기억은 도처에 널려 있다. 그 스스로 존재 형태를 확신하지 못하는 아메바처럼 기억은 끊임없이 그 모습을 바꾼다. 아주 먼 옛날, 기억이 시작될 무렵, 사건들이 있었으며 그 사건들은 끊임없이 다른 모습으로 나타났다. 시간의 흐름에 따라 달라지고 시대에 따라 윤색되는 신화처럼 기억의 사건들은 세월에 따라 변화되었고 기분에 따라 달라졌다. 불현듯 떠오르다 뜬금없이 사라지는 기억은 그 원형을 종잡을 수 없는 신화이다. 기억은 비의적이고 신비로운 신화의 세계를 현실의 세계로 가져온다. 도무지 어떤 방법으로도 사실을 확인할 수 있는 길이 없는 기억. 하잘 것 없는 기억에 의존해야 하는 신화는 그 자체가 비극이다. 현재를 불투명한 기억에 의존해야 한다는 사실은 또 얼마나 비극적인가?

그렇게 말했던가? 누구에게는 사소하고 별 볼일 없는 이야기가 누구에게는 치명적이고 절대적이 이야기일 수 있다고. 최초의 기억을 이루고 있는 사건들은 새로운 이야기로 끊임없이 윤색되고 현재를 위해 은폐되고 왜곡된다. 그럼에도 불구하고 존재의 시작점에서 기억된 사건들이라는 점에서 절대적이다. 그렇게 미심쩍은 이야기들을 나의 것으로 삼아야 하는 이유를 나는 알지 못한다. 따지고 보면 아무 쓸모없는 이야기들에 대한 집착이 현재를 더 초라하게 만들고 있는 것인지 모른다. 기억을 거슬러 올라 과거로 잠입하려는 시도가 현재를 비참하게 만든 다면 굳이 그런 일들을 벌여야 했을까?

모든 최초의 것들은 기념비적인 아우라로 둘러싸여 있다. 최초의 인류, 최초의 비행기, 최초의 대서양 횡단, 최초의 여류 화가, 최초의 남극탐험, 최초의 발견들. 역사가 전해주는 최초의 기록들은 과연 최초를 이룬 누군가의 것일 뿐인가? 처음을 기억하는 역사는 이전의 모든 것을 백치로 만드는 오만을 저지른다. 그러나 분명히 모든 최초의 것들은 이후를 기억하게 한다.

과거를 떠올리면서 스스로 알지 못했던 사실들이 새삼 드러난다. 최초의 것들을 나열하면서 현재의 내가 과거의 나와 일치하고 있다는 사실을 발견한다. 불안, 두려움, 분노, 체념, 절망, 호기심, 욕망의 실체는 과거와 현재, 기억과 사실 속에서 다르지 않았다는 것을 발견한다. 그러나 과거를 기억하면 기억할수록 모든 최초의 기억에 대한 의심은 더욱 깊어진다. 내가 기억하는 모든 기억들이 과연 나의 것일까?

기억을 거슬러 유년을 떠올릴 때마다 항상 무엇인지 모를 거부감에 맞닥뜨려야 했다. 기억하고 싶지 않은, 부끄럽고 불안하고 무시무시한 실체. 눈이 부시게 푸르른 날이면 왜 알 수 없는 두려움과 우울에 시달려야 하는지, 알록달록한 그림 속에서 찾아낸 쾌감이 어째서 늘 부끄러움과 맞물려 있어야 하는지, 스스로도 알지 못했던 성적인 호기심의 실체가 어디서 비롯된 것

이었는지, 공간의 파괴와 물리적 변화에 대해 왜 그렇게 극도의 혐오감을 갖게 되었는지. 과거가 현재로 환생하여 눈앞에서 맞닥뜨릴 가능성이 전혀 없다는 것을 알면서도 기억의 회상은 늘 주저하면서 시작할 수밖에 없다. 때로 거부감의 이유가 명확해지는 경우에도 좀처럼 그 공포에서 자유롭지 못하다. 기억 속의 과거가 회상으로만 남을 수 없는 이유이다.

기억을 글로 적는다. 글을 쓰기 시작하면서 그 행위가 일종의 정신적 치유의 과정이라는 걸 발견한다. 예상치 못했던 뜻밖의 과정이다. 과거가 존재한다는 사실과 그 과거와 현재 나의 실체를 구성하는 것들을 확인하면서 막연한 불안이 해소되는 심리적인 안정을 얻는다.

지극히 사적이고 은밀한 것처럼 보이는 나의 기억 사이에서 결코 개인적인 영역으로 분리할 수 없는 미세한 끈을 발견한다. 그 끈을 잡아당기면 내가 아닌 모든 것, '사회적'이라고 말할 수밖에 없는 영역들이 줄줄이 달려 나온다.

푸른 하늘 아래 울고 있던 게 나였음에는 틀림없지만 동네를 비워둔 것은 내가 아니라 사람들이었으며, 그들을 뜨거운 여름, 집 밖으로 내몰았던 것은 그들 자신도 아니다. 하나씩 무너지는 집을 보면서 느끼는 극도의 불안감은 내가 스스로 그렇게 만든 것이 아니다. 거기에 살고 있던 사람들의 책임도 아니다. 철거는 사회적 절차였을 뿐이며 나는 그 상황이 단지 두려웠을 뿐이다. 나는 거기 있었고 나를 둘러싼 모든 사건은 나의 밖에서 비롯된 것이다. 나의 기억은 개인의 체험일 뿐 아니라 사회적 경험일 수밖에 없다는 사실에 정면으로 맞닥뜨린다.

모든 기억이 개인적인 경험과 주관적인 생각으로 점철되어 있었지만 기억 속의 개인은 늘 사회적 존재이다. 개인과 사회는 기억 속에서 분리되지 않는다. 어쩌면 개인의 기억은, 나의 기억은 처음부터 없었는지도 모른다.

그렇다. 새삼스럽게 말하여 기억의 주체는 개인이 아니라 사회이다. 은밀하고 비밀스럽기 짝이 없다고 생각한 기억, 누구와도 비교할 수 없는 내밀한 기억들조차 그 주체는, 유감스럽게도, 내가 아니다. 나는 사건을 만들 수 없었다, 사건이 이미 사회적이므로. 나의 모든 사건에 대한 경험과 사건의 결과가 가져다 준 행복과 불행의 느낌만을 기억할 뿐이다. 기억 속에서 무한히 자유롭고 거칠 것 없던 유년시절을 떠올릴 수 있었지만 그 기억 모두는 '사회적'인 개입에서 비롯되었다. 나의 기억은 사회적 기억의 매개물 혹은 부가적 장치일 뿐이다. 어쩌면 기억은 그 주체인 사회가 개인에게 돌려주는 최소한의 혜택 혹은 최대한의 배려일지도 모른다.

가끔 나는 과거를 회상하면서 유년의 모든 기억이 행복으로 차 있었다고 생각하곤 했다. 그리고 불행의 순간을 떠올리면 그것은 항상 내가 아닌 사회적인 사건에 의해서였을 뿐이라고 단정 짓곤 했다. 유년시절이 자유롭고 행복했다면 그 행복은 개인적인 것이었으며 불행의 사건들은 사회적인 것으로 비롯되었다. 그것은 한편으로는 개인의 피해망상이지만 다른 한편으로는 진실이다. 모든 불행의 시작은 사회적이다.(과거에 대한 회상이 하나의 퇴행적 과정이라면 거기서 비롯된 결론도 퇴행적인 진실에 도달할 수밖에 없는 노릇이다.) 인간과 사회와의 불변하는 인류사적인 관계를 들먹이지 않더라도 모든 개인적 불행의 시작은 사회적이다. 더 짧은 역사를 대입해 말해서, 얼마 전의 과거가 개발과 도시화의 패러다임이 지배하고 있던 시간 속에 존재해 있었다면 그 패러다임에서 비롯된 심각한 외상들은 사회의 도처에 널려 있었으며 그것은 나의 상흔으로 뚜렷이 기억되었다. 객관화된 사실로서의 역사는 주관적인 기억 속에 상처로 각인되었다.

회상이 과거를 소비하는 일종의 퇴행적인 절차라는 사실은 개인이 아니라 사회적으로도 드러난다. 그럴 때 기억과 회상은 추억과 향수 그리고 복고의 이름으로 등장한다. 과거를 소비하는 의식들이 도처에서 춤을 춘다. 복고는 과거를 새로움의 아이템으로 현재의 눈앞에 등장시킨다. 복고라는 사회적 상품은 기억이라는 개인의 회상을 은밀히 부추기며 과거의 환영을 자본으로 뒤바꾸는 수많은 장치들을 곳곳에 배치한다. 가난, 정, 남루함, 시골, 악마적, 끔찍함들이 휘황한 모던 프로젝트의 마지막 새로움의 영역으로 발굴되어 등장할 때마다, 현재의 풍요와

안정이 도드라진다. 자본의 그물망으로 포획되지 않으려는 개인적 의지조차 기억의 회상 앞에서 간단히 무릎을 꿇는다.

과거가 향수나 복고로 소비되는 곳에서 역사는 사라진다. 복고로 버무려진 기억은 중립화를 선언한 비무장지대처럼 겉보기만 평온한 불안의 실체이다. 기억이 현재의 기분이나 정서에 따라 휘둘리는 회상일 뿐이라면 복고는 과거를 소비하는 의식(儀式)일 뿐이다.

과거의 기억이 향수와 추억에 자리를 넘겨줄 때마다 과거는 하나씩 모습을 감추며 사라져 간다. 과거가, 과거의 기억이 현재를 위해 존재할 수 없다면 회상은 복고라는 퇴행의 상품만을 쏟아 낸다. 추억과 복고가 아닌 기억의 회상을 시작할 수 있을까?

누군가 과거가 아니라 미래를 말해야 한다고 말했다. 옳은 말이다. 하지만 기억이든 회상이든 과거가 사라진 곳에서 현재를 증명할 미래가 올 것 같지도 않다. 미래에 집착할수록 현재의 각질은 더 얇아질 뿐이다. 현재의 표피에 달라붙어 있는 얄팍한 나의 일상은 한 장의 주민등록등본처럼 덧없다. 기억 속의 과거가 현재의 존재증명서가 되기나 한 것처럼 나는 과거의 기억에 매달렸다.

기억의 재현은 그렇게 시작되었다. 과거를 덮어 버린 현재의 장소를 파헤쳐 나올 수 있는 기억의 유물들을 기대하며 나는 발굴을 시작했다. 상실된 장소들로 가득한 도시의 한복판에서

지극히 개인적일 수밖에 없는 회상을 시작하며 여기에 거창하고 무모해 보이기까지 한 이름을 붙인다. '기억의 재현 프로젝트.' 나의 기억이 아닌 모두의 기억으로.

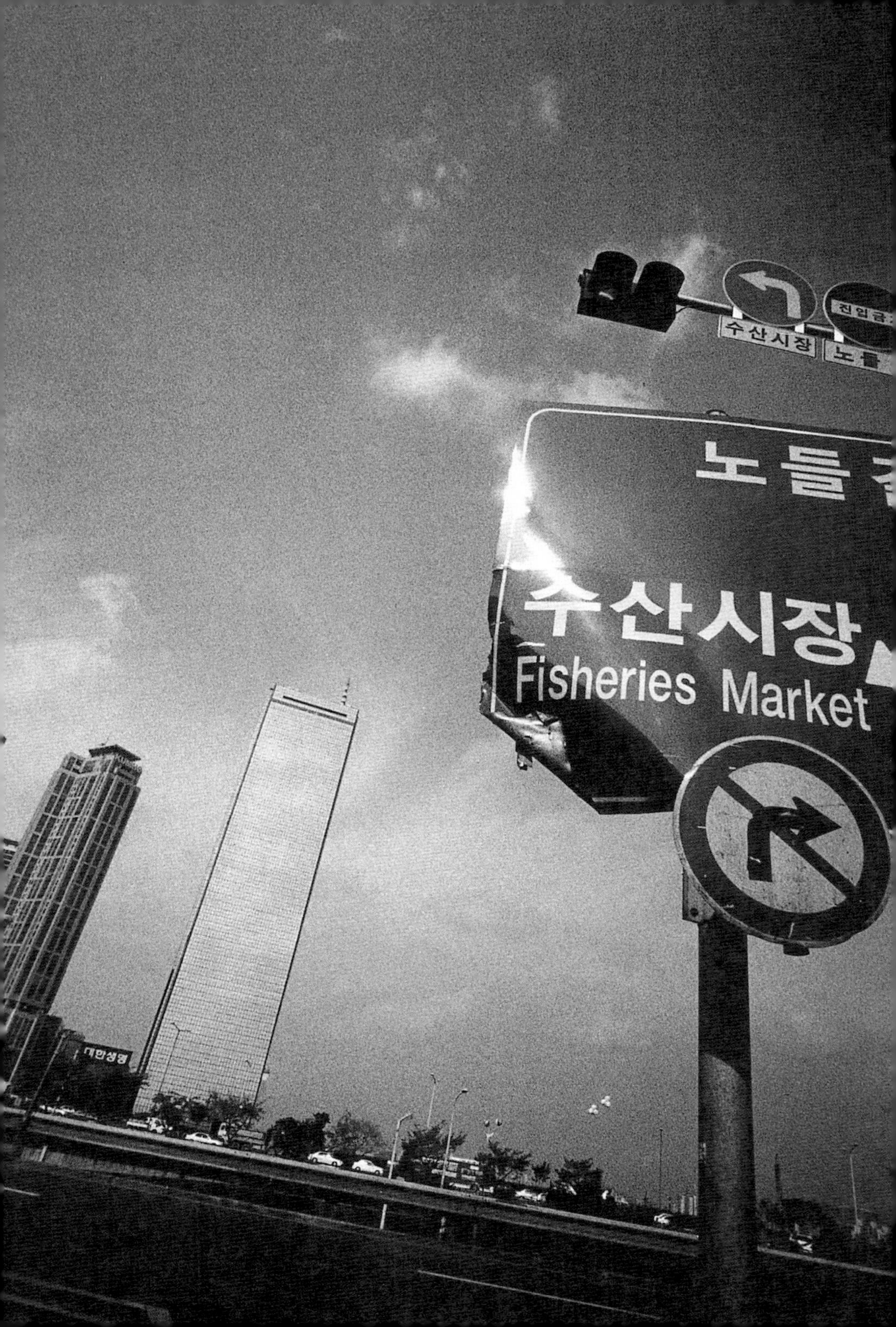
수산시장
노들
노들
수산시장
Fisheries Market

방문

　기억 속의 공간은 배타적이고 독립적인 곳이다. 거기서 다른 모든 사람들은 기꺼이 조연을 맡는다. 거기서 벌어진 모든 사건의 가운데에 내가 있다. 그러나 사건은 사라지고 인물은 간곳 없다. 남은 것은 장소. 비록 타자에 의해 점유된 공간일지라도 기억 속에서 나는 자리를 내어준 적이 없다. 그런 당당함이 무모한 방문을 시도하게 만들었을까. 어쩌면 기억의 재현을 위한 현장 검증에 가까웠을지도 모르겠다. 여기에 귀향이니 방문이니 하는 말을 붙이는 것조차 낯간지러운 일이다. 현장 검증은 이미 심문과 추리를 끝낸 심리 후의 공식적인 절차였을 따름이다.

　차에 오른다. 짧은 여정이 될 것이다. 서울의 한복판을 지나 다리를 건너고 강을 따라 과거로 오른다. 십여 년 전에 나는 지금과 똑같이 과거로의 진입을 시도해 본 적이 있다. 아주 잠깐 동안이었다. 당시에 텔레비전 드라마 〈아들과 딸〉이 방영되고 있었다. 복고풍의 드라마가 전해 주는 '복고의 의식'을 문화 현상으로 풀어내는 글을 쓰면서 잠시 유년의 회상을 시도해 본 적이 있었다.

"기억의 나르시시즘 – 잠실에서 여의도를 향하는 88고속화도로를 달리다 보면 동작동을 넘어서 여의도가 보이는 우측으로 63빌딩의 번쩍거리는 풍경이 압도하기 시작한다. 왼쪽으로는 '한냉'이라는 글씨의 굴뚝(?)이 있는 수산시장이 자리 잡고 있다. 그 수산시장의 서쪽 끝머리쯤에 음산하기까지 한 퇴락한 건물이 비교적 커다란 나무들에 둘러싸여 있다. 지금은 서너 개의 차도가 엇갈리며 노량진과 여의도를 싹둑 베어 놓고 있는 이곳은 우측으로 한강에 이어진 백사장이, 좌측으로는 노량진 역 뒤쪽의 조그만 마을이 있던 자리이다. 강 쪽으로는 뚝방이, 반대쪽으로는 경인선 철도가 가로막혀 있고 동쪽은 한강철교와 노량진 수원지로 서쪽은 장택상 별장으로 차단되어 있는 마을은, 동서로 길게 늘어진 1백여 가구의 판잣집이 일렬로 늘어서 있어 마치 서양 중세의 장원을 연상시키는 구조를 가지고 있었다. 이곳을 지날 때마다 느끼는 묘한 배반감 중의 하나는 유독 내가 여기서 유년 시절을 보낸 추억이 깡그리 점령당한 데 대한 것이며, 다른 하나는 그 기억을 더듬을 수 있는 유일한 곳으로 별장만이 남아 있다는, 부와 권력에 대한 시샘일 것이다."(「가난의 미학」, 『TV: 가까이 보기 멀리서 읽기』, 1993)

그 글은 그렇게 시작되고 있었다. 그리고 그 글을 아니 그 길을 따라 나는 중첩된 기억의 교차점을 이어가기 시작했다. 미리 말하거니와 사라진 동네를 찾아가는 궁상을 떨면서 거기에 어떤 과거의 흔적을 만날 수 있을 것이라는 기대를 했던 것은 아니다. 늘 그 앞을 지나면서 느꼈을, 부와 권력에 대한 시샘에 새삼스럽게 부대끼지 않기를 바랐을 뿐이었다.

똑같이 88대로를 달렸다. 황사가 불었다. 세찬 봄바람이 피기 시작한 벚꽃을 흔들어 때 이른 꽃비가 날렸다. 동작대교가 보이는 곳에서 잠시 차가 멈칫거렸다. 기억은 새로운 길, 노량진과 여의도를 '싹둑 베어 놓고' 있는 풍경을 거부했고 차는 어느덧 흑석동으로 들어서 명수대 앞을 지났다. 어쩌면 최초의 기억을 따라 그 길을 그대로 다시 가고 싶었을 것이다. 기억의 재현을 위한 길이 아니었던가?

사육신묘를 돌아 차를 세웠을 때 소방서가 그대로 있는 걸 보고 반가운 마음이 들었다. 현대식 유리 건물로 다시 지어졌고 빨간 소방차 하나 볼 수 없었지만 소방서 자리는 그대로였다. 뒤돌아보니 극장은 간데없이 사라졌다. 소방서 뒤편으로 들어가는 입구에서 사육신묘 쪽으로 오래된 돌담과 녹슨 철망을 보았을 때, 나는 정말 기억의 재현이 실현될 수 있다는 기대를 갖기 시작했다. 더럽고 축축한 돌담은 옛날 그대로의 모습이었다. 그렇게 기억한다.

언덕을 오르고 좌회전하여 구름다리를 건넜다. 그 옛날처럼 철도 건널목을 걸어서 건널 수 없다는 사실은 실망스러웠다. 하지만 철망 사이로 기찻길들을 보았을 때, 선로들이 철교로 빨려

들어가고 있는 풍경이 기억의 장면과 일치하는 순간, 감격스럽기까지 했다. 그러나 거기까지였다. 기억과 현실의 일치는 오래가지 않았다. 눈을 돌려 앞을 보았을 때, 거기 63빌딩이 가로막고 서 있었던 것이다.

빌딩은, 십여 년 전에 그랬던 것처럼, 여전히 기억의 소실점을 가로막은 채 또다시 거대한 벽이 되어 눈앞에 서 있었다.

"기억의 나르시시즘은 과거를 살아 있는 현재로 뒤바꿔 놓고 싶은 충동을 낳는다. 얼마 전 봉천동에서부터 노량진으로 거슬러 유년의 회상을 시도해 본 적이 있다. 봉천동을 내려와 장승백이를 지나고 노량진으로 향하는 내리막의 직선 길에 들어서면 익숙한 엑스자 구도의 풍경이 나타난다. 좌우로 낮은 건물들이 노량진역(정확하게는 가구를 파는 상점들이 있는 곳 - 나의 기억 사진에는 초콜릿을 매일 나누어 주던, 미국선교재단이 운영하는 탁아소 자리)을 향하여 내리 뻗쳐 있는데 놀랍게도 이 익숙한 구도의 거리 풍경에는 소실점이 존재하지 않았다. 내리막길이기 때문에 소실점에 해당하는 마포 언덕쯤이나 삼각산은 거대한, 화면 밖으로 한참이나 뻗어 있는, 금색의 기둥으로 막혀 있다. 소실점이 소실되어 버린 것이다. 풍경을 해체해 버린 이 거대한 건물, 63빌딩은 석양 무렵에 노란색의 햇빛을 받아 더욱 누런 황금색의 찬란한 금자탑을 이루고 있었다."(앞의 글 중에서)

장소에서 환기되는 과거의 기억은 눈앞에 펼쳐진 풍경의 가장 먼 곳에서 시작된다. 점점 희미해지는 공기원근법의 끝에서 어렴풋한 과거는 소실점에서 시작되는 것처럼 보인다. 만일 그 소실점이 사라진다면 과거 역시 그 실마리를 잃어버릴 것이다. 도시에서 소실점을 찾기란 불가능해 보인다. 기억을 떠올린 곳이 불행하게도 도시의 한복판이었다면 도시는 기억 저편으로 가는 통로를 이내 막아 버릴 것이다.

　　소실점이 소실된 곳, 거기에 황금빛의 63빌딩이 기억의 소실점을 가로막고 서 있다. 기억을 훼방 놓는, 그 어느 곳에서도 도무지 피해갈 방도를 찾을 수 없는, 과거를 향한 모든 시선을 통제해 버린 거대한 괴물은 잔뜩 발기된 채 희뿌연 하늘을 찌르고 있다. 최고(最高)의, 현대적인, 최초의, 첨단적인. 현재를 수식하는 모든 것들은 그 어디서나 우리에게 과거와의 단절을 강요한다.

수산시장

　그렇다고 멈칫거릴 여유는 없다. 주차장으로 빨려 든다. 음침하고 질퍽이는 콘크리트 바닥에서 비릿한 냄새가 올라온다. 소란스럽고 어수선한 수산시장으로 들어섰을 때, 단 한 번도 이 안으로 들어와 본 적이 없다는 사실을 알았다. 놀라운 일이다. 어떻게 수산시장을 한 번도 들러 본 적이 없었을까? 도망치듯 이사를 나온 뒤 철거당한 동네를 기억하고 싶지 않아서일까? 아니면 유년의 기억을 깡그리 점령한 공간에 대한 피해의식 때문이었을까?

　질퍽한 콘크리트 바닥, 비릿한 생선 냄새, 나뒹구는 스티로폼 상자들과 종잇조각, 끊임없이 오가는 손수레, 침침한 공간을 노랗게 물들이고 있는 둥근 전등, 배가 불룩한 채 누워 있는 복어, 비늘이 벗겨진 갈치, 일꾼들의 번들거리는 앞치마, 가게 귀퉁이에 널브러진 밥상, 똑같은 크기의 간판들.

　소란스런 시장 한복판에 서서 나는 과거의 흔적을 찾고 있었다. 그것은 좌판 위에 올려진 붉은 도미가 푸른 바다를 꿈꾸는 것처럼 가망 없는 일이었다. 왜 하필 시장 그것도 수산시장이었을까? 기억을 점령한 것이 좀 더 그럴 듯한 장소일 수는 없었을까? 하다못해 번듯한 아파트였다면 배신감은 클지언정 비참함은 덜하지 않았을까?

이곳은 노량진이다. 서울의 한 귀퉁이를 차지하고 있는 평범한 지명을 지목하는 순간 그곳은 갑자기 서울의, 도시의 전체를 드러내는 요지로 둔갑한다. 내가 살았대서가 아니다. 거기가 하필 노량진일 뿐이랴. 아무데다 점찍은 도시의 공간 어디든 그곳은 도시의 부분이 아니라 도시의 전체를 말해 준다.

노량진은 도진취락(渡津聚落)으로 시작되었던 마을이다. 상류의 한강진, 하류의 양화진과 함께 서울로 통하는 중요한 길목이었으며 한양과 한강 이남 지방을 연결하는 요충지였다. 그리고 근대가 시작되면서 달려온 기차가 맨 처음 멈추어 섰던 곳이 바로 노량진이다. 1899년에 한국 최초의 철도인 경인선이 제물포까지 개통되었다. 물론 그 다음해에 한강철교가 세워져 용산과 서울역에 종착역의 자리를 내주었고 1917년에 한강 인도교가 놓이면서 나루터로서의 기능마저 사라져 버렸지만 노량진은 한때 서울과 지방을, 과거에서 현대를 이어주는 접점이었다. 거기에 수산시장을 세운 사람들의 머릿속에는 아마 최초의 철도역이 주었던 속도의 가치와 발전의 패러다임이 자리 잡고 있었을 것이다. 그러나 수산시장이 세워졌을 무렵, 철도는 더 이상 현대를 말하지 못했다. 현대적 공간을 분할하는 속도의 자리를 고속도로에 내주고 있던 때였다. 그걸 증명이라도 하듯 시장 밖의 도로를 달리는 소음은 그치질 않는다.

대낮의 시장은 컴컴하다. 밤이면 밝아질 것이다. 낮과 밤이 빛과 어둠으로 교차하는 시장은 일상적 공간이다. 일상의 공간에서는 사건이 만들어지지 않는다. 매일 똑같은 행위가 반복되는 일상은 새로움으로 충만하지만 시장의 새로움은 사건을 만들지 못한다.

생선 장수는 반복적인 리듬으로 구획된 가게에 앉아 있다. 똑같은 가게가 늘어선 시장에서 동일한 품목을 팔고 있다는 것은 놀라운 일이다. 광어, 조개, 보리새우, 낙지, 문어, 고등어, 갈치, 조기, 방어가 담긴 상자들은 늘어선 가게들의 동일한 아이템이다. 꿈틀거리는 개불, 어깻죽지를 도려낸 참치, 거대한 문어 다리가 걸쳐 있는 좌판 그리고 깡통 속에 담긴 젓갈들이 옆 가게와 구분될 뿐이다. 상인들은 지나는 사람에게 구원의 눈빛을 보내고, 호객의 손짓을 건네고, 생선을 다듬어 비닐봉지에 담고, 돈을 받고는 거스름돈을 내어 준다. 그들의 하루는 반복적인 모듈로 구획된 공간처럼 반복적인 리듬의 사건들로 채워져 있다. 최초의 현대적인 시장? 현대적이라는 말은 공간과 구조의 리듬에 온몸을 맡길 수 있는 체제에 깃들어 있다는 말이다. 현대적 삶이란 조직화된 일상의 반복적 행위에 익숙해진다는 것을 의미한다.

선지 장수를 떠올린다. 그는 남루한, 피가 엉겨 붙어 반들반

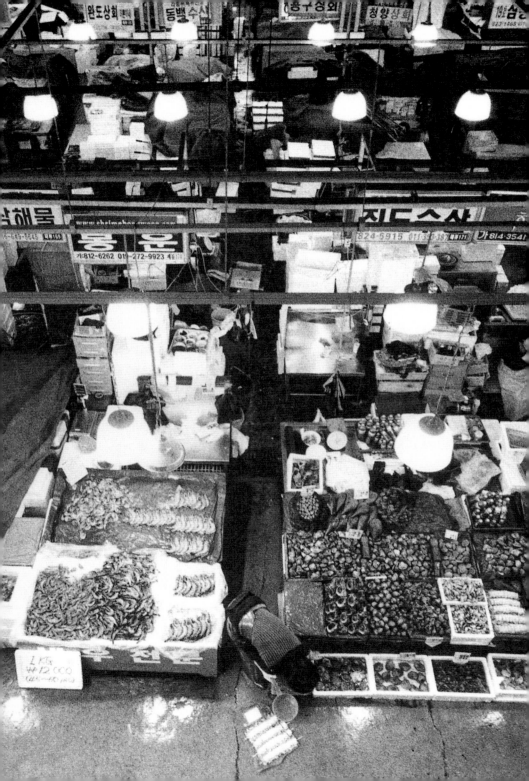

들해진 옷을 걸치고 지게 위에 선지와 약간의 내장이 담긴 양철통을 짊어지고 나타났다. 그가 박자를 놓치는 법이 없었다, 고 기억하는 것은 그의 리듬이 동일한 일상의 반복을 견디는 생체리듬이었을 것이라는 생각 때문이었다. 그 자신의 생체리듬에 충실한 선지 장수는 수산시장의 반복적 공간에 갇힌 생선 장수의 예고편이었을까?

시장의 반복적인 일상은, 때로 숭고한 삶의 현장이라고 말해지는 반복적 일과들은, 일상을 단선적으로 재조직하려는 현대의 욕망이다. 시장은 소란스러움 속에서 일상을 반복적으로 희생하는 공간이다. 세상을 따뜻한 시선으로 보지 못해 안달하는 시인들만 궁핍으로 가장한 반복적 소란을 역동적인 삶의 제스추어로 받아들이고 있을 뿐이다. 일상의 모습에서 역동적이며 생동감 있는 삶의 가치를 발견하려는 시도는 현대적 조건에서 도저히 벗어날 수 없는 소시민적 삶에 대한 좌절감을 전제로 한다. 그들은 돈에 대한 집착과 욕망을 현재의 분주함 속에 묻어 버리는 것 말고는 다른 삶의 양식을 발견할 수 없다는 사실을 애써 외면하고 있다. 분주하고 번잡스러운 권태가 시장의 끊임없는 소음 속에 섞여 있을 뿐이다. 시장은 역동적인 삶의 현장이기보다 절망적인 일상의 공간이다.

'활어'와 '건어물' 그리고 '양념집'으로 구획된 시장에서 고객의 방문은 순전히 우연에 의해 이루어진다. 아무도 상품의 우열

이나 광고 덕택에 손님을 불러 모을 수 있다고 믿지 않는다. 그러니까 수산시장에서의 '사업'은 방문객을 가게 수로 나눈 확률만큼의 우연으로 이루어진다. 이런 동일한 혹은 유사한 품목의 집단적인 시장 형태는 분명 새로운 것이다. 동네를 떠돌던 생선 장수나 선지 장수나 과일 장수 혹은 재래시장의 좌판과는 다른 것이다. 청계천의 공구상가, 세운상가의 가전제품, 용산의 전자상가, 문래동의 철공소, 방배동의 중고가구, 하다못해 여의도의 먹자골목에 이르기까지 집단화된 상점들은 들풀의 군락지처럼 필연적 군집과 우연의 생존이라는 원칙에 충실하다.

이런 군집과 할거의 시장 전략은 코드화된 현대의 일상과 일대일 대응을 이루는 것처럼 보인다. 광고에서 흔히 보이는 욕망의 코드화뿐 아니라 때로는 필요와 욕망으로 일상을 미세하게 쪼갠 틈새에 대응하는 전략이 도처에서 수립된다. 배가 아플 때, 사랑을 느낄 때, 효도를 하고 싶을 때, 부를 과시하고 싶을 때까지, 일상은 상상 가능한 모든 품목으로 쪼개진 단위 모듈로 재조직되고 이에 대응하는 충실한 상품 코드로 전환되었다. 그리하여 수산시장은 감칠맛 나는 회와 석쇠 위에 올려진 생선구이 모드와 접촉하는 순간에 대응하기 위한 코드화의 구조물이다. 그것도 집단화한 구조물이다.

시장은 겉보기와 달리 도시의 어깨너머로 모든 공간을 지배한다. 끝은 없다. 시장의 공간 지배는 도시뿐만 아니라 농촌과 바닷가의 풍경마저 뒤바꿔 놓는다. 수산시장에서, 쪽배를 타고 바다로 나가 한 마리씩 낚아 올리는 고기잡이 풍경을 상상할 수는 없는 일이다. 남태평양으로 보내진 거대한 선단, 깊은 바다의 밑바닥까지 훑어 올리는 저인망 어선과 쌍끌이 어선의 위용만이 수산시장이 보여 줄 수 있는 밑그림이다. 끝없이 펼쳐진 다도해를 따라 부유하는 수많은 부표 밑에서 대량으로 사육된 물고기들의 사후 세계가 그곳이다.

대량으로 잡히거나 대량으로 사육된 고기들은 공판장의 현란한 손놀림으로 낙찰되어 대량의 소비를 위해 줄줄이 트럭에 장착된 어항에 실려 내달리기 시작한다. 구불구불한 길들이 곧게 펴지며 울퉁불퉁한 길들이 말끔하게 직선으로 포장된다. 그 길의 종착지가 수산시장이다.

수산시장을 들어가면 입구로 되돌아 나오는 방법 말고 어느 곳으로도 빠져나올 수 없다. 그 옛날 마을이 그랬던 것처럼 시장은 그 어느 곳으로부터도 단절되어 있다. 그 어느 곳과도 가장 빠르게 연결되어 있으면서도 철저히 단절된 곳, 그곳이 시장이다. 시장은 단절된 유통의 마디이다. 유통은 교통과 통신의 발달에 가속 페달을 달아 놓았다. 속도의 공간이 철로에서 고속도로로 바뀐 것은 근대적이기보다 현대적이다. '전국을 일일생활권으로'라는 슬로건 속에서 속도의 공간은 무한히 확대된다. 그 핵심에 시장이 있다. 생산과 소비의 공간을 동일한 공간으로 묶기 위한 유통의 무한질주가 개발과 진보와 발전의 이름으로 펼쳐진다.

온라인의 속도에 미치지 못하는 오프라인에 대한 불만. 초대형, 대량, 최고, 저렴, 신선함 등의 가치들이 숫자로 계량화되고 계산된 수치는 정책보고서에 확신과 자신감을 심어 주며 거대한 지도 위에 선들을 긋는다. 불행하게도 한 지점에서 다른 지점을 연결하는 가장 빠른 길인 직선에 걸려든 모든 삶은 숨을 멈추고, 쌓여온 모든 가치들은 짙은 먹물 속에 사라진다. 합리적이고 과학적이며 계량적이고 전문적인 견해들 속에는 풀들이 자라지 않는다.

유통의 혁명은 상품의 물신적 성격을 극대화한다. 혁명을 통해 얻어진 새로운 교환가치는 노동에 의한 생산의 가치를 극단적으로 왜소화시킨다. 시장의 수족관에 납작 엎드려 있는 광어의 사용가치 속에는 이미 생산의 개념이 포함되어 있지 않다. 수산시장의 좌판에 늘어선 물고기들은 회전운동의 벨트 위에 올려진 키치화된 사물이 된다. 가쁜 숨을 쉬고 있는 광어를 손가락으로 가리키며 입맛을 다시며 양념집을 고르는 사람들의 미각 속에는 생산의 순간이 아니라 유통의 시간이 각인되어 있을 뿐이다. 광어를 둘러싼 교환가치는 사용가치와 마찬가지로 그 의미를 상실한다.

시장은 단절된 채 소란스럽다. 그 안에 들어선 사람들은 상품의 교환이 주는 효능과 절차 이외를 상상할 수 없다. 거기서 기억의 방문은 어색하고 낯선 절차일 뿐이다.

모래섬과 샛강

수산시장에서 건너편 여의도를 바라본다.

기억의 모래톱은 눈이 부시도록 희다. 모래톱은 매년 달라졌
다. 큰물이 질 때마다 범람하는 한강물의 양에 따라 모래톱은 넓
어지기도 하고 좁아지기도 했다. 강변의 모래톱을 따라가면 닿
지 않는 곳이 없었다. 모래 위로 파랗게 나온 갈대숲을 지나고 들
풀이 빼곡히 들어찬 둔치를 따라 동쪽으로 한강철교까지 서쪽으
로 신길동과 영등포까지 모래사장은 끝이 없었다. 강 건너의 풍
경도 다르지 않았다.

여의도는 모래섬이었다. 큰물이 지면 밤섬, 양말산을 빼고
모두 물속으로 가라앉았다. 65만여 평의 비행장과, 30만여 평
의 밭, 100만 평가량의 모래톱은 둘레 7.6킬로미터의 제방을
가진 87만여 평의 여의도가 되었다. 그전에도 물론 사람들이 살
았다. 조선조부터 집성촌을 이루며 살던 사람들, 해방 후 만주
와 일본에서 귀국한 사람들이 터를 잡은 곳이다. 그들은 밤섬이
폭파되던 해인 1968년, 봉천동으로 신정동으로 창천동으로 쫓

겨났다. 섬의 돌을 나르고 모래톱을 긁어 올려 여의도가 만들어
졌다. 어머니가 돌을 나르고 내가 흙더미 속에서 놀았던 윤중제
축조공사는 불과 서너 개월 만에 완성되었다. 강에서 퍼 올린 모
래는 시멘트와 범벅이 되어 수없이 늘어선 아파트의 골조로 채
워졌고, 풀이 무성하던 뚝방과 둔치는 건축 폐기물로 매립되어
그 위에 콜타르를 펴 바른 아스팔트 길이 되었다.

　　대학시절, 여의도 아파트에 산다던 예쁜 여학생을 만날 때
마다 그녀가 사는 아파트 근처 어딘가쯤에 어머니가 채워 넣었
던 돌들을 상상하곤 했다. 그녀의 하얀 팔뚝과 가지런한 이빨과
천진난만한 미소가 도무지 낯설고 비현실적이었던 까닭을 그때
는 알지 못했다. 그녀의 상큼하고 발랄한 일상에 감히 뛰어들지
못했던 이유가 꼭 유년의 기억이 강요하는 이질감 때문은 아니
었을 것이다. 하지만 하얀색이 칠해진 높다란 아파트 베란다에
서 콜타르가 발라진 판잣집에서 나오는 나를 내려다보고 있을
것 같은 느낌을 떨쳐버릴 수는 없었다. 그녀의 밝음을 나의 어
둠은 감당하지 못했다. 그녀의 하얀 손을 잡았던 순간 나의 정
체성을 부인하는, 나의 과거를 부인하는, 죄의식마저 가져야 했
다. 그것은 도시 빈민의 열등감에서 비롯된 어설픈 의식의 과잉
이었으며, 없이 사는 사람의 뒤틀린 심사였으며, 어쩔 수 없이
다가오는 정서적인 계급의식이었다. 그럼에도 여의도에 늘어선
아파트를 볼 때마다 그녀가 생각나곤 했고, 그녀를 떠올리면 어

머니가 나르던 돌과 흙더미를 뒤지며 주어온 타일이 떠올랐으며, 축축한 부엌의 흙바닥이 그리웠다. 그리고 뜬금없이 드는 생각, "그녀가 지금 사는 곳은 어디일까?"(휘황한 호텔 로비와 같은 거실을 향해 드레스를 걸치고 미끄러지듯이 걸어가는 그녀의 옆에 턱시도를 걸친 사내의 모습이 보인다. 롯데캐슬?)

집단 이식된 길가의 팬지 화단이 그렇듯이 거대한 아파트촌은 필연적 군집과 우연에 의지하는 생존 전략에서 시작되지는 않았다. 아파트 역시 시장과 마찬가지로 도시의 수많은 현대화 프로젝트의 단면일 뿐이다. 백화점, 대형할인점, 전문 공구상가, 전자상가, 아케이드들과 마찬가지로 아파트는 집적을 통해 대량생산과 대량소비의 공간을 매개하는 장소이다.

대량생산과 대량소비의 메커니즘은 반복과 직선운동의 집합으로 구성된다. 그것은 모든 기계적 원리가 왕복운동과 회전운동의 조합으로 작동하고 있는 것과 다르지 않다. 똑같은 크기의 건물들이 늘어선 공간, 똑같은 크기의 공간으로 분할된 베란다와 창문, 똑같은 거리만큼 떨어져 있는 가로등. 반복적인 공간은 무한히 증폭하는 직선을 이룬다. 소란스러운 점들이 이어져 끝이 보이지도 않는 직선을 이룬다. 거대 아파트군들이 만들어 낸 직선의 미학이 도시의 풍경을 점령하기 시작한다. 전체주의적 미학으로 짜인 풍요의 유토피아를 실현한 곳. 시간의 속도로 공간을 직선의 세계로 재편시킨 곳에 사람들이 산다.

지금 그 섬은 수많은 도로로 막혀 있다. 도시의 단절은 유토피아에 대한 희망과 몽상에서 시작된다. 여의도는 단절된 도시미학의 절대값이다. 고립으로서의 섬은 도시적 단절을 통해 일거에 도달할 수 있는 유토피아를 꿈꾼다. 섬을 관통하는 다리들과 섬을 둘러싸고 일주하는 도로들은 꿈의 유토피아를 향해 선택적으로 열리고 닫히는 통로이자 방호벽이다.

고립된 황금빛의 유리건물. 63빌딩은 테크노 미학의 강박증에서 시작되었든, 거대주의의 집착에서 비롯되었든 단절된 섬의 현실적 이상향인 맨해튼의 마천루를 예고하고 있다. 새롭고 첨단적인 최고의 기하학적 건축은 섬 주위의 시선을 한 곳으로 모으는 동시에, 시선을 차단시키는 실체가 바로 황금빛 자본의 외피라는 것을 말해주는 듯하다.

그리고 그런 섬들이 도시 도처에 끊임없이 만들어지고 있다.

노량진과 여의도 사이에 흐르는 샛강은 죽음의 속도 저편에 존재한다. 샛강은 도시의 장식물처럼 멈춰 버렸으며 도로들이 강물보다 더 자연스럽게 흐른다. 속도가 흐르는 강 위를 수많은 자동차들이 질주한다. 여름이면 둔치까지 차올라 세차게 흘렀던 강물을 가로질러 건너편으로 기어오르는 것은, 돼지삼촌이 아니라면, 가능한 일이 아니었다. 그리고 이제 도로를 가로질러 건너편에 도달하는 것은 사시사철, 그 누구에게도, 불가능한 일로 보인다.

건너편을 바라보며 꽃집 아줌마의 땀에 젖은 손바닥이 그리웠다. 샛강에 가로막혀 건널 수 없던 곳은 이제 더 끔찍하게 단절되어 있다. 성벽을 기어오르기 위해 해자를 건너고 수많은 창이 박힌 방어선을 뚫어야 하는 공격 루트보다 더 험준한 장애물들이 가로놓여 있다. 어디서나 속도의 공간은 정지된 공간을 차단한다. 나는 샛강으로 가기 위해 수많은 적들의 교묘하고 위협적인 공격을 피해 날렵하고 용감한 돌진을 해야 했다. 좌측으로 돌진하다 갑자기 우측으로 한 바퀴 돌아 동굴을 지나고 다리를 건너 직선의 성벽 위를 달려 다시 해자로 기어 내려갔다. 무수히 많은 쇠말들이 반짝이는 들판에 나의 차를 버리고 나서야 간신히 샛강에 도달할 수 있었다.

길을 따라 샛강은 직선으로 흐른다. 무한질주의 도로 옆에서 샛강은 느릿느릿 흐른다. 갈대가 빽빽하고 버드나무가 늘어지고 개망초가 흐드러진 사이로 광고 간판을 머리에 인 건물이 얼굴을 내밀고 있다. 소음이 그치지 않는 그곳에 귀를 막은 오리들이 새끼를 기르고 있었고, 시궁물이 가득한 하수관의 컴컴한 벙커 속에서 가마우지가 새끼를 가득 품고 있다.

샛강은 몇십 년이 지난 지금까지 공사 중이다. 한편에서 거대한 크레인이 쇠막대를 나르고 덤프트럭이 흙을 져다 나른다. 도시의 욕망은 샛강을 잠재우지 않는다. 흔들어 깨우고 소리를 지르며 땅을 두드린다.

샛강은, 마을 사람들의 생존의 증거인 똥을 퍼 날랐던 그곳은, 이제 자연친화적인 공간의 표본으로 탈바꿈해 있다. 직선의 샛강을 파헤쳐 웅덩이를 만들고 흐르지 않는 물길을 가두어 공원이 만들어졌다. 그리하여 샛강은 생태라는 이름을 귀에 건 도시의 액세서리가 되었다.

자연공원은 "샛강의 친환경적 정비, 자연생태 학습장소 (프로그램)와 친수공간 제공, 천연 저습지를 활용한 바이오톱 (Biotope)조성, 한강과 서울공원을 연계하는 생태통로(Eco-corridor)로 조성되었다."고 어디엔가 적혀 있다. 생태와 웰빙과 바이오가 도시인의 세계관으로 진화할 수 있다는 걸 유일한 위안으로 삼는 사람들의 갸륵한 노력의 결과일 것이다. 이럴 때 하잘 것 없는 자연도 웰빙을 끊임없이 주어섬기는 쇼핑호스트처럼 호들갑스럽다.

샛강의 생태공원에는 아무 것도 없다. 그저 당연히 있어야 할 것들이 있을 뿐이다. 도시를 벗어나면 도처에 널려 있는, 아무 것도 없는 버려진 곳을 만들기 위해 아무 것도 없는 것처럼 만들었다. 샛강의 구조물에는 "계류시설, 수초수로, 생태연못, 저습지, 관찰마루, 관찰로, 버드나무 하반림, 건생초지가 있다."고 또 어딘가에 적혀 있다. 이 말을 쉽게 풀면 "물이 흐르는 웅덩이에 벌레나 물고기가 있을지도 모르며 여기저기에 나무와 풀들이 자라는 걸 볼 수 있다."쯤 된다. 다른 말로 더 쉽게 말하면 "아무 것도 없다."는 말이다.

도시 속에서 자연은 거추장스러운 존재다. 자연을, 시골을, 농촌을 파헤치고 들어선 도시가 실컷 폭식을 즐기곤 난 뒤 2%의 갈증을 느낄 때야 비로소 자연은 슬로건의 전면에 등장한다. 생태를 앞세운 슬로건은 자연의 외피를 흉내 낼 뿐이다. 어디에나 흔히 있는 것이 도시 속에 들어오면 생태의 이름으로 뒤바뀐다. 여기선 자연조차 아무 것도 없는 상태를 위한 '구조물'이다. 방부목으로 이리저리 파 놓은 웅덩이를 연결하는 다리를 놓은 게 전부이다. 도시 안에서 자연은, 강제된 생태환경은 빌딩 사이를 비껴나는 가마우지만큼이나 가련하고 억지스럽다.

왕눈이 아버지가 똥을 퍼다 버리는 곳, 그 샛강에는 여전히 기포가 뽀글대고 있고, 검은 물은 납작 엎드려 도시의 눈치를 보고 있다.

샛강과 여의도를 바라보며 유년의 단절을 떠올린다. 지금처럼 유년의 공간 역시 닫혀 있었다. 그 옛날의 동서남북, 마을의 고립은 완벽했다. 세상의 끝은 분명했고 그 너머의 세계는 단절된 미지의 공간이었다. 도달할 수 없는 공간에 둘러싸인 단절의 공간 밖으로 강은 유유히 흘렀고, 철도는 단호한 선을 그었으며, 별장은 담장을 높이 쌓았다.

기억의 마을이 단절되어 있었다는 것은 심리적인 회상 때문이 아니라 실제로도 단절의 실체가 명확했기 때문이다. 그 너머의 세계에 대한 열망 또한 절대적이었다. 열망이 없었다면 단절감은 존재하지 않았을 것이다. 도달할 수 없는 세계 혹은 이루어질 수 없는 꿈의 세계는 늘 철로를 넘고 강을 건너고 담장을 넘고 교각을 건너라고 유혹했다. 동네를 떠나는 모험은 항상 죽음의 근사치까지 확률을 올려놓고 벌이는 게임과 같은 것이다. 철길에 귀를 대면 희미하게 들려오는 기차의 박동소리는 깊은 땅 속에 잠들어 있는 사신(死神)의 심장소리이기도 했다. 이윽고 등장하는 굉음과 소용돌이를 일으키는 광란의 질주. 그것은 죽음의 통로 옆에서 아우성치는 지옥의 아가리를 들여다보는 공포의 쾌감이다.

삶과 죽음의 경계는 위반의 쾌감 앞에서 간단히 무너진다. "거기에는 절대 가지 말거라."라고 한 어른들의 말은 호기심을 증폭시킬 뿐이다. 유년의 모험은 금기에 근접하는 유혹이었다. 그리고 그 후로도 욕망을 실현하기 위한 모든 일 속에는 쾌락과 함께 죽음의 공포가 결합되어 있다는 것을 깨달아야 했다.

동(東). 동쪽은 한강 철교와 인도교가 자리 잡고 있었다. 거대한 콘크리트 교각 기둥과 육중한 쇳덩이로 얽혀 있는 철교는 그 자체로 도시를 향한 꿈이었으며 스펙터클 자체였다. 철교의 스펙터클은 꿈의 도시를 예비한다. 다리를 걸어서 건넌다는 것은 상상할 수 없었다. 그곳은 기차와 전차와 합승 버스라는 문명을 이용하지 않고는 건널 수 없다. 도시 공간에 편입되기 위한 절차를 따르지 않는다면 도시는 열리지 않을 것이다. 그 아

래 서늘한 물이 흐르던 철관이 있었다. 하필 도시로 들어가는 철교 아래 미지로 들어가는 철관이 있었던 것을 나는 어떤 선택의 예시로 받아들였다.

유년을 벗어난 후 도시의 세계로 향하는 통로는 늘 두 개였다. 하나는 도시의 메커니즘에 몸을 싣는 방법이며 다른 하나는 도시의 내밀한 통로를 발견하는 일이다. 도시의 스펙터클이 유혹할 때마다 도시의 메커니즘에 몸을 싣는 방법과 도시의 그림자 속에 몸을 숨기는 방법, 그 두 가지의 길 이외는 보이지 않았다. 도시에서 살아남은 도시인들은 뒤돌아보지 않고 철교를 건너갔다. 반면에 도시에 편입되지 못한 도시인들은 철교의 유혹을 참아 내며 혹은 어쩔 수 없이 어둡고 컴컴한 통로를 찾아야 했다. 그곳은 서늘한 냉기가 뿜어져 나오는 철관처럼, 도무지 어디에 도달할지 알 수 없는 구멍 속으로 미끄러져 들어가는 것과 같다. 지금 나는 도시의 어느 쪽 통로를 지나가고 있을까?

서(西). 서쪽을 단절시키고 있던 별장은 그 실체를 알 수 없는 심리적 억압이었다. 최근까지 남아 있는 유일한 장소가 별장이라는 사실이 말해주듯이 그 실체는 권력과 부(과거의 것이든 현재의 것이든)에 대한 시샘과 욕망이다. 도시 빈민의 유년을 지배하고 있던 별장은 폭력적이거나 강압적이기보다는 은밀하고 발랄하며 꿈꾸는 듯한 이상 속에 자리 잡는다. 한 번도 가질 수 없었던 하얀 얼굴색과 정갈한 옷매무새와 품위 있는 행동들은 도

달할 수 없는 권력의 외양이다. 세속적 부르주아에 대한 선망이 도시 빈민이 꿈꿀 수 없는 이상이었음을 발견하게 될 때 일상은 좌절감으로 점철된다. 판잣집과 별장의 극대화된 대비는 체념을 운명으로 다스린다. 부르주아는 그들을 제외한 어느 누구도 그의 자리와 비슷한 위치에 올라서기를 바라지 않는다. 그들은 격리를 통한 차별의 의식을 분명하게 실현할 수 있는 가장 훌륭한 수단인 저택을 소유하고 있는 자들이다. 집은 욕망을 찬양하는 가장 효율적인 수단이었다. 평수와 층수에 대한 오늘날의 집착은 거기서 멀지 않을 것이다.

별장은 이상향의 실체였으며, 오늘 유일하게 남아 있는 기억의 장소가 별장이라는 사실이 증명하듯이 부와 권력이 기억마저 지배할 수 있다는 사실을 말해 주고 있었다.

남(南). 마을을 분명하고 확실하게 외부로부터 차단하고 있던 남쪽의 철도는 가장 비극적이다.

기차는 거침없이 달린다. 기차의 질주는 도저히 따라잡을 수 없는 문명의 위협이자 어느 곳이든 도달할 수 있는 새로운 가능성이다. 속도는 미지의 세계에 대한 동경을 부풀린다. 거칠게 달려온 말이 콧김을 내뿜듯 서서히 멈춰선 기관차를 볼 때마다 희망은 부풀려지고, 굉음 소리와 함께 바람을 일으키며 사라져 버릴 때마다 꿈은 사라진다.

기차는 매일 같은 시간, 같은 곳을 지난다. 배타적이고 단호한 기계의 흐름만 보장하는 선로는 시간과 속도를 지배하는 현대적 메커니즘의 결정체이다. 그것은 시간에 따라 규칙적으로 움직이는 산업적 생산라인의 원형이다. 동일성의 반복, 현대가 이루어 낸 가장 위대한 발견들은 기계적 반복을 통해 동일성의 반복을 얻어 낸다.

철로 주변은 익숙한 풍경이 될 수 없다. 기차는 공간을 이어 주기 위해 공간을 단절해야 한다는 것을 알지 못한다. 시공을 가로지르기 위해 누군가의 시공을 차단해야 한다는 것도 알지 못했을 것이다. 시간과 공간의 장벽을 가로지르는 현대의 효율성은 시간과 공간을 차단하는 현대의 단절감과 정확히 일치한다. 여기에 거스르는 일은 죽음으로 돌아온다. 절대적인 그러나 인위적인 죽음의 장벽, 무섭고 끔찍한 거적 밑의 사체로 떠올려지는 예기치 않은 죽음. 죽음은 시간의 규율과 공간의 질서를 역행한 자들의 가장 사소한 비극일 뿐이다. 현대적 금기의 위반이 주는 일상적인 결과일 뿐이다.

강물에 빠지는 것과 같은 자연 속의 죽음과 달리 기차에 치어 죽는 도시 속의 죽음은 피할 수 있는, 부주의한, 재수 없는 죽음에 가깝다. 어느 날 길을 가다 난데없이 들이닥친 기계와의 충돌은 공포라기보다 저주에 가깝다. 철로변의 주검은 일상적이며 일탈적인 것이 동시에 나타나는 현실을 암시한다. 죽음이 우연이었듯이 삶 또한 우연의 연속이었다는 것이 판명된다.

철로는 그렇게 마을 외곽의 가장 긴 차단벽을 세워 놓고 있었다. 기차를 향한 알 수 없는 거부감은 기차가 주는 단호하고 거침없는 질주에서 오는 두려움과 공포뿐 아니라 도무지 어찌할 수 없는 시간과 공간의 물리적 위협에서 벗어날 길이 없다는 좌절감이다. 철로에 돌멩이를 올려놓는 놀이에 대한 집착은 금기의 위반에 대한 충동을 버릴 수 없어서였을 것이다. 거침없이 다가오는 죽음의 공포는 위반의 쾌락을 극대화한다.

북(北). 북쪽은 강이다. 그곳은 유일하게 열린 공간이다. 끝없이 좌우로 펼쳐진 백사장을 따라서 세상 끝 어디라도 갈 수 있었다. 강은 늘 모습을 바꾸지만 언제나 그대로이다. 강물은 계절마다 끊임없이 달라졌지만 강 자체는 불변한다. 강은 불변하는 자연 속에 끊임없이 변화하는 마술의 원천이다. 그 강에서 사람들이 익사한다. 아버지가 그럴 뻔 했듯이 때로 사람들은 강물에 몸을 던져 스스로의 목숨을 끊는다. 몇 번, 수초가 가로막아 강물이 웅덩이에 갇힌 곳에서 물에 퉁퉁 불은 익사체를 보기도 했다. 한강 어디엔가에서 떠밀려온 익사체는 강물이 토해 낸 최악의 악몽이었다. 그럼에도 불구하고 강은 무한히 열려 있어 때로 죽음이라는 행위마저 자연의 일부로 받아들일 수 있는 공간이었다. 강에 빠져 죽는 것에 대한 공포는 기차에 치어 죽는 공포와 확연히 다르다. 자연 속의 죽음은 피할 수 없는, 운명적인 죽음에 가깝다.

모래톱에 서서 강을 볼 때마다, 얕은 물을 따라 서서히 가라

앉고 물밑으로 걸어가 서서히 떠올라 건너편에 도달하는 꿈을 꾸곤 했다. 강은 단절을 강요하지만 고립을 원하지 않는다. 열려 있으면서 동시에 닫혀 있는 강변의 풍경은 열림과 닫힘, 가능과 불가능의 경계에 놓여 있다. 한없이 다가가면 어느 순간 강 건너로 데려다 줄 것 같은 그 강 위에는 거짓말처럼 돛배가 떠 있곤 했다.

오늘 그 강은 닫혀 버렸다. 강 이쪽과 저쪽을 연결해 주는 수많은 다리들도 강을 열어 주지는 못한다. 오히려 강은 여기저기 토막 난 채 시간과 기억의 흐름을 단절시켜 버렸다. 그 옛날 끊임없이 모습을 바꾸지만 불변하던 강의 모습은, 오늘날 불변하지만 언제든 그 형태가 변할 수 있는 강으로 뒤바뀌어 버렸다. 자연의 강에서 인공의 강으로 변해 버린 한강은, 자연마저도 그 일부로 편입되어야 할, 도시의 구조물이라는 걸 환기시켜줄 뿐이다.

별장이 있던 자리

수산시장에서 샛강까지 돌아 나오면서 나는 미처 별장을 방문하지 못했다는 것을 알았다. 샛강에 이끌려 여의도를 건너면서도 별장을 떠올리지 못했다. 처음부터 방문하기로 계획된, 유일하게 남아 있는 그곳을 어떻게 그냥 지나칠 수 있었을까? 다시 속도의 강을 건너는 격렬한 전투를 치르고 난 뒤에 수산시장으로 되돌아올 수 있었다. 수산시장의 컴컴한 곳으로 들어가 어슬렁거렸지만 그 안에서 찾을 수 있는 건 여전히 아무 것도 없었다. 그런데 이상하게도 불과 십여 년 전에 보았던 별장의 흔적을 어디서도 찾을 수 없었다.

수산시장의 옆에는 거대한 창고 건물이 상자처럼 서 있다. 별장은 분명 얼마 전까지만 해도 그 자리에 있었다. 아니 있었다고 생각했다. 도대체 그 큰 건물이, 도무지 사라질 것 같지 않은 건물이 눈에 띄지 않는다는 것은 있을 수 없는 일이다. 당혹스러움은 성급한 행동을 부른다. 상자 건물 입구의 바리케이드를 뛰어넘었다. 그때 낯선 침입자를 향해 늙은 수위가 황급히 달려 나왔다. 그곳을 점령한 성채의 수문장이다. 그러나 침입자

는 당당해야 하는 법이다. "여기 별장이 있지 않았어요?" 일흔은 되어 보이는 수위는 다행히 마른 얼굴에 부드러운 미소를 가졌다. "별장? 그런 게 있다는 말은 들어본 적도 없는데." "그럴리가……." 그는 분명히 거짓말을 하고 있다, 고 생각했다. "여기 계신 지 얼마나 되셨죠?" "7년." 갑자기 시간이 엉켜버렸다. 40년 전의 기억을 말해 주기에 늙은 수위의 나이는 아니 경험은 너무 일천해 보였다. 아주 잠깐, 나는 몇십 년은 더 나이 들었을 그보다 몇십 년은 더 늙은 사람처럼 굴었다. "모르시는군요. 여기 장택상 별장이 있었는데……." "그게 언제 적 이야긴데?" "옛날이요. 아주 먼 옛날." 나는 멀리 강변을 바라보는 척하며 늙은이의 귀향을 흉내 내긴 했지만, 차마 그에게 40년이라는 세월의 단위를 말할 수는 없었다.

수산시장의 아케이드 뒤편에서 나무 한 그루를 본 것은 그때였다. 나무가 있다면 그것이 별장이 있는 자리일 것이다. 서둘러 그곳으로 향했다. 수산시장이 들어설 때, 맨 처음 지어진 건물인 듯한 아케이드 건물은 똑같은 크기의 가게로 구획되어 한 줄로 길게 이어져 있다. 건물 사이로 비죽이 나온 나뭇가지를 바라보며 아케이드로 들어섰지만 좀처럼 뒤편으로 가는 통로를 찾을 수 없었다.

노량진역이라고 쓰인 화살표 방향을 쫓아가다 계단에 난 창 사이로 얼핏 푸른 공간이 보였다. 서둘러 내려가 통로를 빠져나왔다. 놀랍게도 거기에서 별장이라는 이름을 볼 수 있었다. 횟집의 이름이 그러했다. 거기였다. 그곳이 별장이 있던 자리임에 틀림없다. 뒤쪽으로 나가자 수산시장의 어수선함을 꼭 닮은 풍경이 펼쳐지기 시작했다.

상가 뒤의 난삽함 – 생선 상자들과 리어카, 날리는 비닐 천들과 천막의 가건물들. 그 사이로 무너질 듯한 담장에 기대어 나무들이 기우뚱 서 있었다. 좁은 돌계단을 올라 장독이 즐비한 옥상에서 철길을 굽어보니 과연 왼편에 역이 보였다. 바로 그 자리가 맞을 것이다. 그런데 거기 별장은 없었다. 흔적도 없이는 아니다. 과거의, 기억의, 옛날의 흔적을 머금은 돌들이 여기저기 박혀 있다. 시멘트와 블록으로 지어진 낡은 집이 약간 위쪽에 자리 잡고 있다. 아마 별장을 헐어 내고 그 자리에 지은 집일 것이다. 집은 그나마 세월의 무게를 이기지 못해 곳곳에 금이 간 추레한 모습이었다.

건물로 오르는 계단에 박혀 있는 주춧돌과 제법 큰 나무 사이로 보이는 돌담장들은 결코 그곳이 별장이 아니었다면 있을 수 없는 옛날의 흔적들이다. 나는 여기저기를 헤집으며 생선 뼈를 찾아다니는 개처럼 과거의 냄새를 찾아 킁킁거렸다. 횟집 주인은 담장 너머 철로를 기웃거리고 여기저기를 훔쳐보는 나에게 경계의 눈빛을 보내왔다. 그는 어디서 왔냐고 물었고, 나는 자꾸만 별장이 어디로 갔냐고 되물었다. 나는 조금 막무가내가 되어 있었다. 마치 그가 별장을 헐어 버리기라도 한 것처럼 있지도 않은 별장을 내놓으라고 다그쳤다.

　수산시장을 들어서면서부터 시작된 것이지만 나는 어느새 이곳의 주인이라도 되는 양 거만해져 있었다. 아마 과거를 방문한 사람들 누구나 나와 같은 심정이지 않았을까 싶다. 어쩌다 서울서 내려와 자신의 농지를 둘러보러 온 땅주인처럼 마땅찮은 표정으로 여기저기를 둘러보며 마름과 소작인들을 다그쳤고, 조금이라도 마음에 들지 않는 곳이면 괜한 트집을 잡아 신경질을 부렸다. 저건 뭐야? 샛강이 왜 저래. 누가 저기다 주차장 만들라고 그랬어? 이거 누구 마음대로 헐어 버렸어. 웬 차들이 이리 많은 거야? 저거 저 빌딩은 뭐야. 여긴 또 왜 이렇게 지저분해?

　막무가내로 별장의 존재를 다그치는 나에게 주인은 별장이 바로 이 집이라고 말했다. 그건 어림도 없는 이야기다. "여기서 장사하신 지 얼마나 되셨지요?" "2년 됐소만." 그와 더 이상 말하고 싶지도 않았다. 집터로 망연히 눈길을 돌렸다. 주인은 낡은 건물 – 결코 별장일 수 없는 – 뒤편으로 나를 안내했다. 붉은색의 플라스틱 의자가 빼곡히 들어서 있는 그곳은 별장의 중정이거나 뒤뜰이었을 것이다. 거기에 별장의 흔적은 더 많았다. 별장이 아니라면 있을 수 없는 오래된 석등이 서 있고 돌판이 여기저기 바닥에 흩어져 있었다. 나는 장독대로 변해 버린 각진 돌더미들을 과거의 증거물처럼 들여다보았다. "별장이 언제 헐렸는지 아십니까?" 이제는 별장이 사라져 버렸다는 것을 나도 인정하지 않을 수는 없었다. 그제서야 그가 실토했다. "전두환 정권 때라고 하던데. 한 십여 년 넘었을 걸."

그랬던가? 그런데 나는 어떻게 십여 년 전에 별장을 보았을까? 내가 마지막으로 본 후에 헐렸던 것일까? 어쨌든 별장은 사라지고 없었다. "이곳을 지날 때마다 느끼는 묘한 배반감 중의 하나는 유년 시절을 보낸 추억이 깡그리 점령당한 데 대한 것이며, 다른 하나는 그 기억을 더듬을 수 있는 유일한 곳으로 별장만이 남아 있다는, 부와 권력에 대한 시샘일 것이다."라고 한 말은 십여 년 만에 다시 수정되어야 했다. 기억을 더듬을 수 있는 유일한 곳도 사라졌으니 별장에 대한 부와 권력에 대한 시샘도 이제 사라질 것인가?

마을은 형체도 없이 사라져 버렸다. 기억 속에서도 그랬고 실제로도 그랬다. 기억을 환기시켜 줄 장소를 상실한 공간은 폐허로 둔갑한다. 과거를 상실한 현재의 공간은 과거의 폐허에 지나지 않는다. 폐허에 대한 낡은 기록만 어디엔가 떠돌고 있을 것이다.

별장의 아래쪽에 엎드려 있던, 이제는 사라져 버린 마을. 마을의 판잣집이 늘어서기 전의 역사도 있었을 것이다. 그곳은 강을 건너는 나루터 마을, 도진취락이 먼저 자리 잡고 있던 곳이다. 이곳이 서울로 편입된 것은 1936년이다. 그 전에는 경기도 시흥 땅이었다. 나루는 노량진이라고 불렀다. 백로가 노닐던 나루터라는 뜻이다. 수양버들이 울창하여 노들나루라고도 하였다. 지금의 노들길이 아마 여기서 유래한 것일 게다. 한강 인도교 끝 자락쯤에 서 있는 버드나무 몇 그루가 그 버드나무들의 후손이었을까?

노량진은 한강 나루터 중에서도 중요한 길목이었기 때문에 군대가 주둔하여 진을 설치하기도 했다. 노들나루 남쪽 언덕에는 노량원(鷺梁院)이란 여각도 있었다. 강을 건너기 전 도성을 오가는 사람들이 이곳에서 쉬었다 갔다. 나루의 북쪽 강변에는 일찍이 사형장으로 이용된 새남터라 불리는 넓은 백사장이 있었다. 강 양안에 도진촌락이 발달했을 그 옛날, 오고 가는 수많은 사람들에게 반역과 중죄의 죄인들을 참형하는 장면을 보여주기 위한 곳이다. 분노와 좌절과 회한과 절망의 피들이 거기에 뿌려졌다. 1846년 김대건 신부가 순교한 곳도 새남터이다. 그는 필경 눈부신 백사장의 모래벌판을 바라보며 눈물을 흘렸을 것이다. 동쪽 언덕 위에는 단종의 복위를 도모하다 참형을 당한 사육신의 무덤인 사육신묘가 있다. 그리고 그 바로 옆에는 아차 고개가 있다. 노들나루는 배다리가 놓인 곳이기도 하다. 정조는 수원의 사도세자 묘로 가는 길에 한강을 건너기 위해 배다리(舟橋)를 놓았다. 이를 위하여 주교사(舟橋司)라는 전담 관청을 설치하기도 했다. 1899년에 최초의 철도인 경인선이 제물포까지 개통되고 다음 해에 한강철교, 1917년에 한강 인도교가 건설되

면서 노량진은 나루터로서의 기능을 잃어버렸다. 그리고 노들나루터는 오갈 데 없는 사람들이 모여 사는 남루한 동네가 되기 시작했다. 마을은 철교에서 강변을 따라 별장까지 이어졌다. 그리고 1968년 철거되기 전까지 나는 그곳의 마지막 거주자였다. 그리고 이제는 마지막 거주자의 기억에 남은 별장마저 사라지고 없었다.

수산시장 한복판이거나 대로 언저리쯤, 콘크리트와 아스팔트를 걷어내고 땅을 몇십 미터 파들어 가면 판잣집들의 흔적이 남아 있을 것이다. 혹시라도 내가 부엌에 버리고 온 타일 조각들이 무더기로 나올지도 모르며, 코르크로 만든 배와 칼이며 총과 같은 재래식 목재 무기가 나올지도 모르겠다. 그 전에 집터가 먼저 발굴되어야 한다. 구멍이 숭숭 뚫렸지만 가지런히 널판으로 이은 담장이 검게 썩은 모습으로 드러날 것이다. 습기에 허물어지지 않았다면 부슬부슬한 벽채의 블록 몇 개가 남아 있을 수도 있고, 시멘트 가루를 뿌려가며 숟가락으로 매끈하게 다듬은 아궁이가 드러날 것이다. 구들장들은 무너지지 않은 채 검은 그을음과 연탄가스가 하얗게 남은 흔적을 기꺼이 보여 줄 것이며, 무엇보다 수백 년은 썩지도 않고 너끈히 버틸 지붕을 덮은 루핑과 거기에 박힌 작은 못들이 고스란히 발굴될 것이다.

그건 상상으로도 가당치 않은 일이다. 남루한 과거의 일상이 발굴의 이름으로 지상에 드러난 적은 없다. 역사적 발굴이란 늘 그렇듯이 그럴 듯한 부와 권력의 주변을 파들어 갈 뿐이다. 그러니 기억의 발굴 또한 부와 권력에 빌붙는 수밖에 없는 노릇이다. 다시 별장의 흔적을 찾는다.

별장은 장택상 별장이라고 불렸다. 장택상이라는 이름은 내가 이 세상에서 태어나 가장 먼저 들은 권력가의 이름이다. 별장은 그가 한때 이른바 권력의 핵심에 있던 인물이었기에 오래도록 살아남을 수 있었다, 고 나는 지금도 믿고 있다. 장택상의 호는 창랑(滄浪). 해방 후 수도경찰청장, 제1관구 경찰청장을 지냈고 정부 수립과 함께 초대 외무부장관이 된 사람이다. 1952년에는 국무총리를 지내기도 했다. 그의 별장은 노량진뿐 아니라 시흥에도 있었다. 여기 노량진에 있던 별장은, 기록에 의하면 1500평의 대지 위에 150여 평의 건물이었으며 수령이 수백 년 된 수양버들, 은행나무, 느티나무 등이 우거져 있었다고 한다. 이 기록은 믿을 만하다. 적어도 그 정도의 규모라면 내가 기억하고 있는 별장의 규모와 크기에 걸맞다.

지금 횟집으로 있는 그 집과 그 주위는 분명 별장의 작은 귀퉁이에 지나지 않는다. 별장은 흰색 벽채와 붉은색 기와를 올린 단층이지만 주변보다 높은 곳에 자리 잡고 있어 어디서나 눈에 띄는 건물이었다. 샛강에 물이 흘렀을 때 모래톱 위로 솟아 있는 멋진 절벽 위에 지어진 대저택이었다. 별장은 원래 장택상이 지은 것이 아니라고 한다. 식민 시기에 일본인 아라이라는 사람에 의해 지어진 건물이란다. 저택의 규모를 말해 주는 에피소드가 있다. 별장을 지을 때 강화에 있던 큰 대포를 현관 기둥으로 삼았다고 했다. 대포는 해방 후에 장택상의 아들이 강화도 초지진의 복원 소식을 듣고 다시 기증했다고 한다. 이 별장은 원래 월파정이 있던 자리이다. 월파정은 옛날 판서였던 장선징(張善澂)의 정자였다. "1776년 정조가 노들강 기슭에다 세운 것이라고 전해지며 그 훨씬 전 세종 때의 영의정 김종서가 터를 잡고 살았다고도 전한다…….."

이제 별장의 흔적은 기록의 남루함보다 나을 것이 없었다.

마을도 사라지고 별장도 사라졌지만 별장의 표상은 아직 내 머릿속에서 헐리지 않았다. 아니 어쩌면 별장은 모든 거주지의 표상 체계 중에서 가장 우위를 점한다. 부와 권력을 표상하는 저택이 만든 외형적 이미지는 영원히 사라지지 않을 것이다. 단발한 쥐똥나무 사이로 칸나와 글라디올러스가 자라는 넓은 정원, 바깥 영지를 둘러싼 철조망과 그 위를 덮은 넝쿨장미와 찔레꽃, 아름드리 느티나무와 붉은 단풍나무, 화강암을 쌓아올린 반듯한 계단, 돌을 박아 쌓은 담, 좀처럼 열리지 않는 육중한 대문, 거기에 달려 있는 우아한 장식의 둥근 손잡이, 주황색 기와 지붕, 눈부시도록 하얀 벽채, 가지런히 뚫린 유리 창문, 잔디가 깔린 중정 그리고 잔디밭에 놓인 흰색 에나멜이 칠해진 철제 의자, 반들거리는 나무 널마루.

그러나 현실의 공간에서 이루어진 주거지의 진화는 표상의 공간 속에 자리 잡은 주거지의 진화 속도를 따르지 못했다. 판잣집에서 블록집으로, 블록집에서 벽돌집으로, 벽돌집에서 콘크리트로 집으로 옮겨간 물질의 숨 가쁜 진화는 별장과 저택의 이미지를 따라잡을 수 없었다. 주거 공간의 역사가 그랬다.

판잣집이 달동네를 만들고 판자촌, 꼬방동네, 해방촌에 부흥주택, 신흥주택, 영단주택, 희망주택, 재건주택, 시범주택, 공영주택이 들어서고 다시 연립주택이 빌라와 하이츠로 바뀌고 아파트가 주상복합으로 밀려나도 주거 공간에서 집요하게 지속되는 우승열패의 표상 체계는 바뀐 적이 없었다.

삶을 위한 공간은 진화 혹은 퇴화의 두 방향을 동시에 갖는다. 열등한 단독주택이 헐리고 연립주택의 빌라가 들어선다. 빌라는 다시 한순간에 노동자 합숙소인 벌집촌으로 전락한다. 슬레트 지붕을 얹은 새마을 농촌이 쇠락하는 순간 전원주택의 예술인촌으로 둔갑한다. 남루한 단독주택이 재개발 지역으로 바뀌는 곳에서 아파트가 들어선다. 시범아파트는 시영아파트로, 시영아파트는 주공아파트에 자리를 내어 주고 주공아파트는 브랜드아파트 앞에서 어깨를 펴지 못한다. 하지만 낡은 아파트는 어느 순간 재개발의 특권을 지닌 공간으로 뒤바뀐다.

집 장사들이 몇 채씩 사고파는 집들이 70년대의 공간으로 밀려났을 때, 브랜드를 앞세운 아파트들이 하나의 상품이 되었다. 현대, SK, 대림, 우방, 삼성, 동부. 기업의 브랜드는 집의 이미지가 되었다. 거기서는 단지의 이름과 지어진 차수조차 전면에 내걸어야 할 브랜드 아이템이다.

브랜드 공동체가 정말 이상향의 공동체로 보일 때도 있었다. 별꽃마을, 정자마을, 장미마을, 눈꽃마을. 수평과 수직으로 교직된 주거 공간이 도무지 이 세상에 존재하지 않을 것 같은 전원마을의 이름으로 둔갑할 때 정말 샹그릴라의 꿈이 실현될지도 모른다는 믿음도 있었다.

어느 순간, 주거 공간은 진화를 멈추었다. 주거 공간의 역사에서 아파트는 진화의 정점에 서 있는 것처럼 보였다. 선사 이래 어떤 마을도 이보다 더 완전한 주거 공간을 만들지 못했다. 이제까지 어떤 인류도 이토록 밀착된, 공통의 가치로 결속된 주거의 형태를 갖지 못했다. 그리고 진화의 최고 정점을 차지한 집단적 공간에 대한 신뢰가 이처럼 깊었던 적이 없었다. 하지만 그 역시 별장의 표상 체계 아래서 끊임없이 시달려 온 열등감을 감출 수는 없었다.

다시, 진화는 멈추지 않는다. 일직선으로 그려진 '부자생존'과 '인위도태'의 계통도는 끝없이 계속된다. 별장의 표상은 여전히 유효하다. 전망, 특권, 전원의 우성인자들은 끊임없는 교집을 통해 놀라운 변이를 일으키고 우승열패의 준엄한 법칙에 따라 열성인자들은 쇠락의 길로 들어선다. 식당과 여관과 예식장이 가든과 파크와 웨딩홀로 바뀐 지 한참을 지나고 민박집이 펜션에 자리를 내주고 있을 때, 파크, 그린, 하이츠와 같은 한

때의 우성인자들은 뷰, 웰빙, 프레스티지에 자리를 내어 준다.

그리하여 최고의 우성인자들로 채워진 아파트들도 주상복합의 어지러운 이름을 감당하지 못한다. 파크뷰, 아너스빌, 디오빌, 마제스타워, 판테온, 르메이에르, 베네스트, 아이파크, 월드메르디앙, 샤르망, 자이, 하이페리온, 롯데캐슬, 쉐르빌, 상떼뷰, 상떼빌 그리고 글머어빌! 타워팰리스, 트라팰리스, 베니시티, 엠파이어리버, 아크로비스타, 위브더스테이트.

집단화된 환영(幻影) 속에서 아파트는 저택(빌)을 지나 성(캐슬)을 넘어서고 궁전(팰리스)으로 육박하여 국가(스테이트)와 세계(월드)로 치닫는다.

나는 별장이 사라진 곳을 쉽사리 떠나지 못했다. 무너질 듯한 담장 아래로 내려가 골목 여기저기를 서성거렸다. 기억과 가장 흡사한 모양을 가지고 있는 반쯤 꺾인 느티나무와 은행나무 그리고 막 짙은 향기를 뿜기 시작한 라일락 사이를 하염없이 오르내렸다.

별장은 사라지고 흔적만 남았다. 환영은 과거로 사라지고 쇠락의 흔적만 남았다. 그런데 이상했다. 별장이 있던 공간이 현재의 공간처럼 보이지 않았던 것이다. 과거가 사라졌다면 현재가 남아 있어야 할 것이 아닌가? 그런데 거기에는 도무지 현재처럼 보이는 어떤 것도 발견할 수 없었다.

상가와 철로 사이에 끼어 있는 그곳은 도로변에서 보이는 여의도의 스펙터클과도 다르고 역전이 보이는 풍경과도 분명히 다른 낯선 시공간이었다. 그곳은 옛날 사방으로 막혀 있던 기억 속의 동네가 세월의 압착기 속에 들어가 바짝 찌그러든 바로 그런 모습이었다. 시간 여행의 단추를 잘못 눌러 도달한 낯선 공간. 과거는 사라져 버렸음에도 또 다른 과거가 등장해 현재를 만들고 있는 환영의 공간. 현재의 알맹이는 빠진 채 겉모습만 과거를 쏙 빼닮았다. 과거를 상실한 현재의 공간은 과거의 폐허에 지나지 않는다고? 아니 과거를 상실한 현재의 공간은 현재마저 상실한다.

시공간은 뒤죽박죽이 되어 버렸다. 보이지 않는 블랙홀이 근처에 있기나 한 것처럼 뒤틀린 시간과 왜곡된 공간 속에서는 아무 것도 생각할 수 없었다. 상가를 가로지르는 좁은 통로로 되돌아 나오면서 나는 갑자기 기억상실증에 걸린 것처럼 머릿속이 텅 비어버렸다. 서둘러 주차장으로 향했고, 도망치듯 그곳을 빠져나오고 말았다.

63빌딩에 오르다

"기억의 꿈속에서 벗어나는 순간을 기억하지 못한 채, 나는 꿈의 현실 – 63빌딩 속으로 빨려 들어갔다. 수족관의 은밀하고 깊은 심연의 가상적 체험과 오락실의 몽마적인 외침들, 수직으로 상승하는 아뜩한 엘리베이터의 떨림을 지나면 '전망 좋은 방'이 커피 한 잔의 여유로 다가온다. 잠시 전의 아이맥스가 보여 주던 스펙터클의 세상이 실제로 눈앞에 펼쳐 있는 그 곳은, 전망을 소유할 수 있다는 의식으로 몇만 원을 집어 주면, 기억의 나르시시즘보다 더 유쾌한 장관들이 사방에 널려 있는 곳이다.

비로소 나는 봉천동을 내려오며 차를 타고 언뜻 본 풍경에서 과거를 회상하는 궁상을 떨 이유가 존재하지 않는 공간에 머물고 있음을 깨닫기 시작했다. 거대하고 완벽한 발전의 결과, 이제 막 소유하게 된 새로운 풍경들은 차곡차곡 과거의 때 절은 향수를 덮어 버리며 우리의 기억을 정복하기 시작했다. 그리하여 그 곳은 자신이 정복하고 군림하게 된 풍경을 첨단 건물의 뿌듯함 속에서 남김없이 보게 하는 완전한 쾌락을 제공했다. 남산에 눈썹을 맞추고 내려다보는 풍경들은 더 이상 과거를 용납하지 않는다.

눈 속에 남아 있는 아이맥스의 잔상들과 현실의 스펙터클한 풍경 속에서 과거의 잔영은 깨끗이 사라져 버렸다. 아니 사라져 버렸다고 생각했다.

그러나 그게 아니었다. 아이의 손을 잡은 중년의 신사가 유리벽 너머로 보이는 풍경 속에서 과거를 들추어내기 시작했을 때, 그 자신이 정복했던 지난날의 여운이 남아 있는 장소를 발견할 때마다 자신의 회고담을 섞어 자랑하기 시작했을 때. 그리고 거기에 있는 많은 서울내기들의 향수에 젖은 나른한 표정을 보았을 때, 나는 과거의 흔적들을 가장 잘 발견할 수 있는 곳은 수산시장 뒤편의 리어카가 지저분하게 널려 있는 담벼락이 아니라, 이 전망 좋은 방임을 깨닫기 시작했다.

스카이라운지를 오르내리는 수많은 사람들은 다른 어느 곳보다 높은 자리에서 구경거리를 몽땅 지배하기 위해 올라섰지만, 그들이 거기서 찾아낸 것은 그 자신이 덮어 버린 과거였다. 사방으로 뚫려 있는 스크린들은 그들을 과거로 인도하는 거대한 창이었다. 어쩌면 높은 건물의 스카이라운지는, 과거를 덮어 버린 현재의 욕망을 다시 거꾸로 헤집어 과거로 돌려주는 마력을 지닌, 시지프스를 위한 향수 산업일지도 모른다.”(앞의 글 중에서)

63빌딩에 다시 올라 서른일곱 장의 사진을 찍었다.

기억의 재현을 위한 마지막 남은 희망인 것처럼 나는 모든 공간을 소유하려 했고 모든 풍경을 가져가려 했다. 6백 5십만

화소의 디지털 카메라는 거대한 유리창 아래 펼쳐진 기억의 흔적들을 0과 1의 숫자로 기억했다. 기억을 매개하는 불투명한 언어보다 더 투명하게 과거를 투사하는 이미지의 마술. 복잡한 두뇌 회로를 내장한 외눈박이는 현재의 풍경이 아닌 기억의 회로를 찾아냈다.

멀리 햇빛 안개 속에서 가느다랗게 드러난 붉은 선로가 신길동과 대방동을 거쳐 노량진역으로 사라졌다. 철로는 변하지 않았다. 몇 개의 선로와 두어 개의 다리가 늘었고 철로 위에 어지러운 전선이 그물처럼 얽혀 있지만 한강을 건너기 전 철교 앞에서 주춤거리며 잔뜩 구부린 모습은 변치 않았다. 늘 맑은 물이 고여 있던 수원지, 잔디밭에서 뒹굴었던 사육신묘, 그 너머의 아차고개, 길을 잃을 뻔했던 장승백이, 1년 반을 다녔던 초등학교 그리고 교통사고를 치료했던 병원이 한눈에 들어온다. 별장과 제관 공장, 사라진 샛강과 모래톱 위로 뚝방 위를 달리는 도로, 둔치를 들어 올린 굴다리, 절벽 위에 걸친 냉동 창고, 그리고 푸른 지붕을 얹은 수산시장이 겹쳐 솟아오른다.

둥글게 휘어진 타원형의 동네가 공중에 떠 있다. 항구의 바닷물에 떠 있는 갑오징어의 등뼈처럼, 마을은 푸르고 회색빛이 도는 물이끼가 잔뜩 엉겨 붙은 채 공중에서 일렁이고 있다. 거기에서 과거는 현재로 빨려들고 현재는 과거로 희미해져 간다.

그때, 한 떼의 아이들이 전망대로 쏟아져 들어왔다. 왁자지

껄한 아이들 소리에 과거는 화들짝 놀라 유리창 너머로 사라졌다. 더불어 회상의 나른함도 사라져 버렸다. 어찌할 것인가? 방금 바다 밑의 황홀경에 취한 아이들에게 지상의 환영을 보여 주는 것이 형평에 맞을 것이다. 시지프스를 위한 향수 산업의 촉수는 미래의 시지프스들을 길들이고 있는 중이다. 다만 예닐곱 살의 아이들이 세상을 내려다보기에 창턱이 너무 높았다. 그래서였는지, 아이들은 지상의 공간이 제공하는 환영의 세계 속에서 아이스크림을 핥고 있다. 꿈과 상상을 위한 하루의 일정은 그렇게 채워질 것이다.

유년의 기억은 아이들에 대한 연민의 시선을 거두지 못한다. 더 넓고 더 큰 세상을 보여 주고 싶어 하는 어른들의 갸륵함은 상상력과 창의력으로 가득한 미래의 희망을 꿈꿀 것이다. 단지 몽매한 아이들은 지금 왁자지껄한 소음 속에서 과자 부스러기에 탐닉할 뿐이다.

아이들은 누구나, 내가 그랬듯이, 완전한 사회화 과정을 거치지 않고 세상에 맞닥뜨린다. 만일 어른들의 주도면밀하게 계획된 교육에 의해 길들여져 완전한 사회화가 이루어진다면 아이는 어떤 존재가 될 것인가? 아이가 자라 어른이 된다는 것의 정의는 없다. 단지 아이는 어른이 될 뿐이다. 수많은 교육의 가능성은 극히 부분적으로 왜소하게 실현된다.

흙 속에서 발굴하는 벌레무덤, 코르크로 만든 고무줄 동력선, 고무신을 꺾은 트럭, 진흙으로 빚은 탱크, 고무 뚜껑을 장착한 자동차, 타일로 쌓은 고층 빌딩, 철사로 엮은 자전거. 나의 유년 시절, 놀이와 유희는 철저하게 자족적인 것에 국한되었다. 나는 남들에 의해 만들어지거나 상품으로 생산된 장난감을 거의 가져 보지 못했다. 내 기억으로 장난감을 구입해 본 것은 단 한 차례에 불과했다.

그 경험은 두 가지를 결정지었다. 하나는 완전한 형태 이전의 단계에 머문, 미완의 물질에 집착하게 되었다는 것, 다른 하나는 소비적 유희보다 생산적 유희에 익숙하게 되었다는 것이다. 다른 말로 하자면, 스스로 장난감을 만들어야 하는 처지는 물질에 대한 폭넓은 선택의 가능성을 열어 주었던 대신, 생산의 쾌락을 대체할 수 있는 소비의 쾌락을 경험하게 하지 못했다.

가지고 놀 장난감이 없다면 모든 사물들은 놀이의 대상물이 된다. 그럴 때 사물은 이미 지니고 있는 사물의 기능이나 이미지와 전혀 다른 기능과 이미지를 갖게 된다. 굳이 곰브리치의 '장난감 말에 대한 명상'을 떠올리지 않더라도 올라탈 수 있는 모든 것은 말이 될 수 있으며 심지어 가랑이에 끼울 수 있는 빗자루조차 그럴 듯한 말안장이 될 수 있다. 그게 아이들의 상상력이다. 그러나 이런 아이들의 놀라운 선택은 종종 지나치게 좋게만 말해지는 경향이 있다. 아이들의 상상력은 대부분 매우 일면적이고 단선적으로 나타나는 현상에 불과할 수 있다.

상상력이란 경험의 산물이다. 경험이 없이 상상은 만들어질 수 없다. 아이들이 풍부한 상상력을 지닌 것처럼 보이는 이유는 엉뚱하게도 아이들의 빈약한 경험에서 비롯된다. 경험과 사고의 부족에서 나타난 연상이 어른들의 눈에 뛰어난 상상력처럼 보인다는 말이다. 낯설고 새로운 대상을 보았을 때, 어른들은 경험을 통해 비교적 근사치에 가까운 익숙한 연상을 하지만, 아이들은 자기의 일천한 경험 중의 하나와 일치시켜 버린다. 그래서 엉뚱하고 터무니없는 결과가 나온다. 그게 어른들의 눈에는 놀랍고 신기해 보인다. 그러나 이런 연상은 말 그대로 천진난만일 뿐이다. 대부분 아이들의 그런 상상력은 현실세계 속에서 창의적으로 전개되지 못한다. 적은 경험으로 유추한 현상이 풍부한 경험으로 걸러진 논리성과 보편성을 지니지 못한 데서 나온 결과이다.

오늘날 아이들의 상상력이 상품에 길들여진다는 것을 받아들이지 않을 수 없다. 그 현상을 부정적이거나 혹은 긍정적으로 말할 수 없다. 왜냐하면 좋건 싫건 상품은 사물의 이상이기 때문이다. 상품은 실현 가능한 집단적 꿈이며 사물의 스펙터클이다. 일상의 모든 꿈은 상품을 통해 이루어지며 상품은 모든 꿈을 실현시키는 집단적이고 사회적인 매개물이다. 그런 상품을 소유할 수 있는가 그렇지 않은가가 미래의 계급을 분화시킨다. 그것은 아이들에게서 절대적이다. 상품을 소유할 수 있는 아이들은 끊임없이 이상적인 상품을 추구하도록 고무되며 훈련된다. 그

런 아이들에게 소비의 쾌락은 삶의 목적 혹은 본질과 닿아 있다. 사물의 이상적 형태에 길들여지고 감각적으로 훈련된 아이들은 완벽하고 이상적인 삶을 준비하도록 길들여진다. 63빌딩에 오른 아이들은 상품화된 스펙터클에 젖어 든다. 그들은 자라서 더 크고 더 놀라운 스펙터클을 소유할 것이다.

하지만 상품의 소유에서 오는 소비의 쾌락은 생산이 갖는 고통과 쾌락을 알지 못한다. 그것은 오직 상품을 소유하지 못하는 사람들의 권리이다. 그렇다고 그들도 이 시대에(바로 대량생산의 메커니즘이 굳세게 자리 잡은 이 시대에) 상품으로부터 벗어날 길은 없다. 그리고 그렇게 소유와 비소유의 계급으로 쫙 갈라지는 경우란 상상할 수 없다.

상품으로부터의 소외는 오히려 상품에 종속된 이미지를 가진 장난감을 만들어 낸다. 내가 그랬듯이 '만들어진' 장난감을 소유할 수 없는 아이들은 주어진 물질의 한계 내에서, 최대한 기존의 장난감과 흡사하게 되기를 꿈꾼다. 그러나 생산된 장난감과 흡사하거나 유사한 상품을 만들어 내기란 불가능하다. 단지 만들어진 물건에, 각인된 상품의 이미지를 전이시킬 수 있을 뿐이다. 그것은 도달 불가능에서 오는 좌절을 메우기 위한 영악스러운 합리화 혹은 타협책이다. 상상력은 거기서 시작된다. 어쩌면 물질적 창의 과정에서의 상상력이란 사물의 이상적 형태 도달할 수 없다는 좌절이 낳은 사생아 같은 것이다.

유년의 상상은 늘 꿈꾸는 대상의 본질에 집착하면서 얻어지는 환상이다. 상상력은 유추나 비교 혹은 연상에서 비롯된 왜곡된 사물의 이미지가 아니다. 오히려 사물(상품)과 사물(질료)의 간극을 메우기 위한 환영의 어디엔가 존재한다.

산업화된 시대, 제품이 생산된 이후의 모든 상상력이란 어떤 경우에도 기계적으로 대량생산된 상품의 이미지로부터 자유롭지 않다. 아이들에게 모든 장난감은 철저하게 이미 존재하는 사물의 모사이다. 내가 만들었던 장난감들도 사물의 이상을 실현한 상품의 모사물에 불과한 것이었다. 길거리에서 주은 막대기나 쇠붙이 아니면 깡통이나 유리병 혹은 부러진 숟가락이 지향하는 궁극적인 세계는 물질의 이상을 완벽하게 구현한 사물로서의 상품이다.

도시의 스펙터클은 도시 아이들의 장남감이다. 상품의 형태가 물질의 궁극적인 이상을 실현한 것이라면 도시의 이미지는 물화된 욕망이 전개되는 최종의 스펙터클이다. 장난감과 풍경의 차이는 물질과 이미지 생산방식의 진화 단계에서 보이는 사소한 차이일 뿐이다. 스펙터클에 익숙하다는 것은 이상적인 풍경을 구현한 상품의 이미지에 익숙하다는 말이다. 풍요의 공간에서 풍요의 이미지를 흡수한 아이들에게 도시는 완벽한 풍경을 제공한다. 도시의 아이들은 도시의 스펙터클을 소비할 자격이 있다.

63빌딩의 수직 엘리베이터처럼, 현기증 나는 스펙터클에 익숙지 못한 나는 잠시 그 자리에 주저앉았다. 나에게 도시의 스펙터클은 아직 만져 보지 않으면 도달할 수 없는 신기루와 같은 것이다. 0과 1로 저장된 디지털의 미심쩍은 이미지 말고 어떤 풍경도 소유할 수 없다는 불안감이 현기증을 더했는지도 모르겠다.

두터운 공기층의 깊은 심연에 잠겨 있는 도시. 그 도시를 바라보며 나는 파국을 꿈꾸었다. 과거를 현재로 되돌려 주는 마술 상자는 끝내 열리지 않았고, 상자 속에서 뛰쳐나오는 길만이 과거로 돌아가는 유일한 길인 듯 보였다. 창틀에 올라서서 창공을 바라보며, 건너편 아득한 과거의 세계에 파묻힐 수 있도록 발을 구르며 뛰어내린다. 하지만, 현기증 나는, 유리창 너머의, 세계는, 모든, 시공간을, 지배당한, 가상의, 폐허일지도, 모른다. 현재를, 파멸시키고, 남겨진, 과거의, 흔적들을, 남김없이, 지워 버리고 싶은, 충동은, 현재를, 지배한, 공간의, 욕망을, 지우고, 그 자리에, 파국의, 오르가즘을, 꿈꾸게, 한다.

급강하하는 엘리베이터를 타고 지상으로 떨어지면서 나는 도무지 원인과 결과가, 과거와 현재가, 현실과 상상이, 자본과 욕망이, 개발과 폐허가 혼재된 세상의 풍경을 맞닥뜨린 곤혹스러움에 어찌할 바를 몰랐다.

돌아오는 길

　귀향 혹은 과거로의 방문이 일상적인 도시의 경험과 달랐던 것은 추억의 몽상과 현실이 뒤섞였기 때문이다. 88도로를 돌아 나오며 나는 어느새 도시에 적대적으로 변해 버린 자신을 발견했다. 그건 도시의 탓이 아니다. 유년의 기억을 쫓아 수십 년의 시간을 단 하루의 방문으로 뛰어넘으려 했던 게 터무니없는 일이었을 것이다. 나의 기억을 무너뜨렸다고 수십 년을 애써 이룩한 공간에 새삼스럽게 거부감을 가질 이유는 없지 않는가? 이제껏 나 역시 도시에서 나고 자라서 그런대로 살아오지 않았던가? 도시에 대한 반발은 과거를 덮어 버린 현재에 대해 막연히 느끼는 가벼운 상실감에 지나지 않을 것이다.

　길이 막혔다. 꽉 막힌 대로를 벗어나 더 번잡스런 강남의 복판으로 차를 몰았다. 도시에 익숙한 나를 확인하고 싶기도 했지만, 잠깐의 휴식이 필요했고 휴식을 제공할 장소를 찾아야 했다.
　아스팔트 위에 내려선다. 늘어선 빌딩, 건물을 감싸고 도는 단락적인 보도블록, 한없이 이어진 아스팔트, 그리고 차와 사람들. 거리는 사람들로 넘쳐난다. 사람들은 군중 속에 몸을 숨기면서 동시에 몸을 드러내지 못해 안달한다. 도시인들은 익명성을 통해 망각에 도달한다. 거리 한복판에 들어선 순간 문득 밀려오는 권태로움 혹은 익숙함이 그 망각의 전조이다. 권태는 어쩌면 집단에 대한 공포를 상쇄하는 심리적 안전판일 것이다. 나는 브라운 운동을 하는 분자들처럼 제멋대로 움직이다가 빈 공간으로 흘러드는 유기체처럼 자연스럽고 우아한 동작으로 건물로 들어섰다. 커피숍의 창가에 앉아 거리를 내려다보며 하루를 추슬러야 했다. 밖에는 어둠이 내리고 있었다.

네온이 하나씩 켜지고 쇼윈도의 불빛이 점점 밝아졌다. 유리창에 비치는 나의 모습 너머로 도시는 수많은 볼거리를 토해 내며 눈부신 빛으로 채워지기 시작했다. 볼거리를 제공하지 못하는 모든 구조물은 도시에서 추방된다. 도시의 미학은 순간의 이미지가 표출하는 찰나의 미학이다. 명멸하는 이미지들이 도시를 장식한다. 아름답다, 어쩔 수 없이. 아니다. 도시는 '모던하게' 아름답다.

현대와 도시는 떼어 놓을 수 없다. 현대는 매우 굳건하고 강철 같은 신념으로 대기에 녹아들어 있다. 네온의 불빛처럼 어둠의 공간을 밝게 물들인다. 그게 현대이다. 현대가 20세기의 전 지구적인 양상으로 번져 나갈 때 우리 역시 예외가 아니었다. 분명 우리는 현대의 강박이 지배해 온 시대를 살고 있다. 현대는 정치적 평등과 경제적 풍요와 문화적 자아실현의 지향점이었으며, 우리의 언어를 구속하고 우리의 일상을 지배하며 우리의 삶을 조직했다. 도시의 형성은 현대의 형성과 일치한다. 현대성이 현재 우리의 삶의 실체를 규정하는 것이라면 도시성도 마찬가지이다. 그러나 나는 여전히 우리가 형성한 도시가 현재 우리의 삶을, 우리의 정체성을 보장하는 공간일 수 있는가 하는 의심을 지울 길이 없다.

한 개인의 정체성이 과거의 기억에서 비롯된다는 말이 잘못되지는 않았을 것이다. 과거를 기억하지 못하는, 과거와의 연속적 동일성을 확보하지 못한 주체는 분명 그 정체성을 상실한다. 마찬가지로 한 사회의 정체성은 그 사회가 집단적으로 기억하는 공유된 과거의 역사에서 비롯된다. 공유된 과거를 갖지 못한 사회는 정체성을 확보할 수 없으며 그런 사회는 분열되기 마련이다. 그렇다면 우리의 현대 도시 속에서 우리 사회의 정체성은 어떻게 드러나는가? 우리의 도시가 과거에서 현대로 이르는 공유된 기억을 보장해 주는 공간인가? 혹은 현대의 도시는 과거와의 연속적 동일성을 담고 있는 공간인가?

현대적인 삶을 구체화한 공간으로서 도시는 현대의 실현 방식이다. 현대는 도시적 편제를 구축하거나 현대적 건축물들이 들어찬 것으로 완성되지는 않는다. 현대는 오히려 도시가 표상

하고 있는 드높은 빌딩 숲과 복잡한 도로망 사이에 걸러지는 무수한 삶의 공간 속에서 확인되는 현대적 삶의 구조 그리고 그 삶을 지탱하는 일상적인 모든 것들 속에서 발견된다. 도시는 현대적 현상으로 가득한 일상적 삶을 표상해 왔지만 그렇기 때문에 모든 비현대적인 패러다임으로부터 고립된 섬에 갇혀 버렸다. 지독한 아집으로 가득 찬 고립된 섬.

짙은 암갈색 하늘이 깔린다. 불규칙한 기하학적 파장을 닮은 건물의 스카이라인이 붉게 상기된 노을 위에 돋을새김 되어 있다. 도시의 외관은 얼핏 발기된 남근을 위한 모뉴먼트로 가득한 거대한 무덤처럼 보인다. 길 건너의 백화점에 백색의 조명이 들어온다. 눈부신 수은등이 건물의 근육을 불끈 솟아오르게 한다. 문득, 건물의 외관이 포르노처럼 무안해진다. 얄팍한 화강암을 덧대 육중한 서구 건물을 모사한 건물은 성적 욕망을 비밀스럽게 제공하는 제의(祭儀)의 장소처럼 보인다. 그러고 보니 모든 건물의 입구는, 철골과 유리벽으로 투명하게 만들어졌건 육중한 화강암으로 만들어졌건, 성적인 일탈을 제공하기 위해 선택적으로 열리고 닫히는 제단의 입구와 같다. 더욱이 그곳은 상품의 물신(物神)을 숭배하는 곳, 백화점이다. 최고의 명품은 물신이 꿈꾸는 성적인 환타지를 아낌없이 구현한 상품이다. 때로 욕망을 육체에 투사하기 위한 헤어숍과 부띠끄 건물들이 보여 주는 화려한 바로크와 로마네스크풍의 입구는 명백히 성적이다.

보글보글한 돌기 장식 아래 뾰죽한 아치형의 출입구. 고급 백화점의 외관이 서구 건축의 모사물로 바뀌는 동안 그 입구가 점점 여근의 형태를 닮아가고 있다는 사실을 아무도 눈치 채지 못했을 것이다. 황금색의 불빛이 촉촉하게 흘러나오는 그곳에 사람들이 들락거린다.

어떤 형태이건 도시는 하나의 이상향으로 존재했다. 현대적인 이데올로기로 무장된 도시는 현대를 체험할 수 있는 장소를 제공하고, 현대의 휘황찬란한 빛을 발하며, 현대의 희망과 모순이 담겨 있는 현대의 바로미터였다. 도시는 현대와 현대가 아닌 것을 구분해 대는 우쭐거림으로 가득 차, 매 순간 비도시적인 존재를 차별해 왔다. 그리고 과거는 현대에서 소외된 비현대적인 패러다임 속에 존재했다. 현대화의 과정이 그렇듯이 도시는 끊임없이 낡은 과거를 부숴 버리고 새로운 현재를 만들어 내는 공간이다. 그곳에서 전통을 말하는 것은 이치에 맞지 않다. 전통의 정통성을 상실한 도시는 재빨리 서구의 정통성을 차용한다. 이태리 정통 브랜드와 버킹검의 정통성 그리고 오리지널 부띠끄들은 더 이상 이국취향적 정서에 호소하지 않는다. 그것은 이미 오리지널이며 전통이다. 그리고 이곳에서 발견되는 새로움은 과거의 반복이 아니라 끊임없는 차용의 새로움이다. 도시는 과거를 무너뜨리고 그 위에 현재를 쌓아올리는 과정을 반복하면서 새것의 미학을 축적한다. 거기서 과거의 기억은 사라지고 현재와 미래만이 새로움이라는 패러다임으로 살아남는다.

그래서 드는 생각, 도시는 사회의 집단적 기억을 망각시키는 하나의 거대한 장치가 아닐까?

도시가 나의 과거뿐 아니라 모두의 기억을 소멸시키는 공간일지도 모른다는 생각은 작은 위안이 되긴 했다. 어디 과거를 잃어버린 것이 나뿐이겠는가. 기억의 공간이 깡그리 사라지고 없는 현실이 새삼스러운 일은 아니다. 누구도 애써 들추지 않는 자명한 사실을 새삼스레 발견하곤 잠깐 놀라는 척할 뿐이다. 하지만 언제부터 도시는 스스로의 기억을 상실하게 된 것일까?

도시의 기억

옛날의 도시를 떠올린다. 수백 년 왕조의 역사에서 다져진 문화의 축적과 자긍심을 단번에 날려 버리고 새로움에 대한 충격과 낯선 것에 대한 두려움이 뒤섞여 있는 세기말의 도시.

19세기의 말, 봉건 왕조의 몰락을 눈앞에 둔 도시는 미개하고 낙후되어 보였다. 도시적 공간 개념은 존재하지 않았다. 그건 당연했다. 도시적 공간이란 현대라는 사회를 지탱하기 위해 조직된 공공의 공간이다. 현대를 체험하지 못한 삶의 공간이 도시적일 리는 만무했다. 집들은 대부분 처마가 닿을 만큼 잇닿아 있고 그 사이로 간신히 빠져나갈 골목이 구불구불 이어져 있었다. 집들마다 장작을 때느라 낮은 굴뚝 사이로 매캐한 연기가 자욱했으며 드러난 하수도는 골목길을 타고 흐르고, 변소는 모두 길가로 내어 오물이 골목에 질펀하였다. 수챗구멍으로 흘러나온 오수로 냄새나는 거리는 늘 쓰레기로 가득했다. 거리는 큰비가 와서 개천으로 씻겨 내려야 깨끗해지는 그런 공간일 뿐이었다.

봉건 도시는 개화의 파고 속에서 재편되기 시작했다. 전에는 없던 공공기관들이 하나둘 늘어 갔다. 현대를 앞세워 사람들을 주눅 들게 하는 공간이었으니 학교나 병원, 소방서, 경찰서, 감옥 등이다. '신식'과 '근대'의 이름을 앞세워 생겨난 현대적 제도는 도시를 구성하는 필수 불가결한 조건으로 받아들여졌다. 현대를 맞닥뜨린 사람들은 이제까지 존재하지 않았던 제도와 기관들이 새로운 모습으로 들어서는 모양새를 보고 비로소 현대를 실감하기 시작했다. 그리고 그 반대편에 있던 낮은 집들을 미몽과 야만의 공간으로 저주했다.

도시 공간의 변화는 권력의 새로운 질서를 예고했다. 외국 공사관 건물들이나 새로운 종교 질서의 상징인 예배당들 그리고 새로운 정치권력으로 등장한 식민통치의 기관 건물들이 새로운 권위로 무장하고 낡은 문화를 위협하며 이전의 모든 가치관의 전복과 의식의 해체를 강요했다. 하늘을 찌르는 첨탑과 육중한 화강암 덩어리들은 봉건적 권위를 상징하는 왕궁보다 높고 크게 지어짐으로써 이전에는 상상할 수도 없었던 절대적 권위에 도전했다. 도시의 이율배반적인 지향점들은 거기서 시작되었을지도 모른다. 낡은 권위와 새로운 권력의 갈등. 무너뜨려야 할 익숙한 전통과 받아들여야 할 거북스런 현대.

왕권 중심의 사회구조에 걸맞는 도시의 공간 배치 또한 현대화의 이정표가 박히는 곳마다 뒤틀리기 시작했다. 본래 한양 도성의 공간은 동서축을 중심으로 배치되어 있었다. 광화문 육조거리에서 남대문으로 이어지는 세로축 그리고 여기를 가로지르는 서대문에서 동대문에 이르는 종로 거리가 그것이다. 이러한 배치는 왕조의 통치를 상징하던 길 위에 일반 백성의 공간을 가로지름으로써 백성을 효과적으로 통합하고 포섭하는 공간의 형태였다. 그러나 현대화 과정에서 무너진 봉건적인 공간 질서는 성곽 허물기와 남북축 간선도로의 확장으로 재편되기 시작했다. 전차와 자동차의 이동통로로서 도로의 확장은 현대화 과정의 필연적인 결과였다. 광화문에서 남대문까지 이르는 간선도로는 일본의 침략 논리를 공간적으로 구체화했다. 봉건적 권위의 상징이었던 성곽은 봉건 도시를 현대 도시로 변모시키기기 위해 허물어지고 그것은 곧바로 공간이 지녔던 권위의 해체를 의미했다.

도로를 중심으로 한 도시 공간의 재편은 도시 안에서 사람들의 속도를 인간적인 것에서 기계적인 것으로 바꾸어 버렸다. 현대화의 속도는 기계화의 속도이다. 사람들은 인력거와 자전거와 전차와 자동차들이 등장하는 거리를 보고 어렴풋하게 속도와의 전쟁이 시작된다는 것을 깨닫기 시작했다. 공장이 들어서고 물건을 만들어 내면서 노동과 시간의 관계를 인식하기 시작했다. 전찻길에 이어 철도가 놓이고 도시와 도시를 연결하는 빠른 운송수단인 기차가 질주하게 되었다. 그리고 도시는 이제 새로운 산업과 상업의 그물망으로 재조직되기 시작했다.

소비를 중심으로 한 공간은 삶의 가치를 경제적 가치로 둔갑시켰다. 화폐는 교환가치의 단위로서만 존재하는 것이 아니라 삶을 구성하는 모든 물질적 조건, 생활 패턴, 계층과 질서를 규정하며 이는 다시 도시를 더욱 물질적 교환의 기능에 충실한 공간으로 만들었다. 그것은 곧 자본주의적 경제생활로 편입되는 과정이 도시 공간의 재편 과정과 일치한다는 것을 의미했다.

식민지 현대의 도시 공간이 균형을 상실한 채 재편되기 시작했지만 현대를 향한 문이 열리자 상황은 매우 빠르게 변화해 갔다. 예전에는 없었던 새로운 물건을 중심으로 산업이 이루어졌다. 낡음을 대체한 새로움은 물질의 외피를 쓰고 문화 전반에 걸친 엄청난 지각변동을 예고했다. 그걸 일러 사람들은 '식산흥업(殖産興業)'이라고 했거니와 이제 물질에 대한 새로운 시각이 태어났다. 도시를 구성하는 것은 자연이 아니라 물질이라는 것이 발견되었다. 도시를 가득 채운 모든 인위적인 물질들 사이에서 사람들은 살아가기 시작했다. 물질로 표상되는 여러 가지 물건들이 도시를 중심으로 오고갈 때, 현대가 바로 물질문명을 통한 문화적 지배 방식이며 그것을 가능케 하는 공간이 도시라는 사실을 받아들여야 했다.

도시적 감수성과 도시적 생활 방식에 익숙해진 사람들을 도시인이라고 말한다면 처음 도시적 인간은 진보적이며 개방적인 부류의 인간들이었다. 현대 도시로 진입하는 과정에서 서양 문

물을 적극 받아들이려던 '개화꾼'에서부터 시작되어 서양물을 먹은 '양행꾼'으로 등장하고 이후 '모던 보이와 모던 걸'로 나타나는 인간들일 것이다. 그러나 불행한 도시인도 생겨났다. 도시 공간을 장악한 사람들이 아니라 도시 공간에서 소외되었지만 거기서 거주할 수밖에 없는 부류의 인간들이다. 현란한 빛의 이면에 자리 잡은 퇴영적 분위기와 환락의 허탈감에 사로잡힌 도시인들은 도시적인 감수성에 몰입하면서도 도시로부터 소외된 사람들이었다.

도시 공간은 처음부터 현대적 공간이며 풍요의 공간이었다. 도시는 소외된 인간들의 공간을 따로 마련하지 않았다. 식민 시기 이래 현재까지, 도시의 빈민들은 끊임없이 중심에서 쫓겨나고 도시의 확산과 함께 외곽으로 밀려났다. 청계천변이나 애오개길, 남대문 밖 곳곳에 걸인들이 수천 명씩 몰려 있는 식민 도시에서 경제적 궁핍과 가난의 그림자를 거두지 못한 오늘날까지 도시는 부자의 화려함을 위한 현대적 공간을 마련하기 위해 부산했다.

물론 도시는 새로운 인간도 만들어 냈다. 도시에서 이른바 모던 생활을 영위하던 현대적 인간형이 등장했을 때, 그들은 도시의 유산자 계급에 속하는 '자본가의 아들, 부르주아의 후예들'로 불려졌고 '대체로 신경병자이며, 변태성욕자인 문명병자들'로 간주되었다. 도시적 인간인 모던 보이와 모던 걸의 '모던 생활'은 곧 일상에서의 일탈적 삶을 일상화시켰던 최초의 현대인들이다. 이들의 자유분방함은 퇴폐적이라고 비난 받았고 이들의 감각은 육욕적인 것으로 매도되었다. 그러나 그것은 도시화가 가져다 준 필연적인 삶의 행태이자 스타일이었다. 이들의 등장과 함께 유행했던 '에로그로' 즉 에로틱과 그로테스크는 도시 공간의 곳곳에 이미 틈입된 문화적 현상이었다. 그것은 바로 육체에 대한 새로운 발견이었다. 육체가 자아실현의 장치이자 도구일 수 있다는 것을 처음 발견한 게 훗날 이곳 압구정동의 오렌지족은 아니었다.

현대가 형성될 무렵의 도시 공간을 기억한다면 의외의 사태와 마주하게 된다. 그것은 봉건적 질서와 삶에서 벗어난 지 불과 몇십 년밖에 흐르지 않은 상황에서 마주치게 되는 놀랍도록 새롭고 당혹스러울 만큼 급격한 변화의 모습이다. 미처 변화되지 못한 삶의 조건과 일상의 충돌 혹은 식민적인 파행에서 비롯된 정치, 경제, 문화 제도의 굴절이 뒤섞였음에도 현대를 향한 지향점이 여지없이 관철되고 있었다.

현대를 모두가 경험할 수는 없었다. 그러나 적어도 도시를 중심으로 한 현상 속에는 이미 현재와 문화적 동질성을 확인할 수 있는 일들이 일상적으로 벌어졌다. 자동차와 기차의 스피드에 경의와 함께 불쾌함을 드러내고, 백화점과 상점의 상품에 놀라고 질리며, 건물과 번잡스러운 도시에 경탄과 환멸을 보내고,

신문과 잡지의 저널리즘과 스포츠의 상업주의에 빠져 들고 비판하며, 영화와 대중가요의 유행을 민감하게 분석한다. 도시 문화는 대중사회를 말하고 있었고 그것이 처음 도시가 시작되면서 보여 준 현대의 풍경이었다. 그리고 그 이후의 도시는 어떤가? 그리고 오늘의 도시는 거기서 얼마나 더 달라졌는가?

나는 옛날로 거슬러 올라가 도시의 역사를 말하고 싶었지만 그 속에서도 도시의 조급증을 찾아내기란 쉬운 일이 아니었다. 나의 도시에 대한 배신감은 그것으로 설명되지 않는다. 도시는 어쩌면 내가 생각한 것보다 훨씬 더 비극적인, 아니면 더 음험한 속성을 가지고 있을지도 모른다.

그리고 추방의 도시

현대가 시작된 이후 현대는 과거를 갖지 않았다. 새로운 것은 어떤 것이나 유행이 되었다. 새로움에 대한 집단적 강박은 과거의 기억을 지우고 거기에 망각의 연기를 피워 넣었다. 새로운 물질에 대한 맹목적인 추구는 낡은 것은 더러운 것으로, 지저분한 것은 열등한 것으로 바꿔 버렸다. 낡은 과거의 기억은 금지되었다. 기억상실증이 전염병처럼 번져 집단적인 '코마'의 징후들을 드러냈다. 과거를 부수는 것은 개발이었으며 현재조차 재개발의 이름으로 지워졌다. 과거의 기억이 싹을 틔울 수 있는 곳은 어디나 잘려나갔고 파괴되었다. 식민지로부터 이어진 현대는 '인용'할 과거조차 없으며 더불어 '상기'할 기억을 갖고 있지 않았다. 짧은 현대의 역사에서 유사 이래 벌어졌던 어떤 전쟁보다 철저하게 파괴적인 개발 프로젝트가 펼쳐졌다. 적어도 나의 기억 속에서 도시의 역사는 추방과 폐허의 역사였다.

도시뿐인가. 시골을, 전원을, 농촌을 떠올린다. 도시가 현재라면 시골은 과거이다. 도시에 서서 바라보면(시골에서 보아도 다를 건 없지만) 시골은 분명 미개발의 '낙후된' 과거의 공간이다. 시골은 도시의 반대 개념으로서의 전원이 아니다. 시골은 전원적 시스템이 작동하고 있는, 도시와 구별되는 공간이 아니라 도시와 차별되는 저개발의 공간이다. 도시를 위한 유보된 공간일 뿐이다.

도시는 끊임없이 증식을 거듭하면서 자신의 촉수를 사방으로 내뻗는다. 과거의 공간은 아스팔트가 깔리고 빌라와 아파트가 지어지고 공장과 상가가 들어서는 '개발의 혜택'을 입을 때 비로소 열등감에서 벗어난다. 거기에 걸려들지 않을 공간은 이제 아무 데도 없다. 시골은, 전원은, 농촌은 존재하지 않는다. 그곳에 살고 있는 사람들은 자신의 과거가 송두리째 뽑혀 나가는 불안에 떨기보다는 자신의 공간이 미래의 황금으로 전환될 날을 꿈꾼다. 모던 프로젝트는 그 어디서나 과거를 미래에 팔기 위해 도입된 주식회사 '현대'의 야심찬 기획이다.

도시의 식욕을 불안하게 바라보는 사람들은 비단 농촌에 거주하는 사람들뿐이 아니다. 도시가 현대화될수록 정말로 추방당해야 하는 사람들이 있다. 도시 빈민들이다. 도시의 스펙터클을 이루는 거대한 건물들 사이에 비집고 들어서지 못한 사람들은 끊임없이 도시 밖으로 내동댕이쳐진다. 그들은 바로 도시로부터, 도시의 자본으로부터 소외된 사람들이다. 도시의 자본은 현대의 꿈을 장황하게 나열하며 집단적인 환각과 몽상을 생산해 낸다. 풍요로운 삶과 물질적인 풍요를 쉴 새 없이 지껄여 대는 도시의 슬로건. 도시 빈민들은 자본이 제시하는 집단적인 꿈을 실현할 가능성이 적은 사람들이라는 이유 때문에 도시로부터 추방당한다. 도시 빈민은 오직 대량생산과 소비의 고리를 이룰 때만 도시로 포섭된다. 도시 빈민은 끊임없이 도시의 외곽으로 밀려나는 사람이 아니라 자본의 주변부로 몰락해 가는 사람들을 말한다.

늘 그랬던 것은 아니다. 아주 먼 옛날, 빈곤과 나태와 불구를 자부심과 긍지로 채웠던 시절이 있었다. 시래기가 올라앉은 밥상, 할 일 없는 게으름, 버짐 가득한 얼굴, 종기 난 팔뚝, 절름발이의 지팡이, 갈고리가 달린 팔뚝, 팅팅 불은 강가의 익사체, 옆집 노인의 쓸쓸한 죽음. 가난과 질병과 죽음이 밥상머리의 국그릇처럼 익숙하던 때였다. 전쟁이 끝난 뒤 죽음과 불구는 고통과 슬픔일지언정 부끄러움이 아니었다. 거적때기를 둘러친 천막집은 불편함과 남루함이었을 뿐 열등감은 아니었다. 전쟁에서 잘린 팔에 달린 갈고리는 구걸의 비굴함이 아니라 요구의 당당함으로 빛났고, 절룩이는 목발과 의족은 무위도식과 게으름을 보장했다. 궁핍으로부터의 해방은 요원했으나 어쩔 수 없는 궁핍은 도덕적이고 정당한 가치였다. 그런 때가 있었다. 물론 그로부터 얼마 지나지 않아 도시는 모든 걸 바꿔 버렸다. 가난과 질병과 불구의 신체가 도시에서 점차 뒷골목으로 사라지기 시작하면서 가난은 죄악이 되었고 불구는 저주가 되었으며 질병은 부끄러움이 되었다.

가난과 궁핍의 추방은 도시의 진화와 함께 빠르게 이루어 진다. 일자리의 기회가 늘어나고 구원의 손길이 닿는다. 동시에 청사진이 펼쳐지고 화려한 조감도가 내걸린다. 철거가 시작된다. 조감도에 그려진 무수한 직선들은 가난의 불규칙한 곡선과 궁핍의 단절적인 선들을 덮어 버린다. 과거와 미래가 벌이는 전쟁이 시작된다. 미래는 과거와의 전쟁에서 져 본 적이 없으며 과거는 미래를 향해 가망 없는 싸움을 벌인다. 야사에는 청계천, 목동, 상계동, 창신동, 여의도, 신정동, 봉천동, 성남, 판교가 한때 격전지였다고 적혀 있다. 도시는 팽창과 증식을 멈추지 않았다. 강남의 모래땅이 뒤집어지고 목동, 개포, 수서가 빨려 들었다. 과천, 일산, 분당, 산본, 안양, 용인, 천안까지 팽창의 질주는 계속된다. 현재가 된 미래가 다시 현재를 과거로 밀어내는 곳에서는 또다시 전쟁이 시작된다. 거기에서 속절없이 무너지는 사람들은 추방의 기억을 지울 수 없다.

과거 없는 현대가 누구에게는 비극이었지만 누구에게는 더할 나위 없는 축복이었다. 자본과 권력의 축복을 받은 자들은 도시가 제공하는 가장 높은 곳에서 내려다 볼 수 있는 특권을 갖는다. 거대한 도로, 거대한 강, 거대한 섬, 거대한 빌딩, 거대한 시장, 거대한 다리, 거대한 직선들. 도시의 기념비적인 거대한 건축물들은 지속적인 자본의 지배에 대한 확고한 신뢰의 표현이다. 새로운 권력은 낡은 권력의 잔유물을 폐허로 만들 권리를 갖고 있다. 다른 면에서 보자면, 발전과 개발에 대한 권력의 맹목은 매 순간 과거를 떨쳐 버리지 못한 초조감의 외연 형태이다. 그들은 미래의 꿈을 위해서라면 과거뿐 아니라 금방 과거로 변해 버릴 현재까지도 망각의 무덤 속으로 처넣으려 한다. 그들에게 과거는 늘 현재를 옭아매는 거추장스러운 칡넝쿨처럼 눈에 띄는 대로 잘려야 할 대상이다.

도시의 거주자들은 그가 어디에 있건 정복하는 자와 추방되는 자의 운명을 걷는다. 운이 좋은 사람들은 도시가 제시하는 유토피아의 환영을 따라 미래의 삶으로 채워진 현재의 공간을 차지한다. 지독히 불운한 사람들은 미래의 환영을 위해 파헤쳐지는 현실의 공간에 부유한다.

정복자와 추방자는 적대적 관계로 만나지 않는다. 도시는 단 한 순간도 서로를 마주치지 않게 배려한다. 둘 사이에는 수많은 그물이 쳐 있다. 청약 예금의 창구, 부동산의 색칠된 지도, 모델하우스의 반짝이는 콘솔, 추첨을 위한 순번표. 계약과 거래의 순간조차 서로는 마주치는 법이 없다. 그 기가 막힌 시스템을 누구는 자본의 원리라고 말했다. 정복자와 추방자는 서로 다른 시간대에 존재한다. 가진 자는 미래의 현재에 살고 있으며

가지지 못한 자는 과거의 현재에 머물러 있다. 누구는 시간을 선택할 자유와 기회가 누구에게나 열려 있다고 말했다. 시간의 편차는 좀처럼 아니 영원히 좁혀지지 않는다. 가진 자와 가지지 못한 자는 그렇게 구분된다. 그러나 그가 누구이건, 정복하는 자이건 추방되는 자이건, 그들은 모두 똑같은 방향을 바라보고 있다. 그들은 모두 더 높고 더 넓은 공간을 꿈꾼다는 점에서 동일한 세계에 편입될 수 있는 자격을 갖춘다. 누구는 이를 일러 사회의 통합이라고 말했다. 통합된 사회의 적대적 관계는 아주 우연히 돌발적인 사태로 벌어진 사건 속에서만 간혹 드러날 뿐이다.

도시는 끊임없이 변하고, 변하지 않는 것은 도시가 아니다. 끊임없는 변화는 일상의 폐허를 드러낸다. 건축 혹은 건설은 철거 혹은 파괴와 닮아 있다. 도로를 막은 가드레일, 전구가 박힌 붉은색의 파이프, 파헤쳐진 보도블록, 쇠 파이프가 삐죽이 튀어나온 비계, 모래 가루가 흘러내리는 철망, 전기용접의 눈부신 아크 불빛, 몰타르 반죽을 실어 나르는 도르래, 도로변에 쌓여 있는 붉게 녹슨 철근, 콘크리트를 부수는 착압기의 소음. 그 모든 폐허의 소란스러움. 도시는 늘 폐허의 풍경과 닮아 있지만 폐허의 적막함과는 거리가 멀다. 아침의 도시는 공습 사이렌이 그친 뒤 부서진 잔해 속에서 부산하게 생존의 잔유물을 챙기는 사람들로 부산스럽다.

개발의 폐허 속에서 사람들은 낙오와 열등감에 시달린다. 매일 같이 부수고 새로 짓는 도시 공간은 강박증처럼 과거의 기억을 소멸시키고 있다. 그것은 어쩌면 '과거의 현대'를 '오늘의 현대'로 읽지 않으려는 식민의 기억에서 비롯된 것인지도 모른다. 그런 도시는 기억상실증에 시달리는 현대의 불안한 일상을 꼭 빼닮았다.

그리하여, 도무지 믿어지지 않는 일들이 매일처럼 도시에서 일어난다. 그런 일들은 때로 운이 좋게 도시의 공간을 확고하게 점유한 사람들 사이에서 벌어진다. 그들은 스스로 철거민을 자청한다. 자신의 주거지를 헐게 해 달라는 집단적 아우성. "제발 우리를 해체해 주세요." "나의 기억을, 우리의 과거를 무너뜨려 주세요." 그들은 끊임없이 폐허를 갈망한다. 폐허를 꿈꾸는 곳에는 두꺼비가 살지 않는다. 헌 집을 얻고 새 집을 주는 두꺼비는 사라진 지 오래다. 새로운 공간에 대한 욕구는 낡은 공간에 대한 파괴의 열망을 부추긴다. 과거를 버리고 미래를 쟁취한 그들의 집 담벼락에는 '축 재개발인가'라는 현수막이 자랑스럽게 내걸린다. 실패한 예는 없다. 과거의 기억을 깡그리 밀어내고 난 뒤에 기다리고 있을 미래의 스펙터클은 자신의 기억을 물신의 제단에 기꺼이 바친 대가이다.

기억상실의 도시는 자기 부정의 역사를 반복한다. 그리고 정체성이 상실된 공간 속에서 사람들은 매몰차게 자신의 과거마저 부정한다. 사람들은 기억을 통해 정체성을 확인하지 않는다. 적어도 기억을 환기하는 장소의 상실을 두려워하지 않는다. 거기서 공간은 물화된 자본의 표상일 뿐이다. 기억된 과거는 끊임없이 물화된 미래에 자리를 내어 주고 현재는 영원히 지상에서 추방되었다.

나는 이게 모던 프로젝트의 성공담인지 실패담인지 알 수가 없다. 누구에게는 기회가 누구에게는 상실로 다가온다면 그 어느 것도 맞는 이야기가 아니다.

우리는 도시를 경험하는 것이 아니라 도시를 감내할 뿐이다. 도시의 일상에서 소외를 당하는 사람은 놀랍게도 가장 도시적인 도시인들이다. 그들은 그들이 애써 가꾼 삶의 일상적 공간이 일탈을 위한 유보적 공간임을 눈치 채지 못한다. 도시 공간에서의 모든 삶은 일탈적이다. 일상적 삶에서의 일탈 그 자체를 일상화하도록 조직된 공간이 바로 도시이다. 도시의 거리에 널려 있는 술집, 오락실, PC방, 노래방, 카페, 룸살롱, 다방, 이발소, 음식점들과 도시 공간에 자리 잡은 경기장, 영화관, 미술관 등 하다못해 지하철과 버스 그리고 자동차 안조차 일상적 공간이라기보다는 일상에서 벗어나기 위한 공간이다. 도시인은 끊임없이 일상으로부터 추방된다. 단지 일탈을 일상화하는 도시의 문화에 젖어든 도시인에게 그것이 익숙할 따름이다.

도시는 개인의 경험과 체험을 통해 기억으로 남는 공간이 아니라 개인의 일상에 침투하여 흠집을 내고 일탈의 기억과 함께 사라지는 공간이다. 마치 노래방에서 한바탕 불러제낀 노래 가사처럼, 도시적 삶이란 일상의 기억을 끊임없이 소멸시키는 삶이다. 도시인은 기억의 소멸을 위해 끊임없이 일탈을 갈구한다. 그들은 망각을 통해 소멸된 기억의 상처를 치유할 수 있을 뿐이다. 새로움에 길들여진, 그리하여 망각에 길들여진 욕망은 도시의 유토피아가 결국 지루하고 반복적이며 권태로운 폐허의 세계였음을 끝내 알지 못하게 한다.

마지막 남은 식은 커피를 마시고 일어서면서 문득 이런 생각이 들었다. 우리는 모두 도시로부터 추방당한 사람들일지도 모른다는.

다시 기억

나의 비밀스런 하루의 프로젝트는 그렇게 끝나 가고 있었다. 처음 유년의 회상을 시도하면서, 나는 추억의 공간으로 막연히 빨려드는 몽환적 즐거움을 만끽했었다. 현재의 기억을 상실한 사람이 과거의 회상을 통해 기억을 되찾는다는 이야기를 들어 본 적이 있는가? 죽음처럼 깊은 망각의 공포에서 헤어 나오기 위해라도 유년은 기억되어야 한다. 그렇게 생각했다. 그러나 나의 이야기가 작은 비극으로 끝이 났을 때, 그것이 내 탓이 아니라고 우기고 싶어졌다. 기억의 주체가 내가 아니었다는 사실을 확인하면서 점점 그 실체가 궁금해졌고 결국은 기억의 재현을 위한 방문까지 하게 되었다.

오랜 시간이 지난 뒤, 한 때 익숙했던 장소를 찾아가는 일은 낯선 도시를 방문하는 것보다 더 낯설었다. 도시에서 기억의 흔적을 찾는다는 것은 무모한 집착에 지나지 않을 것이다. 방문은 필연적으로 실망과 낙담, 좌절 혹은 분노가 일어나는 일련의 과정이었다. 그러나 기억의 틈새를 따라 나는 과거의 모든 공간과 시간을 독점할 수 있었다. 기억 속의 사건은 배타적이고 독립적인 것이다. 한때 내가 주연을 맡았던 무대의 건물과 장소가 하나라도 남아 있었다면, 기억은 재빨리 과거를 환기시킴으로써 모든 공간을 다시 한 번 전유(專有)할 수 있었을 것이다. 거기서 다른 모든 사람들은 기꺼이 조연을 맡았을 것이다. 그러나 다시 찾은 공간에서 주인공은 내가 아니었다. 타자에 의해 점유된 공간들은 나에게 주연의 자리를 내어 준 적이 없었다.

내가 마주했던 모든 기억의 장소들이 현재의 장소와 일치해야 한다는 터무니없는 억지는 도대체 어디서 비롯된 것일까? 내가 살았던 곳이 누구에게나 똑같은 의미를 지닌 공간일 수는 없는 노릇이다. 그게 섭섭하다고 그게 서운한 것이었다고 말한다면 나의 불만은 이유기를 끝내지 못한 덜떨어진 유아의 칭얼거림에 지나지 않을 것이다. 그러나 깡그리 점령당한 유년의 장소와 맞닥뜨리면서 나는 점점 알 수 없는 좌절에 빠져들었고, 방문하는 내내 내가 태어나고 자란 도시에 대한 회의의 시선을 거두지 못했다. 이 이야기는 거기서 비롯되었다. 무모하기 짝이 없는 테러리스트처럼 어설픈 단어 몇 개로 도시를 날려 버리고 싶은 충동을 멈출 수 없었다. 유년을 되살려 내면서 애써 완화된 정체성의 분열 증세는 기억의 방문을 통해 원래대로 스멀스멀 되돌아가고 있었다. 기억을 보상하지 못한 장소의 해체는 또 다른 기억의 상실로 이어질 수 있다는 두려움만 증폭시켰다. 미지근한 광기와 옅은 현기증이 가득한 도로를 달려오며, 나는 또 다른 치유의 방법을 어디서 찾아야 할지 막막해졌다.

다시는 잃어버린 기억의 장소를 찾지 않을 것이다.

과거의 흔적은 현재를 위해 존재하는 것이 아니었을지도 모르겠다. 흔적은 사라진 날들의 마지막 소멸을 준비하기 위한 기록일 뿐이다. 시간의 훼손이 이루어 낸 자연스런 잔유물들 – 별장 담장에 비스듬히 기울어 있는 느티나무, 토관의 깨진 자리에 비죽이 드러난 녹슨 철근, 비에 씻긴 시멘트 블록의 반짝이는 모래 알갱이, 땅에 박힌 판자의 썩은 밑둥과 거기에 붙어 있는 노래기들, 흔적들은 그 어디에서도 발견할 수 있는 쇠락과 부식과 부패와 풍화의 잔상들이다. 도시는 그런 시간의 마지막 잔유물마저 거부하게 될지 모르겠다. 하지만 도시는 끝내 모든 걸 추방시킬 수는 없을 것이다. 번들번들한 도시의 프로젝트 사이를 비집고 시간의 흔적들은 용케도 살아남을 것이다.

서늘한 바람이 깔리고 풀 냄새가 짙은 길을 달려 집으로 돌아왔을 때는 깜깜한 밤이었다. 최초의 기억을 따라 먼 길을 돌아온 것처럼, 지친 하루의 기억이 몽환처럼 사라지고 있었다.

지은이 **김진송**

1959년생. 국문학과 미술사를 공부한 뒤 미술평론, 전시기획, 출판기획 등의 일을 해왔다. 근대
미술과 문화연구에 관심을 두면서 『압구정동—유토피아. 디스토피아』, 『광고의 신화. 욕망. 이미지』
등의 책을 기획했으며 『현대성의 형성—서울에 딴스홀을 허하라』, 『이쾌대』, 『목수일기』, 『나무로
깎은 책벌레 이야기』 등의 저서가 있다. 목수 일을 시작한 뒤로 다섯 차례 〈목수김씨전〉을 열었다.

기억을 잃어버린 도시
1968 노량진, 사라진 강변 마을 이야기

1판 1쇄 찍음 2006년 1월 13일
1판 1쇄 펴냄 2006년 1월 19일

글. 그림 김진송
사진 박정훈
펴낸이 박상준
펴낸곳 세미콜론

출판등록 1997. 3. 24. (제16-1444호)
135-887 서울시 강남구 신사동 506 강남출판문화센터 5층
대표전화 515-2000 | 팩시밀리 515-2007
www.semicolon.co.kr

값 12,000원

ISBN 89-8371-318-6 03810